HIRAETH

'다시는 돌아갈 수 없는
곳으로 가고 싶은 마음'을
뜻하는 웨일스어

과거여행사 히라이스

제1판 1쇄 2021년 4월 15일

지은이   고호
펴낸이   이경재

펴낸곳   도서출판 델피노
등록   2016년 8월 11일 제2020-000082호
주소   서울시 양천구 신정중앙로 86, 덕산빌딩 6층
전화   0505-937-5494
팩스   0505-947-5494
이메일   delpinobooks@naver.com
ISBN   979-11-91459-03-6 (03810)

과거여행사
히라이스

고호 장편소설

HIRAETH
TIME TRAVEL AGENCY

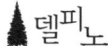

차 례

HIRAETH
TIME TRAVEL AGENCY

판매 중인 상품

패키지	프리미엄	테마	알짜배기	인솔자 동반
[유년 시절] ~~[학창 시절]~~ [부모님과의 시간!] [군대 시절] 단종 [신혼 시절] 인기!!	최대 14일 + 최대 3 시절 투어 + 귀환일 지정 가능	[후회] 인기!! [성지순례] [히스토리언]	초특가!! [특정 시간 도깨비 여행] [특정 1박 2일]	단독 여행이 처음인 분들께 추천!
2,500,000 ~ 2,900,000	5,600,000 ~	3,000,000 ~	2,000,000 ~ 2,200,000	옵션 추가 350,000

입장권/티켓	숙박
[칭기즈칸 즉위식] 인기!! [찰스 & 다이애나 세기의 결혼식] 인기!! [베를린장벽 붕괴 순간] [비틀스 데뷔 무대 관람] [바벨탑 투어] [판관 포청천 재판 현장] [1600년 '햄릿' 초연]	땡처리! [베르사유궁전 1층 하녀 방] [진시황 아방궁] [프랑스 아를 반고흐 옆집] 인기!!
가격 문의	가격 문의

예약 시 유의사항

▶ 불가 사항 ◀

A. 과거에서 귀환을 거부할 시 불이익을 받을 수 있습니다.

B. 악의성이 다분한 금융 조작(복권, 주식 등)은 '시간법 3조 2항'에 의해 위법이며, 그 외 조작(각종 성적, 공문서 등)은 '시간법 3조 3항'에 의해 위법입니다.

C. 죽은 자를 살려내는 일은 '시간법 1조 1항'에 의해 위법이며, 반대로 과거인을 죽이려는 행위는 '시간법 1조 2항'에 의해 위법입니다. 이를 지키지 않을 시 발생하는 모든 책임은 고객에게 있습니다.

D. 시대적 오류를 범하는 모든 행위를 지양해주십시오.(미래누설, 정치/사회/경제적 방해 등)

 - 패키지 [군대 시절] 상품은 판매량 하락으로 단종됐습니다. 현재 업그레이드 중입니다.
 - [알짜배기]를 제외한 전 상품 5% 마일리지 적립됩니다.
 - [투어/입장권]은 주기적으로 업데이트 됩니다.
 - [숙박]은 1박 이상의 여행객만 해당됩니다.(별도 추가 불가)

▶ 환전 ◀

 - 취급 화폐 : 포전(중국 춘추전국), 삼한중보 & 해동통보(고려), 저화(고려 말~조선 초),
   조선통보 & 상평통보 & 당백전(조선), 일본제일은행권(대한제국),
   달러, 유로, 파운드, 위안, 엔 등.
   (그 외 토큰, 종이 버스표 등 별도 취급)
 - 매매 기준은 해당 시대의 날짜로 합니다.

제1장

해피
크리스마스

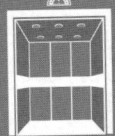

인간은 미래를 위해 남겨놓은 것보다
과거에 두고 온 것들이 많은 존재다.

*

2011년 크리스마스이브.
서울 A호텔 스위트룸 807호.

"어때? 완전 크리스마스 분위기 나지?"
보름이 들뜬 목소리로 호들갑을 떨었다.
"왼쪽으로."
"이렇게?"
"음… 아니, 살짝 아래."

"이렇게?"

"좋아. 완벽해."

보름이 한 발자국 뒤로 물러나 자신이 발휘한 실력을 감상하는 동안, 세정은 침대를 질겅질겅 밟는 그녀의 양말 바닥이 까만 것을 보았다.

"다 했으면 좀 내려오시지?"

침실에는 보름과 세정이, 싱크대 맞은편 아일랜드 식탁에는 미림과 연영이 있었다.

스물다섯 살에 맞이하는 크리스마스를 여고 시절 절친했던 무리와 함께 보낸다는 것은 뜻깊은 일이다. 킹사이즈의 침대 헤드 위에 붙인 화려한 풍선 장식과 아기자기한 알전구 조명을 보며, 네 사람은 여고생이 된 듯 환호성을 질렀다. SNS에 종종 보이는, 하이틴 드라마에 나올 법한 그런 여자들의 파티! 알록달록한 핑크색과 골드 전구가 번갈아가며 빛을 냈다. 거기다 아이폰으로 사진을 찍고, 혼자 둘이 또 여럿이 모여 사진을 더 찍었다.

"분위기 장난 아니지?"

칭찬을 바라고 보름이 으스대는 순간, "펑!" 하고 샴페인 터뜨리는 소리가 들렸다. 보름이 미간을 찌푸리며 시선을 돌린 쪽에는 부랴부랴 도착한 미림이 파이퍼 하이직을 샴페인잔에 따르고 있었다.

시내 병원에서 간호사로 3교대 근무를 하는 탓에 뒤늦게 도착했지만, 그래도 파티를 한다니 나름 메이크업을 하고 왔다. 떡 진 머리는 대충 정수리만 볼륨을 살려 하나로 질끈 묶은 그녀의 두 뺨은 고조된 분위기에 한껏 취해 발그레해졌다.

이윽고 방 불이 꺼졌다. 차츰 어둠 속 어딘가에서 환한 불빛이 이쪽으로 다가오고 있었다. 세정이 미리 사둔 케이크였다. 수제 초콜릿 무스 케이크에 가지런히 꽂힌 긴 초 두 개와 짧은 초 다섯 개가 아른거리자 왠지 경건해진 분위기.

"어흑… 나 눈물 나려고 해."

"왜 그래? 나이 먹는 거 티 내냐? 우리 아직 이십 대야."

아까부터 이 기념비적인 동창들의 만남에 들떠 있던 연영이 기어코 벅차오르는 감정을 주체하지 못해 새삼 눈물을 글썽거렸다. 백수로 있는 탓에 친구들을 만나기를 꺼렸지만 나오길 잘했다는 생각을 하며.

세정은 흐뭇한 얼굴로 어깨를 으쓱하더니 테이블 위로 케이크를 옮겨놓았다. 그리고 미림이 기다렸다는 듯 본인이 가져온 샴페인을 차례로 각자의 앞에 내려놓았다. 드디어 오붓하고 아늑한 어둠 속에서 거룩한 분위기가 조성됐다. 리더 격인 보름이 잠시 고민에 빠진 후 쑥스럽게 웃으며 말했다.

"우리 무슨 건배사 같은 거 해야 하지 않아? 우리들의 영원한 우정을 위하여?"

"에이, 너무 식상하잖아?"

말이 끝나기 무섭게 미림이 받아쳤다.

"뭐가 식상해? 우리 여자들의 우정도 영원할 수 있다는 걸 보여줘야지. 안 그래?"

"하긴. 솔직히 친구들 만나러 간다고 하니까 남자친구가 그러더라? 애들도 아니고 무슨 우정 파티냐고."

"짜증 나. 한마디 해주지 그랬어?"

"그래도 다른 사람도 아니고 보름이 네가 초대한 건데 만사 제쳐두고 왔지."

"응?"

보름이 잔에서 입을 떼고 갸웃거렸다. 어쨌거나 분위기에 취한 세정이 아양을 떨 듯 달라붙자 어깨를 으쓱하더니 좌우를 보며 리더답게 외쳤다.

"자, 어쨌든 30살, 40살, 50살 먹어도 우리들의 영원한 우정을 위하여!"

경쾌하게 부딪히는 샴페인잔.

"위하여!!!"

*

이날만을 위해 주문한 파자마는 SNS에 찍어 올리기에 안성맞춤이었다. 처음엔 쑥스러워하던 루돌프 머리띠도 다 같이 맞춰 끼고 보니 정말 풋풋해 보였다.

"그런데 이렇게 근사한 호텔은 어떻게 알아냈대?"

"고맙다는 말하려면 돈으로 해. 나 백수라서 돈 필요하거든?"

그러면서 잔뜩 상기된 얼굴로 연영이 보여준 어플은 호텔 예약 어플이었다. 젊은이들 사이에서 저렴하고 분위기 좋은 호텔을 안내해주기로 유명한 인기 어플이었다.

"얘 무인텔 자주 가잖아. 남자친구랑."

세정이 고자질하듯 귓속말하는 시늉을 하자, 옆에 있는 커다란 베개를 집어 던지는 연영.

그때, 남은 케이크 한 조각마저 싹싹 비우던 미림이 생각났다는 듯 손뼉을 쳤다.

"맞다! 나 졸업앨범 가져왔는데!"

가방에서 빳빳하고 두꺼운 곤색의 물건이 모습을 드러내자, 다들 야유를 쏟아냈다. 하지만 언제 그랬냐는 듯 어느새 자매처럼 옹기종기 모인 네 사람. 촌스럽기로 지역에서 유명했던 교복을 입은 네 사람의 모습이 한데 담긴 사진이 눈에 들어왔다.

개별 프로필 사진 밑에 단체 사진. 수능을 앞둔 시기인 만큼 전 학년이 그해 늦봄 중앙현관 옆 교정에서 찍은 모습이었다. 사진기사가 하라는 대로 각자 비스듬하게 서거나 앞사람 어깨에 손을 올리고 찍은 어색하다 못해 두 번 다시 보고 싶지 않은 졸업앨범. 다들 서로의 어설픈 교복 맵시를 지적하거나 화장기 없는 얼굴을 놀리느라 여념이 없었다.

"이땐 다들 몰랐겠지? 보름이가 연예인이 될 줄은."

"연예인은 무슨. 이제 겨우 엑스트라에서 벗어났는데."

연영이 부러워 죽겠다는 듯이 말하자, 보름은 손사래를 쳤다.

"그래도 다음 달에 영화 찍는다지 않았어?"

"그래봤자 조연이야. 몇 신 안 나온다고."

"몇 신이 어디야? 영화관 스크린에서 네 얼굴이 나온다니 대박이야!"

이때 미림이 끼어들었다.

"나는 오히려 세정이가 연예인 될 줄 알았어. 워낙 끼가 많으니까."

"나? 난 젬병이야."

"회사원이 딱인가?"

"어쩌니 저쩌니 해도. 지금 만족해. 미림이 너는?"

그러자 반쯤 풀린 눈으로 술병 라벨을 응시하던 미림이 길게 한숨을 쉬면서 말했다.

"난 지금이라도 연예인 시켜주면 한다. 간호사 못 해 먹겠어."

"왜? 가고 싶어 했던 병원이잖아?"

"스케줄이 너무 힘들어. 박봉이고. 환자 대하는 것도 지치고."

하며, 괜히 미림이 잔을 흔들자 보름이 제 잔을 부딪혔다. 아래를 향해

까딱하는 바람에 찰랑거리는 미림의 잔.

그때 옆에서 연영이 안경을 추켜올리며 물었다.

"근데 얜 뭐야, 황하주?"

고작 '황하주'라는 그 이름 석 자를 꺼냈을 뿐인데 분위기가 싸해졌다.

반 정원은 서른다섯 명. 오인 일 조가 되어 찍었기 때문에 무리의 사진 속에는 보름, 미림, 세정, 연영 외에도 한 명의 아이가 더 있었다. 귀여운 인상에 얼굴이 작고 시장표 노란 운동화를 신은. 그래서 모두 나이키를 맞춰 신은 무리와 어울리지 않는 구석의 한 아이. 친밀도를 나타내듯 바싹 붙어 있는 무리와는 한 발짝, 아니 두 발짝쯤 옆에 외떨어져 서 있는 아이였다.

"황하주 얜 지금쯤 뭐 하고 살고 있을까?"

"알아서 살겠지. 설마 죽었겠냐?"

보름이 코웃음 치자 다들 실소를 터뜨렸다. 하지만 빠른 속도로 가라앉는 분위기. 이윽고 불안한 눈빛들이 엇박자로 부딪혔다.

"장난치지 마."

미림이 눈치 보며 입을 열었다. 추궁하는 눈빛이었다.

"그때 죽었잖아. 크리스마스이브에…."

*

"넌 기분 나쁘게 걔 죽은 얘길 왜 꺼내?"

세정이 미림의 옆구리를 쿡 찔렀다.

"내가 뭘? 그저 난 묻길래. 설마 알면서 묻나 하고…."

"알면서?"

보름의 한쪽 눈썹이 치켜 올라갔다. 일자로 굵은 눈썹은 그녀의 트레이

드마크였다. 기분이 바뀔 때마다 자유롭게 굽이치는 그 눈썹. 가뜩이나 삼백안인 눈동자와 한 쌍이라서 차가운 인상의 모든 조건을 갖추고 있던.

모두 조용한 가운데 보름이 말했다.

"살다 보면 죽는 사람도 있고 그런 거야. 그냥 같은 학교를 나왔을 뿐이라고 걘. 어휴, 덮어. 괜히 졸업앨범 보는 바람에 분위기만 망가졌잖아."

분위기 전환을 위해 그렇게 넘기려 했지만, 분위기는 쉽게 바뀌지 않았다. 눈치 없이 샴페인을 한잔 더 따르는 미림을 보는 보름의 눈빛에 날이 섰다.

"근데 있잖아. 미림이 너 아까 뭐라고 했지?"

"알면서 묻냐는 말?"

"아니. 그러니까… 너 여기 어떻게 왔어?"

"무슨 소리야? 그게."

"기억 안 나? 우리 작년 봄까지만 연락하고, 그 후로 연락 안 했잖아."

"그랬지. 그런데 네가 단톡방에 나 초대해서 여기 온 거라고. 뭐가 더 궁금한데?"

"단톡방?"

여전히 경계의 눈초리를 풀 생각이 없는 보름의 아랫입술이 파르르 떨렸다.

미림이 이어서 말했다.

"뭐야… 지가 초대해서 오라고 해놓고."

"내가?"

"그래, 네가. 이제 와서 모르는 척하기야?"

조금 전의 낭만과 감동은 간데없이 사라지고, 여흥이 확 깨진 미림은 미간을 잔뜩 찌푸렸다. 그리고 보름의 눈앞에 스마트폰 화면을 열어 보였다.

단톡방 채팅창이었다.

"이제 와서 딴사람으로 잘못 알고 초대했다는 건 아니겠지, 설마?"

보름 - 뭐해?

미림 - 그냥 있는데….

보름 - 아, 그래?

미림 - 나한테 서운하다더니. 연락 끊은 줄 알았는데 이젠 마음이 풀린 거야?

보름 - 풀리고 말고 할 게 어딨어.^^

미림 - 뭐야… 갑자기 친한 척?

보름 - 됐고, 크리스마스 때 뭐해?

미림 - 남친이랑 놀 것 같은데. 왜?

보름 - 그놈의 남친은… 실은 나 애들 다 초대하기로 했는데.

미림 - 나도 같이 놀자고?

보름 - 응^^ 호텔 빌려서 여자들끼리 파티하고 놀까 하는데~ 올래?

.

.

.

화면을 뚫어져라 보는 보름의 눈동자가 미세하게 흔들렸다.

"이거… 나 아닌데?"

"무슨 소리야?"

"난 너한테 이렇게 톡 보낸 적 없다고."

"…."

"솔직히 말하면 난 작년 이후로 너 계속 차단했거든. 번호도 지웠어. 연락할 길이 없잖아. 안 그래?"

말이 끝나기도 전에 보름의 손에 든 아이폰을 휙 낚아챈 미림. 낚아챈 손길에 분노가 서렸다.

"장난도 적당히 쳐. 그럼 이건 누가 보낸 건데?"

그때 연영이 끼어들었다.

"뭐야…? 보름이랑 미림이, 너희 화해한 거 아니었어?"

그럼에도 누구도 납득할 수 없는 상황이 되자,

"나 갈래. 무서워."

하고, 울상을 한 채 옷을 주워 입기 시작했다.

"이렇게 가면 어쩌자고?"

보름이 얼른 뒤따라가 낚아채듯 팔을 붙잡아 세우자 반사적으로 뿌리치는 연영. 무거운 공기가 흘렀다. 그런 연영을 보호하기라도 하듯 미림이 대신 그 앞을 가로막았다.

"네가 날 초대해놓고 뭐 하자는 거야? 김보름?"

잠시 노려보던 보름이 혀끝으로 이를 쓰다듬은 후 실소를 터뜨렸다.

"연기 잘하네. 내가 아니라 네가 영화배우 해도 되겠어?"

"무슨 소리야?"

"너 처음부터 그 톡 내가 보냈다고 생각하지도 않았지? 아니지, 아니지. 그 메시지도 전부 네 자작극이잖아."

"머리가 어떻게 됐나 보네."

"순순히 털어놔. 왜 너 스스로를 속이고 여기에 왔어? 초대받지도 않은 파티에 메시지를 조작해가면서까지 온 이유가 뭐야? 아까 표정 하나 안 바꾸고 놀란 척하더라? 소.름.끼.치.게."

머릿속엔 다음 말을 꾸며낼 재료를 탐색하는 것일까? 잠시 당황스러운 표정이 스쳤으나, 이번엔 미림이 비웃을 차례였다.

*

"증명해 보이려고."

"뭘 증명해?"

추궁과 질타가 섞인 질문이었지만, 그 여운에는 뭔가 짚이는 구석이 있는 표정이었다.

"주동자가 내가 아니라 너라는 걸 말이야. 오히려 내가 더 놀랐어. 황하주 죽은 것도 까먹고 사는 네 모습 보고 말이야. 어떻게 그래, 사람이?"

"말조심해."

"맞잖아. 네가 주동자잖아. 황하주 죽게 만든 거. 걔 자살한 거. 다 너 때문이잖아."

"근거 없는 헛소리 할 거면 여기서 나가줄래?"

"근데 왜 내가 너 때문에 누명 써야 하냐고!!!"

조금 더 큰 키를 가진 보름의 턱밑까지 들이대는 미림의 얼굴에서 이인자의 반항이 엿보였다. 보름은 미림과는 전혀 딴판이었다. 키도 훨씬 컸고 입꼬리가 살짝 내려가 있어서 아래에서 올려다본 그 모습은 다소 위압감을 풍겼다. 미림은 지지 않겠다는 듯 눈 하나 깜짝하지 않았다. 도리어 꺾고 말겠다는 의욕이 갑자기 불타오르는 것을 느꼈다. 이미 보름은 충분히 흔들리고 있으니까 더 밀어붙이면 무너질 게 뻔해 보였다.

"며칠 전에 페이스북으로 메시지가 왔어."

하고, 미림은 며칠 전에 일어난 일에 대해 털어놓기 시작했다. 그러면서도 보름에 대한 혐오의 눈길은 늦추는 법이 없어서, 불과 20분 전까지만 해도 이들이 정말 우정 파티를 즐기던 이십 대 여성들이었는지 의심스러운 풍경이었다.

"유령계정이더라고. 대뜸 황하주를 기억하냐고 묻더라? 무시했지. 그 후부터 저주가 쏟아졌어. 가만 안 둘 거라는 둥. 증거가 다 있다는 둥. 고소할 수 있는 유효기간이 남았다나 어쨌다나. 지구 끝까지 쫓아가 부숴 버릴 거라고도 하더라. 인터넷에 뿌린다고까지 했어. 대체 뭘 뿌린다는 건진 모르겠지만 말이야."

어느새 미림이 호텔 방 안을 분란하게 오가며 떠들기 시작했다.

"해볼 테면 해보라고 했어. 왜? 난 죄가 없으니까. 그랬더니… 이번엔 황하주가 쓴 유서를 찍어서 보내는 거야."

"유…서?"

일제히 보름에게 시선을 돌렸다. 비로소 보름의 안색이 눈에 띄게 달라졌다. 생각은 순식간에 수년 전 그날로 날아갔다.

'그딴 게 남아 있을 리 없잖아…! 수능 전날 학교 소각장에서 교과서와 다 태웠는데!'

이미 죽고 없는 황하주의 사물함을 미화 차원에서 다 비운다는 핑계로 그 애의 소지품이란 소지품은 모두 불태워 버렸다. 교과서와 입시문제집, 실내화 따위라서 유족들도 챙겨가지 않은 것들. 그래서 그 무엇도 남아 있지 않을 거라고 생각했는데….

"그래 유서. 아니… 일기라고 해야 맞으려나? 죽기 전까지 일기를 썼더라고. 구구절절… 아마 일기 전부를 보낸 건 아닐 거야. 하지만 핵심내용은 다 있었지. 그 당시 자기가 괴롭힘 당한…."

말이 채 끝나기도 전에 보름이 소리쳤다.

"개소리하지 마! 그게 나랑 무슨 상관인데? 네 잘못 벗겠다고 오히려 나 끌어들이는 거 아냐, 지금? 사람 봐가면서 덤터기 씌워."

"내 잘못? 내가 뭘 잘못했는데? 아, 그날 옥상에서 도망친 거?"

그때 보다 못한 세정이 뜯어말리고 나섰다.

"얘들아, 제발 그만해! 황하주 걘 오래전에 죽었잖아. 그냥 불쌍하게 생각하고 넘기자. 이렇게 우리가 싸울 일이야?"

"그래, 맞아. 차라리 걔 장례식 때 그냥 미안하다고 할 걸 그랬어."

연영까지 징징대고 나서자 보름은 두 손으로 머리카락을 감싸 쥐었다.

"걔, 걔가 뛰어내렸지 내가 밀었어? 근데 뭘 미안해해? 지가 뛰어내린 거잖아!"

쨍그랑!

그때 테이블 위에 놓인 샴페인잔 하나가 보름의 손짓에 그만 떨어져 깨지고 말았다. 바닥에는 산산 조각난 유리 조각 사이로 칙칙한 보랏빛이 무섭게 흘러나왔다.

아연실색하며 코트와 가방을 들고 방을 나서려는 미림.

"거기 서!"

보름이 거칠게 붙잡아 세웠다. 놓쳐선 안 될 것처럼. 동시에 파자마의 얕은 주머니에서 미림의 아이폰이 떨어졌다. 대리석 바닥에 부딪히는 차갑고 날카로운 소리. 모두의 시선이 바닥으로 쏠렸다. 그리고 액정 화면에서 눈을 떼지 못했다.

00:08.27

새로운 녹음

2011. 12. 24

*

"박미림, 너⋯."

보름의 삼백안이 고약한 적개심으로 불타오르고 있었다. 순간 미림의 얼굴에서 낭패와 모욕, 그 중간쯤 되는 감정이 떠올랐지만, 이내 자포자기한 듯한 심정으로 팔을 뿌리쳤다. 거기엔 보이지 않는 주종관계에 대한 파기 의지가 강하게 담겨 있었다.

이미 보름의 손에 들어간 아이폰은 녹음이 삭제된 채 미림에게 건네졌다. 한쪽에서 바들바들 떨며 지켜보던 연영은 그것이 마치 들것에 실려 가던 '그날'의 황하주의 시신처럼 보이는지 몸을 잔뜩 웅크리고 앉았다.

보름이 누구의 것인지도 모를 샴페인잔 아무것을 단숨에 입에 털어넣더니 손등으로 대충 훔치고 이어서 말했다.

"똑똑히 말하지만 그날 멋대로 뛰어내린 건 황하주야. 누가 보면 내가 민 것처럼 꾸며대지 말라고. 그거 명예훼손이니까."

"네가 몰아세우지 않았다면 뛰어내리지도 않았겠지?"

미림이 끝내 지지 않고 밀어붙였다.

"말은 바로 해줄래? 몰아세운 게 아니라 질문한 거였어."

"그래. 체육시간 끝나고 난 후에 네 명품 카디건이 없어졌다고 질.문.했지. 그것도 아주 거칠게! 책걸상 집어 던지고 안 그래? 생리통 때문에 교실에 혼자 남을 수밖에 없었던 황하주는 누명 쓰기 딱 좋았고?"

"누명?"

"그래. 누명."

악에 받친 얼굴을 한 미림을 내려다보며 보름이 이를 악물고 따졌다.

"그러는 넌? 그때 뭐 했는데? 내 옆에서?"

"맞장구쳤지."

보름은 코웃음을 쳤다.

"거봐. 그럼, 말 다 했네. 같은 공범이면서 뭐가 그렇게 당당한데 넌? 주동자? 큭… 야, 너나 나나 똑같아."

"그래서 벌 받고 있잖아. 한 달째 잠도 제대로 못 자고 불안에 시달리면서 너 때문에 누명 쓰고 있잖아?"

"어쩌라고 그래서? 내가 때렸어? 지가 말발 딸려서 화단 밑으로 결국 떨어져 놓고 왜 엄한 사람 가해자 만드는데? 그러니까 애초에 찔릴 짓을 하지 말았어야지!"

"결국엔 찾았잖아, 카디건? 전 시간인 미술시간에 미술실에 두고 왔었지, 네가?"

"아하, 그랬나?"

방 한가운데에서는 여전히 보름과 미림이 상어 두 마리처럼 서로 대치하고 있는 구도였다. 연영과 세정은 한쪽에서 벌벌 떨며 두 사람의 얼굴을 번갈아 보며 달궈지고 있는 상황을 지켜볼 수밖에 없었다.

남학생들이 주로 거시적 '파워'에 의해 서열이 정리된다면, 여학생들은 미시적 '심리전'으로 파가 갈린다. 그리고 그것은 전자의 것보다 무게와 파장이 꽤 크다. 그리고 보름은 능수능란하게 그 위력을 이용해왔다. 지금도 그래야 한다고 생각한 보름은 아까에 비해 놀라울 정도로 부드러운 목소리로 말했다.

"과거는 과거야. 과거에 묻힌 실수를 끄집어내서 어쩌자는 건데? 다 불행해질 뿐이야."

"하지만 우리 때문에 걔네 가족은 불행했잖아!"

미림이 참았던 눈물을 쏟으며 절규했다.

"아니? 지금은 행복할지도 몰라?"

"시간이 흘러서?"

"어."

"과연… 그럴까?"

"분명 그래."

"아니? 사실 우린 다 겁내고 있어. 법적으로 아무 문제없다고 해도 계속 마음속으로 그 일이 선명하게 유효하잖아. 솔직히 죽은 황하주가 꿈에서까지 나와서 괴롭힌다고."

"그때 그 순간을 붙잡고 있는 건 다름 아닌 바로 너희들이야."

시간이 흘렀어도 보름은 여전히 여왕벌다웠다. 먼저 그럴싸한 말로 자기 쪽으로 포섭한 다음 그 이론이 합당하다고 증명해 보이기 위해 화려한 언변으로 뒷받침하는 것.

"그러니까 과거는 과거대로 묻어둬. 과거에 발목 잡혀서 현재에 엎어지면 안 되잖아. 안 그래? 인생은 레이싱이라고. 앞만 보고 달려도 모자랄 판에 뒤돌아보는 순간엔 끝난다고!"

"레이싱? 그럼 우리가 다리 걸어 넘어뜨려서 영영 실격시킨 황하주는 어떡해? 우리가 잘못한 거잖아. 이런 식의 레이싱이라면 그 자체만으로도 틀린 거잖아."

훌쩍이던 연영이 그렇게 묻자 보름은 급기야 머리를 헝클며 악을 썼다.

"걘 스스로 자살했다고!!! 탈락을 자처했다고! 말귀 못 알아먹어?"

똑똑!

그때였다.

모두가 소스라치게 놀랐다. 일제히 숨을 죽이고 거실에서 죽 이어진 복도 끝으로 귀를 기울였다. 객실 문 너머에서 직원의 목소리가 들렸다.

"침구 추가요청 연락받고 왔습니다."

이윽고 들어온 중년 여성의 품에는 새하얀 구스다운 이불이 들려 있었다. 킹사이즈 침대 옆 더블침대의 시트를 새로 깔고, 모서리를 능숙한 손놀림으로 고이 접어 마무리한 뒤, 그 위로 가져온 이불을 좌라락 하고 세팅을 했다.

비로소 그녀들의 취지가 우정 파티였음을 직감하는 순간. 애초에 이러려고 모인 게 아닌데…. 미림은 눈을 질끈 감았다 떴다. 자책해도 소용없었다. 아이폰 녹음을 켠 것이 아마추어나 하는 짓이었음을 후회했지만, 때는 이미 늦었다.

침구가 정리되는 동안 보름은 일인용 소파에 깊숙이 몸을 넣고 다리를 꼬고 앉았다. 그 맞은편에서는 전운이 가시지 않은 얼굴로 괜스레 머리만 만지작거리는 세정이 있었다.

"좋은 시간 되십시오."

하면서, 어린 계집애들이 술 먹고 잘하는 짓이다– 하는 눈으로 아수라장이 된 객실 안을 둘러보는 직원의 입가에서 비웃음이 스쳤다. 직원이 나가고 한참 뒤, 세정이 주변을 환기하듯 깊이 한숨을 내쉰 후 말했다.

"야, 이제 그만하자. 응? 제발. 오늘 크리스마스이브잖아. 앉자. 응? 보름아, 이리와. 미림이 너도 그만 울고 응?"

겸연쩍은 분위기에서 하나둘 가까이 모여 앉기 시작했다. 냉랭한 공기는 이전으로 회복하기 어려웠지만, 세정은 그만하면 됐다 싶은지,

"어쩔 수 없는 일이었어. 그것 때문에 우리 이렇게 서로 싸우지 말자. 응? 지금 케이크도 다 안 먹었거든? 저것 봐, 우리 오늘 봉골레 파스타 해 먹으려고 재료도 사 왔잖아."

세정의 이야기를 한 귀로 흘려듣는 듯이, 한쪽 구석에서 연영이 갸웃거리며 뭐라 뭐라 중얼거렸다. 그러자 신경 쓰이는지 보름이 쏘아붙였다.

"연영아, 제발 말할 땐 웅얼대지 말고 똑바로 좀 말해."

"우리 중에 침구 교체해달란 사람 없었다고!!!"

짧은 침묵.

그런 다음 동시에 네 사람의 눈이 복잡하게 마주쳤고, 저마다 등줄기엔 호젓한 기운이 내달렸다. 그리고 누가 먼저랄 것 없이 객실 문을 열어젖히자 네 사람이 일제히 복도로 쏟아졌다. 밖은 이미 인적이 사라진 후였다.

다만, 복도 끝 엘리베이터 층수가 네 사람의 눈을 사로잡았을 뿐이었다.

14… 15… 16…

그리고 네 사람 중 누구의 것인지 모를 목소리가 작게 새어 나왔다.

"이 호텔… 12층이 꼭대기잖아?"

*

병원에 나타난 담임선생은 듣던 대로 키가 크고 말랐으며 차가운 인상의 남자였다. 군 장교 출신이라더니 듣기와는 딴판으로 희멀건 하니 권태로운 표정으로 일관했다. 그리고 장례식 날 조문을 하고 던진 말이라고는 **앞으로 학생 선도에 신경을 쓰겠다**―뿐이었다. 종종 체벌을 일삼던 인간. 아무리 아파도 야간자율학습에 빠져선 안 된다는 것이 그의 지론이었지만, 하주는 그 시간이 못 견디게 힘들었다고 했다. 감독관도 없이 온전히 학생들에게 분위기 제어를 맡긴다는 것은 자율이 아니라 어떤 의미에선 '방종'이었을 것이다.

툭하면 쓰레기를 뒤통수에 집어 던지고 모른 체한다고 했다. -일기에 따르면- 야간자율학습시간 3시간이 하주에겐 온통 지옥이었다.

게다가 여학생들의 동맹과 분열을 통해 어제의 적과 오늘의 벗이 누구인지 파벌지도를 훤히 들여다볼 수 있는 공간이 바로 급식실. 보름 무리는 급식실에서 하주만 일부러 한 칸 떼어 앉히거나, 안 보는 사이에 밥에 콩을 투하하거나 심지어 먹던 국에 생선 가시를 넣는 등의 도를 넘는 짓들을 저질렀다.

제주도 수학여행에서도 호텔 층계참을 돌아설 때 밑 칸에서는 일부러 두런거리는 욕지거리를 하는 바람에 2박 3일간 지옥을 겪어야 했으며, 체육시간에는 일부러 단체줄넘기에서 훼방을 놓아 쫓아내버리기도 했다. 세상에는 겉으로 멍들지 않게 사람을 죽이는 방법이 다양하다. 조별 숙제를 하든, 학급 미화를 담당하든 언제나 보름 무리는 하주에게 '나는 왕따를 당하고 있다. 나는 외롭다'를 다양한 경로로 일깨워주려 애를 썼다.

그중에서도 가장 최악이었던 것은 이십여 년간 다니던 회사를 그만둔 아빠가 퇴직금을 털어 분식집을 차린 후였다. 장사의 '장'자도 모르는 아빠에게서는 그 나이대가 오랜 회사생활을 하며 몸에 밴 특유의 비굴함과 어색함이 묻어났다. 딸 또래의 여학생들에게 떡볶이와 튀김이 담긴 접시를 가져다주며, 실수 연발하는 모습이란. 그것을 지켜보는 딸로선 안쓰럽다 못해 서글펐을 터, 그 비극의 현장에 소금을 들고 나타난 것은 보름과 미림, 세정과 연영, 이 네 명의 무리였다. 어쩌다 놀릴 구실을 하주의 아빠에게서 찾을 때마다 피식 웃어대던 그 웃음. 오직 왕따 피해자만 알아볼 수 있는 미세하지만 분명한 차이를 주는 눈빛, 억양, 웃음소리까지. 서글프게도 그것을 간파한 하주는 그날 일손 좀 도와달라는 아빠의 부탁을 뿌리치고 집으로 도망간 것을 후회한다고. 미안하다고. 그리고 잘못했다고 적었다.

유서에.

그렇다고 친구가 없는 것은 아니었다. 경찰은 담임선생과 몇몇 아이들의 말만 듣고 하주의 교우 관계를 걸고넘어졌지만, 분명히 어울리는 몇몇은 있었다. 문제는 그 '몇몇'이 하주의 죽음 앞에 침묵을 유지하거나 그저 방관했다는 게 문제지.

역시 일기에 따르면, 하주는 어느덧 내 편과 네 편을 나눠 이해하기 시작했다고 한다. 그 또래 여학생들에게 흔히 볼 수 있는 심리전이다. 머릿수를 조심스레 헤아려 보니 3:4였다고 한다. 하주를 비롯한 두 명의 친구. 그 두 명이 하주에겐 버팀목이었을 것이다. 그리고 상대편인 네 명. 기울기는 해도 그럭저럭 버틸 만하다고, 외롭지는 않을 거라고 믿었을 것이다. 그러나 하주가 정작 궁지에 몰리고 지옥 같은 학교생활을 하면서 죽음에 이르기 전에야 깨닫지 않았을까? 실은 처음부터 1:6이었다는 것을.

그 후로, 하주는 홀로 외로이 삶바를 잡아야 했다.

친척 어른들은 왜 주변에 SOS를 치지 않았느냐고 때늦은(질책에 가까운) 한탄을 쏟아냈지만, 이유는 간단했다. 반 친구들 아무도 도와주지 않을 거란 뻔한 예측이 아니라, 무엇보다 '이미 알고 있는 사실'을 굳이 상기시켜서 하주 자신의 처지가 긴박하다는 것을 고백하는 것이 죽기보다 싫었을 것이다. 이해해야 한다. 하주는 당시 십 대의 감수성 민감한 소녀였으니까. 입 밖으로 자신의 처지를 꺼낸다는 것은 죽는 것만큼이나 어려운 일이다.

남학생들 사이에서는 정확한 가해자가 존재한다. 하지만 여학생들 사이에서는 그것이 분명치 않다. 마치 자갈밭에 스며드는 빗물처럼 얇고 넓게 포진되어 있어 누구 한 사람을 가려내기 쉽지 않다. 경찰도, 선생도, 피해자의 가족도 여학생들 사이에서 가해자를 찾아내기 어려운 이유도 그 때문이다. 결국, 경찰 조사에서 처벌을 받은 이는 아무도 없었다. 가해자는 증거가 없다는 이유로. 방관자는 직접 나서지 않았다는 이유로. 양심의 가책을 느껴 진실한 눈물을 흘리는 이도 아무도 없었다.

시간이 흘러, 페이스북에 가입했을 때 잊을 만했던 사진이 올라왔다. 어떤 식으로 피드가 보였는지는 모를 일이나….

키만 멀대같이 큰 그 담임선생의 페이스북에 스승의 날을 맞이해서 모교를 방문한 네 명의 무리 사진이었다. 몇 해가 바뀌도록 하주의 영정사진은 교복 차림 그대로인데, 그들은 꽤 세련된 모습으로 변했다. 화장도 예쁘게 하고 옷도 비싸 보였다. 하지만 가운데에 선 멍청한 담임선생은 모를 것이다. 겉보기엔 영리해 보이지만 실은 그 뒤에 숨겨진 제자들의 교활함을.

죽은 자는 말이 없다. 죽어봐야 본인만 손해. 복수를 해봤자 또 다른 복수를 낳을 뿐이며, 진실을 알아내기에도 역부족이다. 시간이 흐를수록 하주의 죽음은 인생을 짓누르는 짐처럼 느껴졌다.

여기까지가 그 명함을 손에 넣기 전까지의 삶이었다.

납골당에서 하주에게 이제는 돌아오지 않겠노라 상처가 많은 한국을 떠나 부모님과 함께 미국으로 영영 가서 살겠노라고, 이제 아무런 도움이 되지 못했던 못난 언니를 잊어달라고 돌아오던 날. 계단에 문득 명함 하나가 떨어져 있었다.

과거로 돌아갈 수 있다?

돌아가 볼까 한다.

그년들에게서 자백을 받아내야 하니까. 반드시.

*

"그래서 녹음을 해왔다고요? 2011년에 가서?"

하얀 호텔 유니폼 차림의 황미주 고객은 대답 대신 MP3를 흔들며 눈을 찡긋했다. 그러면서 알짜배기 상품 중 1박 2일 일정으로 간 것은 전날 미리 가서 호텔 객실 침대 밑에 녹음기를 숨겨두기 위함이었다고 고백했다. 그리고 이튿날 외부에서 도청을 통해 충분히 증거를 확보한 후, 호텔 하우스키퍼로 변장하고 들어가 침구를 교체하는 척하면서 녹음기를 수거해온 것.

"어쩐지 여행 가는 사람 같지 않더군요, 고객님은. 마치 전장에 나가는 장수 같았다고요, 하하. 왕따로 인해 죽은 여동생의 복수를 위해 과거여행을 하셨다⋯ 눈물겨운 자매애군요."

캡틴은 가슴 포켓의 행커치프를 꺼내 눈물을 닦는 시늉을 했지만 아무도 웃지 않았다.

"문제 될 거 없죠?"

"물론이죠. 그렇다고 그 녹음자료를 악용하시면 안 됩니다. 저희 히라이스가 곤란해지는 건 원치 않으니까요."

"악용이 아니라. 이용이죠."

"무슨 차이죠?"

"제대로 된 사과와 인정을 받아낼 거예요. 인터넷에 공개하기 전에 먼저 김보름의 기획사에 파일을 보낼 예정이에요. 물론 사전에 언론 플레이 좀 할 거고요. 학폭 가해가 얼마나 큰 죄악인지 이번 참에 깨닫게 해주려고요. 꽤 간 떨리겠죠?"

"듣기만 해도요."

"여왕벌 노릇도 끝났다는 걸 알려줘야죠."

자백을 받아내서였을까? 처음 사무실을 방문했을 때와 달리 그녀의 얼굴은 해방감으로 가득 차 있었다.

"그렇게 해서 연예계 진출을 막으시려는 의도인가요? 댓글들이 기대되는군요."

"아뇨. 어차피 뜰 감도 못되니까요."

"그렇다면?"

"여왕벌에게 있어서 진짜 형벌이 뭔지 아세요?"

"왕좌에서 쫓겨나는 거?"

"왕좌 주변에 아무도 없는 거."

"이야, 짤 없군요."

"이제 혼자 세상과 싸워보라고 하죠. 누가 편을 들어주나. 자업자득이에요. 결국, 산타 할아버지는 시간이 아무리 지났어도 누가 착한 애고, 누가 나쁜 애인지 다 아시는 법이니까요. 해피 크리스마스."

그녀는 호텔 유니폼을 소품실에 반납한 뒤, 가벼운 목례와 함께 사무실을 떠났다.

문 쪽에서 시선을 떼지 못한 캡틴이 덧없이 손을 흔들며 말했다.

"왜 사람들이 '현재'를 아무렇게 흘려보내는지 알 것 같군. 그건 바로 누리고 있는 순간순간이 언젠간 과거가 될 거라고는 미처 생각하지 못하기 때문이야. 방금 2011년 호텔에 남겨진 그 아가씨들처럼 말이야. 후후, 뭐 그럴수록 우리 히라이스는 돈을 벌지만."

"역시 인과응보인가 봐요."

의상을 정리하던 세일러 중 한 사람이 어깨를 으쓱하며 말했다.

"그러게. 과거에 범죄를 두고 온다면, 미래에는 반드시 값을 치러야 한다는 게로군! 그것도 꽤 센 이자와 함께."

사무실 한쪽에 위치한 대형 크리스마스트리에서는 고요하고 따뜻한 빛이 반짝거렸다.

제2장

시간의 거리

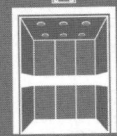

시간에는 자기보존의 기능이 없어서
지나면 지날수록 닳고, 바래고, 서글프다.

*

2015년 10월 23일. 〈제20차 남북 이산가족 상봉행사〉

상봉장 안.

앳된 자원봉사 여학생들이 새 한복을 곱게 차려입고 저마다 피켓을 들
고 서 있었다. 현장에는 각 방송사 촬영 팀들이 나와 있었다. 여기저기서 카
메라 플래시가 터지자 늙은 어머니는 눈이 부신지 연신 인상을 찌푸렸지
만, 그 와중에도 입장하는 북측 노인들의 얼굴을 하나하나 뜯어보기 위해
애를 쓰셨다. '아무리 보아도 누가 누구인지 모르겠다. 사람이 나이가 들면

비슷하게 생기는 이유가 뭘까?' 하고 잠시 딴생각도 든다. 남북 할 거 없이 노인들이 앞을 스칠 때마다 양복에서 퀴퀴한 옷장 방습제 냄새가 어우러져 풍겼다. 이미 흘러간 육십여 년의 세월을 어찌 단 한 번에 알아차릴 수 있을까마는 이따금 상봉의 비명이 곳곳에서 터져 나오자 차츰 마음이 조급해졌다.

급기야 알지도 못하면서 일단 아무나 붙잡고 보는 어머니. 함께 따라온 형수님이 팔짱을 붙들고 있지 않았다면 저만치 나가서 헤매고 다닐 판이다. 어차피 정해진 테이블에 순서대로 오게 되어 있다고 일러도 무릎도 안 좋은 양반이 지팡이를 짚고는 영 앉을 줄을 모른다.

"서방님도 못 알아보시겠죠, 영?"

"그럼요. 아버지 얼굴은 사진에서나 뵈었죠."

"하긴… 애들 아버진 막 돌이 지났을 때고, 서방님도 어머니 배 속에 있을 때였으니까."

"그나저나 어머니를 알아보실 수나 있을지 모르겠어요."

뽑고 보니 겁이 났다. 정말 어머니의 얼굴을 잊어버렸으면 어쩌지? 스무 살에 헤어진 조강지처를 지금 와서 알아볼 수나 있을까? 세월이 얼마고 또 그동안 변한 강산이 얼만데. 흘러간 계절만 켜켜이 쌓여 주름이 되어버린 어머니의 눈 밑에는 삶의 풍파가 퇴적되어 있었다.

손에서 영 놓을 줄 모르는 흑백 사진 속엔 사각모를 반듯하게 쓴 앳된 청년과 소녀티를 막 벗은 처녀가 있다. 양가 부모에 의해 그냥 짝이 맺어져 지붕 아래 새끼들이 나동그라질 동안 아직 미처 어른이 되지 못한 두 사람의 어리숙함도 함께 찍혔다. 여든이 넘었을 얼굴을 가늠하기에 한없이 부족한 그것을 어머니는 꼬박 63년째, 딱 내 나이만큼 나침반처럼 품에 지니고 사셨다.

"어머니!!! 저예요. 어머니!"

하고 다른 테이블에서 또 다른 비명이 터져 나오자, 어머니는 "아이구야" 하시면서 당신 일인 양 연신 가슴을 쓸어내리셨다.

"엄마! 왜 그래?"

"놀래서."

"침착허니 있어 봐요."

어머니는 듣는 둥 마는 둥 건성으로 고개를 끄덕거렸다. 어머니는 힘에 부치는지 몸을 반쯤 기대었지만, 워낙 작고 왜소한지라 깃털만큼 가벼웠다.

계속해서 입장 행렬이 이어지는 북측 가족 출입문.

"완… 냐!"

어머니, 형수님, 그리고 나는 일제히 소리가 나는 쪽으로 고개를 돌렸다.

"완례냐?"

꾸깃꾸깃한 회색 양복에 회색 중절모를 쓴 노인이 서 있었다. 비쩍 마른 몰골에 깊게 파인 팔자 주름, 한쪽 눈이 애꾸눈이라는 것을 알아차릴 만큼 어느새 코앞까지 다가온 노인. 그가 다시 말했다. 아니, 소리쳤다.

"나야, 나! 리영득이다!"

*

그 순간, 살면서 가슴속에 간신히 버티어 오던 무언가가 시원하게 무너져 내리는 듯했다.

한쪽 다리를 절뚝이며 다가오는 노인은 한눈에 봐도 아버지였다. 아버지 이영득이었다. 왼쪽 가슴팍엔 명찰을 차고 있었는데, 그보다 조금 위에 달린 김부자의 붉은 휘장이 먼저 시선을 사로잡았다. 그러나 아버지는 눈앞에 자식을 몰라보고 63년 전에 헤어진 색시가 맞는지 연신 어머니의 이름만 계속해서 불러댔다.

"완례냐? 완례 맞어?"

"이. 나 성완례 맞소."

"아하… 완례라고?"

"나 성완례요."

잔뜩 상기된 얼굴로 감격스러워 눈물을 터뜨리는 형수와 달리 두 분은 길에서 오다가다 먼 친척을 만나 근황을 묻는 것 같은 풍경을 연출했다.

"아바지가 성종학? 길티?"

"맞소. 우리 아부지 성종학. 이발사. 시아부진 이상재. 자전차 점포를 하셨구."

"아! 맞다! 이래 보니 완례가 맞구나?"

양 가의 아버지 존함만 알고 멀찍이서 한 번 쓱 보던 그때처럼. 두 분은 그렇게 두 번째 해후를 심심하게 해냈다.

"이렇게 살아서 만날 줄 누가 알았냐!! 내 새끼야!"

"엄마! 내가 엄마 딸이야! 나 기억해?"

여기저기 테이블에선 다른 이산가족들의 울음과 절규가 뒤섞여 난리도 아닌데, 카메라와 기자들이 온통 에워싸고 있는데, 이쪽은 공기가 사뭇 달랐다. 좀처럼 섞일 수 없는 두 공기가 팽팽하게 흐르고 있었다.

"영감, 나 기억하겠소?"

"응?"

"나 기억하겠냐고."

귀가 먼 아버지에게 형수가 대신 크게 소리쳤다.

"아버님! 어머니 기억하시겠어요?"

"기럼! 오래 산 보람이 있구만 기래."

"이 짝이 아들. 작은놈."

"작은놈이라니? 큰놈은?"

"일찍 갔수" 하고 내뱉은 어머니는, 잠시 뒤 작게 말했다.

"간경화로다가."

"뭐어?"

다시 귀가 안 들리는 아버지에게 형수가 크게 소리쳤다. 이번엔 애써 울음을 참으면서 하소연하듯이.

"간경화로 갔어요, 아버님! 큰아들이 먼저 갔어요!! 지금은 여기 작은아들만 있어요!"

*

비통함을 감추지 못한 아버지는 한참 눈을 감고 있었다. 지팡이를 꼭 쥐고 있는 왼손이 부들거리는 것이 한눈에 보였다.

"아버니임. 제가 큰며느리예요. 큰며느리! 이쪽은 서방님이에요! 아버님 둘째 아드을!"

형수의 말에 아버지가 처음으로 나의 얼굴을 빤히 쳐다보았다. '이놈이 내 아들이구나' 하는 눈빛이라기보다는 '이놈이 내 아들이라고?'에 가까운 그런.

어쩐지 이질감이 들다 못해 거부감까지 드는 눈빛이었다. 평소에 어머니가 늘 말해오던 노래도 잘 부르고, 웃기기도 잘하는 그런 다정다감한 아버지라는 분의 눈빛이 그러했다. 그러면서 큰절을 하는 형수에게는 남편도 없이 시어머니 봉양하느라 애쓴다며 할 수만 있다면 열녀문이라도 세워주고 싶다며 입이 마르도록 칭찬을 아끼지 않았다. 하지만 나에게는 눈길을 주는 법이 없었다. '배 속에 있을 때 헤어져 정이 없어서일까?' 미루어 생각해봐도 좀처럼 납득이 가지 않는 태도에 옹졸한 마음마저 들었다.

큰맘 먹고 용기를 냈다. 테이블 위에 놓인 각종 남한의 탄산음료와 생수를 잡숴보시라고 까드리자 아버지는 "야야, 이거 우리 공화국에 금강산 샘물만 못해!"라며 냉소를 흘려 다 늙은 자식의 마음을 서운케 했다. 그러면서 옆에 꽃무늬 한복을 입고 온 초로에 접어든 여자와 눈을 마주치고 웃었는데 나중에 듣고 보니 짐작대로였다. 그이가 북녘에서 낳은 막내딸이라고 했다. 당신께선 스물여섯에 재혼해 북에서 4남 5녀를 낳았고, 그중에서 다섯만 살아남았다며 눈물을 떨구었다. 공감할 수 없는 슬픔에 무력감이 엄습했다.

"그동안 잘 사셨소? 아픈 덴 없구?"

"기럼! 장군님의 사랑으로 평안하게 잘 살고 있디. 기러니 오늘 같은 날도 누리지 않갔어?"

그렇다면 다행이라며 고개를 끄덕거리고 희미하게 웃고 있는 어머니의 옆얼굴을 보자, 갑자기 억울함이 치밀어 올랐다. "큰어머니 고생 많으셨디요?" 하고 막내딸이라는 북한 여자가 입을 틀어막고 운다. 저 눈물에는 얼만큼의 진정성이 담겨 있을까.

옆 테이블에서 두 부녀가 서로 부둥켜안고 울자, 형수가 부추겼다.

"아버님! 어머니 손 한 번 잡아주세요!"

"우리 시대는 그러티 아나! 이래 얼굴 본 것만으로도 얼마나 감격스럽니?"

딴엔 쑥스러워서이겠지 싶었다가도 끝내 완강히 거부하는 것을 보자 나의 심사가 꼬일 대로 꼬였다. 곁에서 내 안색이 좋지 않은 걸 감지했는지 어머니가 부러 이렇게 말했다.

"보소. 이놈이 대학두 지 힘으루 가고. 지 힘으루 큰 회사도 들어갔소."

"오호, 대하악?"

"이. 제일 우등으로 졸업허구… 영어도 잘 하구."

"기래. 잘했다."

하며 웃을 때도 역시 곁에 막내딸을 보고 싱글벙글했다. 이쪽이 분위기가 어떻다 하는 것을 깨닫지 못한 채. 어쩐지 석연치 않은 칭찬. 본래 성격과 인품이 그래서일까? 실패로 끝나 불명예로 남은 미국 생활을 어머니가 이어서 꺼냈을 때도 굳이 말리지 않았다. 미국이라는 큰물을 먹고 왔다고 하면 또 반응은 달라지겠지. 그런데 돌아온 대답은,

"야야! 성완례! 너 자식을 어떻게 키운 거이야?"

하며, 아랫입술을 꽉 깨물자 회녹색으로 부러진 채 썩은 앞니가 도드라져 보였다. 어머니는 아연해 할 말을 잃은 듯 보였다.

아버지가 그렇게 벌컥 화를 내자 팔뚝에 **'보도'**라는 파란 명찰을 찬 카메라맨들이 뭐라도 건수 올리겠다는 심산으로 셔터를 눌러댔다. 옆에서는 보조로 따라온 여성이 마이크를 들이밀었다. 감당할 수 없는 시선들이 대번에 꽂히자 늙으신 어머니가 놀란 모양이었다. 급기야 당신께서도 서운하셨던지, "뭔 소리요. 당신 새끼 잘 컸지 않소" 하고 기어들어 가는 목소리를 쥐어 짜가며 말했다.

"더러운 미제 구렁텅이로 자식새끼 처박아 놓구 뭘 잘 커? 잘 크기를!!! 이것은 우리 집안의 수치다, 이 말이야!"

7년 후.

순간, 번쩍하고 눈이 떠졌다.

못된 노인네. 꿈에까지 찾아와 또 그 소리야? 흥! 뭐? 집안의 수치?

하지만 다시 하늘이 빙글빙글 돈다. 공중에서는 알싸하고도 역겨운 알코올이 마치 핵분열처럼, 아니 이왕이면 피톤치드라고 하자. 그래, 피톤치드처럼 내려앉아 온 얼굴을 적셨다. 들숨 날숨 역겨운 알코올 냄새가 코끝을 찌르고 폐부를 찌른다. 그러다 쿨럭쿨럭!

뜨끈한 열선이 흐르는 마룻바닥. 옆으로 드러눕고 보니 이번엔 웅얼대는 거대한 모기떼 소리가 귓전에서 울렸다. 내 피를 빨아먹는, 아니 우리 엄마 피 빨아먹고 살아온 그 거대한 인간 모기떼의 소리가.

반쯤 벌어진 눈꺼풀 사이로 저만치 상 밑의 풍경이 보였다. 바닥에 떨어진 전, 나물, 떡 부스러기, 가끔 쓰러진 술병도 보인다. 그리고 피어오르는 향. 끊임없이 들어오는 문상객들.

"안 상주분께서는 이쪽에 계시고. 상주분은…? 네, 이쪽에 서 계시면 됩니다. 오늘까지 조문을 받고요. 내일 이른 아침에 7시 20분까지 운구차를 타고 화장터로 갈 겁니다. 운구차에는 직계가족 세 분이 타시고요. 고인의 관을 드실 분들은 모두 섭외가 됐나요?"

상조회사에서 나온 장례지도사가 의례와 절차에 대해 열심히 설명하고 있지만, 나는 비틀거리는 몸을 주체하지 못해 결국 바닥에 철퍼덕 나자빠졌다. 저 멀리 사진 속 어머니의 얼굴이 보였다. 집안의 수치라고 역정 내던 아버지 앞에서 쩔쩔매며 뭐라고 시원한 대답을 내놓지 못했던 어머니가.

큭!

실소가 터져 나왔다. 형수가 눈짓하자 조카가 부축해 일으켜 세우려 했지만, 그마저도 뿌리치고 말았다.

이.영.완.

언제고 물어본 적이 있다. *"엄마! 내 이름은 어째서 영완이로 지었소?"* 그러자 돌아온 말이 얼굴도 모르는 아버지 영득의 '영'자와 엄마 이름 완례의 '완'을 합쳐 지었단다. *"그래도 전주 이씨라면서 항렬이고 뭐고 없었대?"* 하고 되묻자 누가 들을세라 목소리를 낮추더니 *"전주 이씨는 개코다. 실은 니 증조부가 돈 주고 족보 산 거란다. 내 시집올 적에도 그 냥반 살아 계셔서 작은 시숙헌티 하는 이야기 부엌께서 몰래 들었다"* 그러면서 덧붙이기를 *"갑오경장 끝나구 사들였단다, 그거시. 그란 줄도 모르고 니 아부진 전쟁터 끌려가는데도 족보 챙겨 들구 갔다, 시상에. 환장헐 일이지"*라고 한 뒤로는 다시는 집안의 가풍이니, 조상이니 물어보지도 않았다.

크큭!

다시 웃음이 터져 나왔다. 이번엔 아예 주체할 수 없어 박장대소를 했다. 결국, 참다못한 형수가 와서 *"이러고 있으면 어머니가 잘도 눈 감으시겠어요!"* 하며 등을 세게 후려쳤지만, 좀처럼 웃음을 멈출 수가 없었다. 열일곱에 시집와서 이 족보 사들인 집구석에서 한평생 남편을 기다리며 시어른을 모시고 제사 지냈을 어머니. 밤낮 시장통에 나가 장사하며 건사해야 했던 시동생과 시조카들, 그리고 나머지 줄줄이 사탕들. 그중에서도 동갑내기 사촌 동생에게 냅다 달려들어 멱살을 잡았다.

"이놈! 잘못했지? 이놈?"

"아, 형님 왜 이러쇼?"

뼈 빠지게 일해서 대학까지 보내놨더니 바로 여자 달고 와서 돈까지 해 달라던 그 시절 작은아버지의 포마드 처바른 낯짝이 떠올랐지만, 도리상 이미 가고 없는 어른의 멱살은 못 잡겠고, 대신에 육개장이 짜네, 싱겁네 하면서도 야무지게 먹어치우는 그 아들놈이라도 잡아야지, 안 그러면 제명에 죽을 것 같았다.

"왜 이려? 형님! 미쳤어?"

옥신각신.

아수라장.

말리기보다 기겁하며 뒷걸음질치는 **'줄줄이 사탕들'**.

*

"정말 해도 너무 해요. 사람이 그럼 안 되죠. 어머니 상중에 그러는 법이 어딨대요, 대체. 편히 눈이나 감으시겠어요? 어휴. 서방님 속이야 내가 다 알지이. 알지만 정도껏 해야죠, 정도껏."

어머니를 묻고 온 날.

걱정되어서 못 가겠다고 버티는 형수에게 "이제 시어머니도 없으니 형수도 해방이네요" 하니까 뒤따른 잔소리가 저러했다. 할 만큼 했으니 여긴 내가 정리하겠노라고, 빈소에서 난리 피운 건 천 번 만 번 내 잘못이라고 싹싹 빌어서 겨우 돌려보냈다.

빈집을 지킨 지도 3시간째.

주인 없는 빈집인 줄 어떻게 알고 이따금 산새 몇 마리가 함부로 드나들었다.

장례식장에서 가져온 각종 용품과 남은 음식들이 한쪽 박스에 담겨 있었다. 그 위에 누가 두고 갔는지 담뱃갑을 보고 있자니 떠오르는 엄마 생각.

"염병할 놈아. 아주 그냥 목구녕에 군불을 때라! 군불을 때에."

열다섯 살, 호기심에 친구와 몰래 집 담벼락 밑에서 담배 피우다 걸린 날, 어머니가 했던 말이다. 그렇게 곱고 고왔던 어머니는 혼자 두 아들과 시댁을 건사하고 살면서 못하는 욕이 없었는데, 결단코 **'후레자식'**이라는 욕은 입에 담는 법이 없었다.(오히려 그 욕은 난생처음 중학교 때 공납금을 못 냈다는 이유로 담임선생에게 들었다) 아비 없이 키워서 네가 이 모양이 됐다며 에미 잘못이라고 대들보에 꽉 목매달아 죽겠다고 소동을 피운 뒤로, 그 후로 살면서 담배에 손을 댄 적이 없었다. '한번 필까?' 하고 손이 그리로 가려다가,

"야야, 탤런트 배동남이는 나이 예순다섯에 갔는디, 담배도 안 피우는 냥반이 폐암으로 갔단다, 글쎄. 노상 죽은 마누라 제사 지내준다고 집 안에서 향을 피웠댜. 너는 니 친할아버지를 닮아서 폐 관리 단디 해야 헌게 나중에나 죽거들랑 향도 피우지 마라. 설마하니 향 안 피웠다고 지옥 가간?"

문득, 우리 살면서 고생만 하다가 간 큰어머니 불쌍하다고 울며불며 쉬지 않고 향을 꽂아 재끼던 이 씨 사촌들이 떠오르자 다시 분기가 탱천했다. 그러다 스스로 빈소에서 난리 피운 일을 떠올렸다. 이 털어내듯 머리를 벅벅 긁어 쭈그리고 앉았다. 뭐 하나 제대로 해드린 기억이 없다. 차남이라고 고향을 버려둔 채 홀로 상경하고, 고졸이라는 학력에 콤플렉스를 느끼던 나에게 해외 주재원으로 나가는 건 큰 기회였다. 그렇게 한 번 외국 물을 먹고 오니 세상을 바라보는 눈이 달라졌다. 미국이란 나라에만 가면 무조건 행복할 줄 알았다. 모든 여성이 마릴린 먼로고, 제임스 딘 같은 미국 청년들과 청바지 입고 누비고 다닐 줄 알았다.

인종차별, 건강 악화, 지독한 외로움, 돌아오고 싶어도 비행기 표 살 돈도 없는 가난, 무작정 식구들과 떠난 '아메리칸 드림'은 그렇게 산산조각이 났다. 딸아이의 학교 부적응과 탈선, 결정적으로 실직은 가정불화의 원인이 됐다. 한국으로 들어간다는 말도 안 한 채 귀국했다. 물론 혼자였다. 위자료는 됐으니 깨끗이 갈라서자길래 이혼 서류에 순순히 사인을 해줬다. 애는 제 엄마를 따라가겠다고 했다.

햇볕 좋은 어느 날.

공항에서 바로 고속버스를 타고 홀로 고향 집에 내려왔다. 어머니는 밭에서 무씨를 심느라 평온했다. 인기척을 느꼈는지 돌아보던 어머니는 딱 한마디 했다.

"인쟈 왔냐?"

어머니는 2015년 가을, 이산가족 상봉장에서 아버지를 반세기를 넘어 만났을 때도 꼭 그 말을 했다.

"인쟈 왔소?"

어린아이처럼 흐느낌이 새어 나왔다. 나이 칠십 앞두고 "엄마아- 엄마아-" 하고 울부짖었다. 화장장에서 가마에 들어가던 그 작고 늙은 불쌍한 어머니. 다음 세상에는 수절하지도 말고 딱 3년 기다려봐서 남편이 오지 않거든 바로 뒤도 돌아보지 말고 재혼이나 하시길.

얼마나 울었을까? 문득 이러고 있을 때가 아니라는 생각이 들었다.

엄마에게 가서 용서를 빌어야지. 다시 납골당에 가자. 자리에서 일어나 기름져 뭉친 머리칼을 서둘러 손으로 쓱쓱 넘기고 장롱에서 제일 값이 나가는 옷을 꺼내 입고 나갈 채비를 했다.

가만 차 키가 어딨더라. 재킷 안주머니와 바지 주머니를 뒤지다 어느 명함

하나가 실밥과 함께 손에 들려서 나왔다. 싸구려 재질의 처음 보는 명함. 눈물조차 메말라 화장장에서 하염없이 밖에 나와 하늘만 바라보던 나에게 어느 노인이 분명 뭔가를 쥐여준 것 같긴 하다. 경황이 없어 그냥 주머니에 꾸겨 넣었던 것.

과거여행사 히라이스   HIRAETH
TIME TRAVEL AGENCY

전 세계 단 5지점!
히라이스가 드디어 대한민국에 상륙했다!
언제, 어디든 떠나고 싶다면 당일 출발!

상품 문의 : 000-XXXX-XXXX

"뭐야, 이게?"

*

히라이스 서울지점 사무실.

사무실 안에서는 어느 중년 부인이 한참 캡틴과 실랑이를 벌이고 있었다. 그녀는 짜증스러운 표정을 기본값으로 하는 데다, 목에 두른 캐시미어 머플러 너머로 주름이 자글자글했지만, 만만치 않은 삶에 풍화되기 전에는 제법 세련된 미모였음을 미루어 알 수 있었다. 게다가 오래도록 담배를 펴 왔는지 제법 걸걸한 목소리로 그녀가 따져 물었다.

"아니 글쎄에, 대체 왜 안 된다는 거냐고요? 답답해 죽겠네, 증말."

캡틴이 낮고 부드러운 목소리로 타이르듯 말했다.

"아시잖습니까? 고객님께서는 이미 옐로카드를 한 번 받으셨다는 걸요. 저희 내부규칙상 옐로카드 1회당 1년 여행 금지랍니다. 사전에 고지해드렸을 텐데요? 모쪼록 양해 부탁드립니다."

줄곧 이쪽에 귀를 묻고 있었던지 왼쪽에서 신나게 키보드를 두드리던 한 세일러가 결국 못 참고 웃음을 터프렸지만 아무도 못 들은 모양이었다.

부인이 다시 사정했지만 소용없었다.

"솔직히 옐로카드를 받을 정도는 아니잖아요."

"남편의 예금 통장을 과거로 가서 몰래 빼돌리는 것은 시간법에 어긋난다고 말씀드렸을 텐데요? 다행히 결과적으로 실패했으니 법적 처벌은 면한 겁니다. 그러니 내년에 다시 상품을 구매해주시죠. 지금으로서는 당장 저희도 판매할 수 없습니다."

부인은 가슴을 치며 한탄했다.

"어휴! 제가 괜히 이러겠어요? 그놈의 인간이 뭔 놈의 보증을 서네, 어쩌네 설레발을 치고 다니는 바람에 나랑 우리 자식들이 얼마나 고생을 했다고요? 어휴… 하여간 팔자도 박복하지."

"이야… 과거도 바꾸는 마당에 팔자는 못 바꾸다니…."

"뭐라고욧?"

"못 들은 거로 하십시오. 어쨌거나 사정은 안 됐지만, 규정상 어쩔 수 없군요. 남편분과 잘 대화해보시는 게 어떻겠습니까?"

"대화가 안 통하는 한량이니까 이러죠! 이럴 줄 알았으면 통장을 빼돌릴 게 아니라 아예 그때 미팅을 나가질 말았어야 했는데…!"

"미팅이요?"

"내가 말 안 했던가요? 옛날에 미팅으로 그 인간을 만났다는 거? 남학생들이 테이블 위에 올려놓은 게 만년필, 법학 서적, 라이터 이렇게 세 가지였다고요. 그때 내가 라이터를 잡는 바람에 내 인생이 이 모양, 이 꼴이 됐지 뭐예요? 법학 서적을 잡았으면 지금쯤 달라졌겠죠, 안 그래요? 그랬다면 지금쯤 법조인의 와이프가 됐을 텐데… 인물 잘난 거 다 소용없었단 걸 왜 몰랐는지! 할 수만 있다면 그 시절로 돌아가서 내 손모가지를 부러뜨리고 싶어요."

그때, 비서가 살포시 문을 열고 얼굴을 보였다.

"캡틴. 새로운 고객님께서 오셨는데요."

캡틴이 중년 부인 너머로 문 쪽을 향해 시선을 던졌다. 이윽고 들어온 나이 지긋한 남자는 어색한 웃음을 지으며 머리 숙여 인사했다. 그리고 반으로 접은 명함을 수줍게 내보이며,

"저어, 과거…에 갈 수 있다길래요. 2015년으로도 갈 수 있습니까?"

과거 이산가족 상봉장으로 가고 싶다는 이 중년 남성은 듬직한 체구에 풍성한 숱과 반지르한 피부, 깔끔한 안경테, 네이비색 스포츠 코트와 연보라색 와이셔츠의 레이어드 매치로 전혀 남루하지 않은 옷맵시를 자랑하고 있었다. 게다가 값이 나가 보이는 세이코 손목시계까지. 또 그런 예상에 부응하듯이 자신을 사업가로 소개한 그의 나이가 벌써 육십이 넘었다고 말했을 때는 적잖이 놀랐다.

"저런… 그런 일이 있었군요. 저도 이산가족의 마음을 이해합니다."

수석 세일러가 휘둥그레진 눈으로 캡틴을 쳐다보았지만 아랑곳없었다.

"이산가족이십니까?"

"네. 제 처의 삼촌 중 한 분이 북한에서 산다고 들었습니다. 전쟁 때 헤어

져서."

물론 거짓말이다. 고객의 마음을 사기 위한 멘트는 불법만 아니면 된다. 전 지점 영업 실적 TOP3 안에 드는 날이 눈앞에 보이는 마당에 전력을 다해야 하니까.

"그렇군요…."

대화가 중간쯤 진행됐을 때, 여직원이 타온 차를 건네는 캡틴. 잠시 쉬어가는 호흡. 여전히 뜨악한 얼굴을 하는 수석 세일러에게 어깨를 으쓱하며 되묻는 표정을 지었다.

"그럼 우선 저희 상품을 한번 보실까요?"

겉표지에는 **히라이스 과거여행사 상품 안내**라고 쓰여 있었고, 얼핏 봐서는 일반 가전제품에 대한 카탈로그와 다를 게 없어 보였다.

"이산가족 상봉, 그날 그 현장에 가고 싶단 말씀이시죠?"

"그렇습니다."

"음… 그럼 패키지상품에 [부모님과의 시간]은 어떠신가요?"

"그거 괜찮군요."

"좋습니다. 그럼, 당일 출발하실까요? 아니면 예약도 가능합니다."

캡틴이 그의 행색을 훑어보며 미심쩍은 눈으로 물었다. 술 냄새를 감지한 탓이다.

"미룰 필요 뭐 있나요. 바로 갑시다. 지금 당장."

*

2015년 10월 23일. 〈제20차 남북 이산가족 상봉행사〉
두 번째 상봉의 아침 하늘은 우중충했다.

5층 높이의 건물 정중앙 출입구에는 [환영 남북 이산가족 상봉]이라는 큰지막한 플래카드가 걸려 있었다.

그날의 하늘, 그날의 공기, 사람들의 들뜬 표정과 북새통을 이루는 취재진, 그리고 무엇보다 돌아가신 어머니의 생생한 모습과 형수까지. 나는 여행사 직원을 따라 엘리베이터를 탔던 순간을 떠올리려 애를 썼다. 삼면에 거울이 달린 성인 남자 다섯 명 정도가 들어갈 법한 크기의 엘리베이터였다. 단지 특이점이 있다면 여닫는 버튼과 [현재], 그리고 주판을 맞추듯 숫자를 끌어다 조합한 [2015] 버튼뿐이었다.

"문이 열리면 나가시면 됩니다."

"저 혼자 말입니까?"

"물론이죠. 가이드 동반에 체크를 하지 않으셨으니까요."

여기까지가 엘리베이터에서 내리기 전, 직원과의 마지막 대화였다.

이윽고 문이 양쪽으로 열리자 오전 8시 30분의 밝은 햇살이 들어오면서, 쾌청한 공기가 코끝을 엄습했다. 문은 닫혔다. 눈앞에 펼쳐진 세상이 온통 낯설기만 한 나는 이미 문밖으로 나왔고, 옆에는 어머니, 그리고 형수가 있을 뿐이었다. 형수가 든 짐 보따리는 북에 계신 아버지를 만나면 드릴 선물들이었다. 금은방에서 거금 들여 맞춘 시계, 이마트에서 제일 비싼 육만 오천 원짜리 넥타이, 홍삼즙, 그리고 전쟁 때 헤어질 때 제대로 껴입혀 보내지 못한 것이 후회스러웠다는 어머니의 손수 짠신 목도리까지. 그것이 다 무슨 소용인가 싶었다. 어머니는 "아마, 니 아부지 새장가 들었을 것이다. 암, 그래야지. 남자 혼자 워쩌그 살겠냐?"고 말했지만, 그마저도 자신의 충격을 완화하고자 괜히 하는 소리 같아 서글프면서도 아버지도 과연 어머니가 재혼했다면 그렇게 말했겠느냐고 되묻고 싶었다.

서둘러 들어간 상봉장 안에는 남측 여학생들이 한복을 차려입고 각각 에스컬레이터 앞, 출입문 앞, 내부 곳곳에서 안내 피켓을 들고 서 있었다.

"17번입니다."

숙련된 웃음으로 자리를 안내하는 여학생. 테이블 위에는 미리 마련한 대로 어머니와 아버지의 성함이 커다란 팻말에 적혀 있었다.(전혀 어울리지 않는 모양으로)

이윽고 입장하는 북측 가족들. 백발의 노인 중에서 아버지를 찾아내기란 이제 어려운 일이 아니었다. 차례로 만나는 이산가족들. 눈물의 절규가 쏟아질 때마다 몰리는 카메라맨들. 부축을 받으며 서성이는 어머니의 얼굴에 긴장과 회한이 마구 버무려져 있었다. 잠시 뒤, 아버지가 나타날 때가 된 것 같다는 직감이 들었다. 나는 아버지가 금강산 샘물보다 맛없더라는 남한의 생수를 단숨에 들이켰다.

"서방님도 못 알아보시겠죠, 영?"

하고 형수가 물었다.

그때 마침 저기서, 아버지가 좌우를 두리번거리며 다가오고 있었다. 과거여행을 통해 왔다지만, 나에겐 더없이 소중한 기회였다. 그렇기에 서둘러 일어섰다. 그리고 어머니의 한쪽 팔을 당기며 냉담하게 말했다.

"가요, 엄마. 만날 필요 없어요."

*

히라이스 서울지점 사무실.

"벌써 오셨습니까, 고객님?"

"아직 30분밖에 안 지났는데….".

모두가 휘둥그레진 눈으로 이영완 고객에게 물었다. 걱정스러운 말투였지만, 얼굴에는 '무려 250만 원을 들여서 30분 만에 귀환하는 바보가 있다니!'라고 당장이라도 말하고 싶은 표정들이었다.

"됐습니다. 볼일은 다 봤습니다."

어쩐지 쓸쓸해 보이는 웃음을 지으며 그가 말했다.

"볼일이요?"

"네. 생각해봤는데 어쩌면 과거는 흘러간 대로 두는 것도 좋은 것 같습니다. 굳이 들추어낼 필요가 없는 거죠."

그는 쓸쓸히 웃는 얼굴로 사무실을 나갔다. 그가 떠난 자리에 아직 옅게나마 술 냄새가 남아 있었다. 무기력하고 절망스러운 공기와 함께.

대체 어떤 사연이 있는 것일까. 주어진 소중한 시간을 냉철하게 외면한 이유가 뭐였을까?

"북한에 처가 식구가 있다는 거짓말은 뭐 하러 하셨어요?"

수석 세일러가 질타에 가까운 톤으로 속삭였다.

"내가 거짓말이라도 했나?"

"그럼 진짜라고요?"

"이봐, 수석. 우리나라가 반으로 갈라졌다는 거는 일가친척 중 절반은 북쪽으로 넘어갔을 거란 이야기야. 설마하니 수십 명이 넘는 처가 식구가 모두 남한에서 살 리는 없잖아, 확률적으로?"

"그래도 그렇죠!"

"이건 나만 알고 있는 일급 영업비결인데 하나 알려주지. 자고로 고객 주머니에서 돈을 빼낼 때는 말이야. 내 쪽에서도 패를 내줘야 한다고. 삼성 이건희는 부모 자식 빼고 다 바꾸라고 했지만 노노, 그건 틀렸어. 필요하다면 부모님 이야기까지 꾸며낼 줄 알아야 한다고."

"너무 심해요!"

"심하다니? 그렇게 해서 번 돈으로 부양하면 쌤쌤이지! 어차피 부모님들은 회사 일은 모른다고."

제3장

선춘옥 뎐

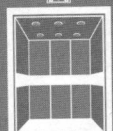

누군가 보낸 억울한 시간에는
눈물 속 염분이 첨가되어서
반드시 진실을 떠오르게 한다.

*

KBC 〈역사프리미엄〉 231회 방송분.

충남에 사는 김모 씨(62)는 조상 대대로 내려오는 선산을 부분 이장하는 과정에서 출토된 두 구의 미라를 제보했다. 조사 결과 두 미라는 이십 대 초반의 여성으로 밝혀졌으나 예상 밖에도 모두 김 씨 종중의 사람이 아닌 것으로 드러났다. 전문가의 의견에 따르면 이들의 복장은 틀림없는 사대부가의 여성의 복장이었으며, 함께 출토된 유물로는 값비싼 장신구와 반으로 찢어진 제비부리 댕기, 제삼자가 쓴 것으로 추측되는 한글 편지가 담겨 있어 숨겨진 내막에 귀추가 쏠리고 있다. 이 선산은 조선 제17대 임금 효종 시절, 정쟁에 휘말려 죽임을 당한 문신 김상직의 묘가 있으며….

인터넷으로 기사를 천천히 읽어내린 김철수 교수는 몸을 뒤로 깊이 빼고 팔짱을 꼈다. 뒤늦게 기사를 접하고 발굴조사에 뛰어든 전문가 중 한 명이기도 한 그는 책상 위에 널브러진 조사 자료를 뒤적이며 무언가를 열심히 쓰기 시작했다.

두 구의 미라는 동일 연령대의 여성…
왕족? 양반? 서민?
자살? 타살?
자매? 친구? 남?
김 씨 집안 선산… 김상직의 묘 근처?
김상직은 누구? 아버지? 친척?

"어떻게 된 사연인지…."
김 교수는 조그맣게 중얼거리며 안경테를 살짝 들어 올렸다.

이번엔 책상 위에 널브러진 서류 더미 틈에서 스크랩해 놓은 신문기사를 집어 들었다. 역시 두 구의 여성 미라와 관련한 기사였는데, 표제 밑에는 '비교적 상태가 온전한 채로 발견된 두 구의 미라는 조선 후기의 복색을 하고 있으며, 지면으로부터 4미터 깊이에 매장된 관에서 함께 발견됐다'라는 짧은 소개가 실려 있었다.

그리고 이번엔 한글 편지.

선아, 춘옥아. 반드시 살아있거라.

선이는 누구고, 춘옥이는 누구인가? 그리고 이 편지를 쓴 제삼자는 과연 누구인가?

*

캡틴이 아침 엘리베이터로 오전 10시쯤 서울에 도착했을 때는 이동식 옷걸이에 걸린 전통의상이 막 들어오는 중이었다. 그가 흥미롭다는 듯이 물었다.

"그건 또 뭐지? 오랜만에 재미있는 고객이 왔나 보군."

"네. 조선 시대로 가겠다고 하네요."

인턴 세일러가 대답했다.

"오호."

"그것도 내시로."

"오호?"

느릿느릿 자리로 가 외투를 벗어 의자에 걸어둔 뒤, 슈트케이스에서 아이패드와 서류뭉치를 책상 위에 쏟아내는 캡틴. 아직 피로가 안 풀렸는지 눈 밑이 퀭했다.

"하여간 출장만 갔다 오면 숙제가 쌓인 기분을 느낀다니까. 그것도 개학을 코앞에 둔 방학숙제!"

"전부 영어로 쓰여 있네요?"

"맞아. 런던본부에 다녀왔어. 본부는 언제나 영업 실적이 전체 1위야."

"영업비결이 뭘까요?"

"비결이라기보다는 국민성에 있다고 봐야지. 영국인들은 과거의 영광을 잊지 못한단 말씀이야. 해가 지지 않는 신사의 나라! 거기다 산업혁명의 주역! 휴… 그래서 회장에게 한마디 듣고 왔지. 실적이 저조하다고 말이야. 인솔자 서비스를 대폭 늘려야 하나… 참나, 원. 나이도 나랑 몇 살 차이나지 않으면서 훈계를 어찌나 늘어놓던지! 잘 봐둬. 회사에서 하는 일의 대부분은 상사에게 굽신거리는 일이야."

"사진으로만 봤지만, 카탈로그 속 회장님은 너무 멋있던데요?"

"어째서 인간은 한 번도 못 본 사람에 대해선 그렇게 관대할 수 있지? 회장은 사소한 것 하나하나 지적하고 물고 늘어지기 좋아하는 양반이라고. 아주 지긋지긋해."

재킷을 벗어 의자에 걸어두던 캡틴이 뭔가 떠올랐다는 듯이 검지를 치켜들고 말했다.

"아 참! 3호기 엘리베이터는 운영 중단한 거 맞지?"

"그럼요. 지난주부터 고장이 났는지 말썽이니까요."

"기다려봐. 본부에서 조만간 유지보수 인력을 파견해준다고 하니까."

그때, 막 상담실에서 나온 남성이 모습을 드러냈다. 캡틴이 만면에 웃음을 띠며 악수를 했다.

"반갑습니다, 고객님. 저는 히라이스 한국 서울지점의 대표입니다. 여기선 캡틴이라고 부르죠."

"네, 반갑습니다. 이런 여행사가 있는 줄은 살다 처음이네요."

"물론 저도 처음입니다. 자, 앉으시죠."

김 교수는 깔끔한 인상의 캡틴에게서 신뢰성이 엿보여 마음에 들었다.

"우리 고객님께서는 어떤 상품으로 구매하셨나요?"

"테마상품 [히스토리언]으로 예약하셨습니다."

인턴이 끼어들어 대답했다.

"현명한 선택이십니다. 그런데 혼자 출발할 수 있으시겠습니까?"

"사실 조금 겁이 나긴 하지만….."

"그럴 줄 알고 저희는 인솔자 동반 옵션을 제공하고 있습니다."

"그럼 비용이 아무래도 추가되지 않을까요?"

"염려 마십시오. 규정대로라면 옵션비용이 추가로 발생하지만, 저희 히라이스에서는 서비스 차원에서 영업 실적 상승에 따른 고객서비스를 해마다 제공하고 있답니다."

의상을 정리하던 한 세일러의 눈이 휘둥그레졌다.

"그럼 서비스로 받을 수 있다는 거군요."

"물론입니다! 아, 물론 100% 무료는 아니고 반값 세일이죠."

"반값 세일이라…."

"네! 가고자 하는 시대가 조선 시대이니만큼 역사학을 전공한 박학다식한 인재가 필요하겠죠. 마침 저희 본점에 인솔자로 적격인 인력이 있답니다. 마침 막 입사한 신출내기죠."

그러자 이번엔 인턴 세일러의 눈이 커졌다. 그의 전공은 전기공학이다.

"이렇게 감사할 데가! 그럼 저야 너무 안심이죠."

그러면서 김 교수는 여행을 떠나기 전, 최근 발굴조사에 참여한 무덤과 미라에 관한 생각을 털어놓았다.

"오호… 요약하자면, 이십 대로 추정되는 여성 미라 두 구는 자매일 확률이 높으며, 지체 높은 신분이지만 김 씨 일가는 아닐 것이다?"

"맞습니다."

"무슨 말이 그렇죠?"

"왕족일 수도 있고 아닐 수도 있는데, 무엇보다 제가 미심쩍은 것은 미라의 상태입니다."

"상태가 어떻길래요?"

"온전한 시신이 아니라 목에 결박된 흔적이 있었습니다."

"맙소사! 그럼 노환이나 병으로 인한 죽음이 아니라는 건가요? 결박이라면… 목을 매단 걸까요?"

"어디까지나 추측일 뿐이죠. 부검 결과가 나오는 대로 정확히 알 수 있죠. 어쨌거나 김 씨 일가도 아니면서 목에 결박된 흔적이 있는 두 사대부가의 여성이 묻혀 있다니… 자살일 수도 있고, 타살일 수도 있죠. 이건 정말이지 미스터리 아닙니까?"

"고객님! 잠깐만요!"

흥미롭게 듣고 있던 캡틴이 손을 들고 대화의 흐름을 끊었다.

"고객님, 이 여행 정말 괜찮으시겠습니까?"

"무슨 말씀이신가요?"

"지금 고객님께서 가시고자 하는 곳은 바로 조선 시대입니다! 두 여성이 어떤 사람들인 줄 알고 신분을 밝혀내려 하십니까? 정말 왕손이면 어쩌시려고요? 자칫하다가 안 좋은 일에 휘말리기라도 하실까 봐 염려되는군요. 게다가 여행의 목적이 죽음의 원인을 밝혀내기 위함이라면 더욱이…."

"물론 각오하고 있습니다."

"다시 생각해보시죠, 고객님. 때로는 과거를 흘러간 대로 두는 것도 좋은 법이랍니다. 누군가가 그러더군요."

그러면서 얼마 전 이산가족 상봉을 취소하고 돌아온 이영완 씨를 떠올렸다. 북에 사는 아버지와 영영 보지 않는 쪽을 선택한 남자. 그게 최선이었을까?

"저도 고민을 많이 했습니다. 하지만, 저는 단지 그들의 신분을 밝혀내려고 가는 것이 아닙니다."

"그럼 다른 목적이 있다는 건가요?"

"한글 편지가 함께 출토됐어요. 그것은 확실히 제삼자가 쓴 것이며, 두 여성을 향한 애환이 담긴 글입니다. 자세한 내막을 알 수 없지만…."

"…?"

"그녀들은 누군가 알아주길 원하는 게 틀림없고요."

*

1651년 신묘년(辛卯年) 동짓달.

깊은 밤. 국문장.

궁궐 외곽의 처마들이며 각사의 계단들, 심지어 서 있는 별감들까지도 어쩐지 스산하고 오싹한 분위기를 자아냈다. 상석에는 병조판서가, 그 주위에는 군관들이 일제히 호위하고 선 풍경. 횃불이 곳곳에서 이글거리던 중에 종사관을 필두로 뒤따른 의금부 관원들이 죄인 여남은 명을 잡아 왔다. 포승줄에 두 손을 결박당한 채 끌려오는 이들. 그중 나이 들어 보이는 이들은 사시나무 떨듯 떨며 파랗게 질려 있었지만, 맨 앞서가는 젊은 죄인 한 사람은 오히려 초연한 듯 낯빛이 고요했다.

"풀어라."

"풀라신다!"

타오르는 횃불에 그의 근엄한 얼굴이 더 잘 보였다.

"고얀 것들. 주상전하께서 베푸신 은덕을 원수로 갚으려 하다니!"

그러자 처음부터 고개를 빳빳이 들고 있었던 그가 병조판서를 똑바로 보며 말했다.

"조정 신료들이야말로 비겁하게 백성을 팔아 호의호식한 대가가 고작 이것입니까? 하늘이 무섭지도 않소?"

바스락!!!

그때였다.

옆에 있던 인턴 세일러가 갑자기 놀라는 바람에 그 입을 틀어막으려다가 앞으로 고꾸라진 두 사람.

"웬 놈이냐?"

별감 하나가 허리춤에 찬 검을 가리키며 역정을 내자, 나졸들 여럿이 착착 소리를 내며 이쪽으로 달려들었다. 수풀 속에 얼굴만 내밀고 있던 인턴이 다급하게 외쳤다.

"뛰세요. 고객님!"

*

"대체 어떻게 된 겁니까?"

"고객님! 그건 제가 묻고 싶은 말이에요!"

엘리베이터 문턱에 걸려 넘어진 인턴이 울상이 되어 말했다. 그리고 손을 뻗어 다급하게 닫기 버튼을 눌렀다.

"1651년으로 가자고 하지 않았나요?"

"내가 말이오?"

말문이 막힌 김 교수는 아차 싶었다.

"미안합니다. 세일러님. 내가 정확히 말씀을 못 드렸군요."

"그것 보세요. 하마터면 우리 죽을 뻔했잖아요."

"가만있어 보자…."

그는 열 손가락을 무언가를 헤아리더니,

"천육백… 세일러님! 우선 1641년! 겨울로 갑시다!"

*

1641년 신사년(辛巳年) 평안남도 정주(定州).

과거여행사 히라이스   68

매서운 바람이 칼춤을 추듯 미친 듯이 불어왔다. 마을에는 산이라고 부르기도 뭣한 야트막한 구릉이 하나 있었는데, 거기에서 내려다보면 마을이 한눈에 보였다. 옹기종기 모여 있는 작은 초가삼간 중 또 가장 작은 집이 바로 선이네였다. 푸드덕하고 까치 한 마리가 그리로 날았다.

부엌.

불쏘시개로 쓸 거리를 찾지 못한 어린 선이는 그것이 자못 제 잘못인 양 방에서 들려오는 어머니의 쿨럭이는 소리에 눈길을 묻었다. 약은커녕 당장 오늘 먹을 쌀 한 톨 없는데, 삭풍은 용케도 때를 알고 주린 배를 사정없이 찔렀다. 꼬질꼬질한 눈 밑으로 그늘이 졌다. 꼬꼬꼬! 그때, 선이의 집 마당 안으로 웬 닭 한 마리가 날아들었다.

'일단 우리 집에 들어왔으니 우리 닭이지.'

선이는 고양이처럼 잔뜩 몸을 낮추었다. 눈빛이 날렵했다. 저놈을 잡아다 푹 고아 먹으면 그게 몇 날이냐. 살금살금 닭이 거니는 대로 선이 또한 움직였다. 숨을 죽이고 살얼음 딛듯 뒤꿈치를 내딛다가 몸을 날려…

잡았다!! 선이는 웃고 있었으나 눈가는 젖어 있었다.

"잡았다! 히힛!"

몸을 일으키려고 할 때, 문득 시선이 땅바닥에 멈췄다. 남색 기다란 치맛자락 여럿이 눈앞을 가득 메웠다. 침을 꼴깍 삼킨 것은 혹시나 이웃 박 서방네 아주머니가 오셨을까 봐서다. 아버지가 살아계실 때는 곧잘 술지게미도 얻어가고 비가 새서 잘 곳이 없을 때는 방도 구걸하던 이들이었는데, 언제부턴가 가진 재주로 장사해서 재물깨나 모은 뒤로는 고리대를 하더니 곡물을 꾸어가고 갚지 못하는 선이네를 하대하기 일쑤였다. 어렸지만 모를 리 없다. 미웠으나 부러웠고, 괘씸했으나 무서웠다. 하지만 지금은 닭까지 훔친 꼴이 됐으니 무서움이 컸다. 잔뜩 움츠린 고개를 느릿느릿 들었다.

휘둥그레진 눈.

쓰개치마를 쓴 중년의 여인이 뒤로는 선이보다 몇 살 더 먹었음 직한 서너 명의 계집아이들을 대동하고 있었다. 조심스레 쓰개치마를 벗자, 쪽머리를 하고 있었고, 옥색 곁마기를 입고 있었다. 뒤에 있는 이들도 서서히 고개를 들었다. 그중 하나가 선이와 눈이 마주치기도 했다.

"월궁항아다!"

하고 저도 모르게 천진한 소리로 크게 외치자, 그네들이 소매로 입을 가리고 크큭 댔다. 웃는 모습도 참 곱다고 생각했다.

"네가 선이냐?"

부드럽고 자애로운 목소리로 중년의 여인이 물었다.

그 틈에 푸드덕하고 수탉이 날아가 버렸지만, 선이의 두 눈은 황홀함으로 가득 차 있었다.

반시진(약 1시간)이 흘렀다.

몇 번을 깁고 누벼서 해진 옷은 꼬질꼬질했다. 마루에 걸터앉은 선이는 쭈뼛거리며 방 안의 동태를 살피고 있었다. 그러다 궁금증을 못 이기겠는지 아예 문가에 귀를 기울이기도 했지만 잘 들리지 않았다.

"언니 그간 잘 지내셨소?"

가만 들어보니 상궁 마님은 어머니의 사촌인지, 육촌인지 하는 먼 친척뻘 되는 동생이라고 했다. 외가 친척 중에 대궐에서 사는 분이 계셨다니! 생각의 꼬리는 아까 선이 저보다 몇 살 더 많아 보이는 항아님들에게 미쳤다. 댕기 머리를 둥글게 말아 올린 듯한 머리를 했는데, 어머니나 아주머니들이 하던 쪽머리와는 조금 달랐다. 아니 한층 더 고와 보였다. 지난봄에 시집

간 이웃집 점년이 언니는 감히 비비지도 못할 만큼. 언제고 동무들과 흙장
난을 하며 놀 때 들었다. 대궐에서 나오신 항아님들은 살결도 고운 데다 머
리 모양도 화려하고, 옥색 저고리와 남색 치마를 모두 똑같이 맞춰 입은 것
이 우리네 사는 것과는 하늘과 땅 차이라고. 제아무리 기생이 화려하게 치
장을 해도 항아님을 못 따라간다고. 그래서 선이는 항아가 되는 것이 소원
이었다. 열 대여섯쯤 됐을까. 허리를 숙이고 시선을 땅에 묻고 있었지만, 자
못 우월감을 풍기던 그 자태! 한참 황홀경에 빠져있는데, 싸리나무 담장 너
머로 웬 사내 두 명의 모습이 얼핏 보였다.

"얘! 꼬마야!"

두 사내는 필경 갓을 썼으나 수염이 달리지 않았다. 듣기로 대궐에 사는
내시들은 모두 고자라서 수염이 나지 않는다고 했는데, 저들이 그들인가?

"누구셔요?"

좀 나이가 들어 보이는 한 사내가 웃으면서 말했다.

"너는 누구냐?"

"선이요."

나이 든 사내는 눈을 반짝이며, 옆의 젊은 사람에게 눈짓하더니 다시 물
었다.

"네가 어쩌다가 대궐에 입궁하는지 알고 싶어서 왔단다."

"제가… 입궁을 한다고요?"

"그래. 두고 봐라. 너는 입궁을 한다. 방금 들어간 저들이 아마 널 데리러
왔을걸?"

선이가 놀라 두런두런 말소리가 오가는 방문을 뚫어져라 쳐다봤다. 그리
고 다시 등을 돌렸을 때는 두 사내가 사라진 뒤였다. 이윽고 상궁 마님과 어
머니가 함께 나왔다.

"듣자 하니 어머니를 대신해서 네가 물도 길어오고 빨래도 한다고?"

"예."

"기특하여라. 어린 것이 속도 깊구나."

상궁 마님은 영문을 몰라 눈만 끔뻑이는 선이를 요모조모 뜯어보았다. 찬찬히 살피는 눈빛이 심상치 않았다. 그리고 추위에 갈라진 고사리 같은 선이의 손을 한 번 힐끗 보더니 한층 더 다정한 목소리로 물었다.

"너… 대궐 구경 한번 해보겠느냐?"

*

같은 해, 경기도 가평군 설악면 선촌리(仙村里).

울먹이던 춘옥의 눈에 문득 신고 있는 꽃신이 들어왔다. 어머니를 보러 기방을 찾은 어느 지체 높은 대감마님께서 여섯 번째 생일이라고 주신 것이다. 춘옥은 똑똑히 기억했다. 자신을 향해 환히 웃던 그 대감마님의 반달 눈을, 꼭 자신과 닮았다며 볼을 매만지던 따스했던 손길을.

춘옥은 고개를 들어 어머니를 보았다. 때깔 화려한 패물로 치장을 하고, 높이 틀어 올린 머리에 눈부신 머리꽂이까지. 원체 하얀 피부에 분까지 발라 더 고운 어머니와 함께 걷노라면 저자에서 사람들이 양옆으로 길을 비키고 부러운 눈길로 두 모녀를 보았다. 그런 어머니가 세상 제일 자랑스러웠고, 꼭 어머니처럼 천하제일의 기녀가 되고 싶었다. 적어도 동헌(東軒) 뒤뜰에서 복날 개 맞듯이 흠씬 두들겨 맞기 전까지는.

"천한 창기 주제에 양반 알기를 우습게 알아? 빳빳이 고개를 쳐들고 이 집 문턱을 넘었을 때는 그만한 각오도 했겠지? 뭣들 하고 있느냐? 저년을 어서 쳐라!"

퍽! 퍽!

멍석에 둘둘 말려 노복들에게 두들겨 맞고 있는 어머니. 장정들은 사정없이 밟아댔고, 여종들은 다듬잇방망이를 가져와 나름대로 야무지게 두들겼다. 땅바닥에 어머니의 선혈이 낭자했다. 심장이 마구 뛰어 터질 것만 같아 머리가 지끈거렸으나, 어머니는 소리 한 번 지르지 않았다. 아니 오히려 이를 악물고 감내하는 듯했다. 왜 어머니는 빌지 않을까? 살려달라고. 잘못했다고. 안방마님의 고함만 귓전을 때릴 뿐.

"마님! 어머니를 살려주십시오. 살려주십시오."

엉엉 울며 매달렸지만 소용없었다. 오히려 매타작만 돋울 뿐이었다.

"똑똑히 봐라. 네년의 에미가 강상의 법도를 어긴 대가를 치르고 있는 것을! 아 뭣들 해? 더 치지 않고?"

쉴 새 없이 두들겨 패느라 어느 정도 한 기운 빠진 듯한 장정들이 숨을 한 번 몰아쉬고 심기일전해서 발길질했다.

"뭣들 하는 짓이냐?"

그때 출타하느라 집을 비운 대감마님께서 돌아오셨다. 화들짝 놀란 노복들이 황급히 두 손을 모으고 자리를 피했다. 어머니의 반쯤 감은 눈길과 춘옥의 희망찬 눈길이 동시에 그쪽으로 향했다.

사인교에서 내린 대감마님은 기방에 오실 때의 차림이 아닌, 흑사모에 붉은 단령포를 입고 있었다. 가슴에 휘황찬란한 학의 그림이 수놓아진 그런 화려한 옷은 위엄을 드높이는 데 안성맞춤이었다. 대감마님은 한참 참혹한 광경을 가만 내려 볼 뿐, 말씀이 없으셨다. 그러자 대청마루 위에서 의기양양하던 마님께서 서둘러 신을 꺾고 마당으로 내려와 눈치를 살폈다.

"대, 대감마님⋯."

하고 다 기어들어 가는 소리로 춘옥이 나직이 불렀으나 들리지 않았나 보다.

"이런 고얀…."

대감마님의 양 볼이 미세하게 떨리며 힘이 들어갔다. 어금니를 꽉 깨문 것이 노여워하고 있음이 틀림없었다. 아, 이제야 어머니와 나는 살았구나 싶을 때, 대감마님은 힘주어 말했다.

"뭣들 하느냐? 저 천하디천한 물건들을 어서 썩 내 집에서 치우지 못하고!"

꽃샘추위.

꽃을 시샘한 찬바람이 부리는 횡포라고 했다. 아침에 화려했다가 저녁에 버림받은 어머니는 꼭 그것을 닮았다. 이튿날 새벽 어머니는 목을 맸고, 그렇게 춘옥은 혼자가 됐다.

굳이 덧붙이자면 어머니의 장례는 어느 이름 모를 두 나그네가 와서 대신 치러주었다. 그리고 그들은 춘옥에게 몇 푼의 엽전을 쥐여주고는 홀연히 사라졌다.

*

주머니를 뒤지며 김 교수가 말했다.

"이상하다. 분명히 엽전 얼마를 이쪽 주머니에 넣었는데…."

"춘옥이에게 줬잖아요?"

"아니. 그것 말고도 남아 있어야 하는데…."

"소매치기 당했나 보죠."

"무슨 말도 안 되는 소리! 그런 게 어딨습니까?"

"똑같죠. 유럽여행 가면 소매치기 당하는 거랑 똑같아요. 저는 그림 한 장 실수로 밟았다고 무려 사백 미터를 쫓아와서 기어이 십만 원을 뜯어가던걸요? 시간이냐, 공간이냐의 차이일 뿐."

"그래도 여행하려고 환전받은 건데…."

"여행이라는 것은 원래 뭔가를 얻으려도 가지만, 뭔가를 잃기도 하죠. 다 알면서 가는 거 아니겠어요? 그나저나 선이도 선이지만, 춘옥이라는 아이 너무 불쌍하네요. 어린 나이에 어머니가 그렇게 죽다니…."

다음 시절로 이동하는 엘리베이터 안. 인턴 세일러가 눈가를 훔치며 말했다.

"그 아이는 어떻게 살게 될까요? 고아가 됐을 텐데…."

김 교수는 팔짱을 낀 채 묵묵히 말이 없었다.

*

그렇게 혼자가 된 춘옥에게 대감마님께서 기별을 넣은 것은 그로부터 딱 아홉 해가 지난 어느 날이었다. 그동안은 어미와 한 기방에서 일한 아무개 댁에 의탁해서 부엌데기로 살아왔고, 나이가 어느 정도 차자 기적에 이름을 올리기 위해 한양에 갈 준비를 하고 있었다. 한창 채비를 하고 있을 때, 그 댁 행랑아범이 찾아왔다.

"춘옥아. 대감마님이 보자신다."

"왜요?"

"왜긴. 보자시면 얼른 나오지 않고선."

"됐어요. 볼 이유가 없다 전하셔요."

"가보는 게 좋을 게다. 정 안 오려고 하거든 어떻게든 달래서 데려 오라셨어."

"나와 어머니를 모른다고 하실 땐 언제고 이제 와서?"

"어허, 그럼 못 쓴다. 어서 가재두."

"아, 싫다지 않았어요? 흥. 천한 물건이 천하게 살겠다는데, 왜 이제 와서 그러신대요?"

끈질기게 어깃장을 놓던 춘옥은 기적에 이름 석 자 먹물을 묻히기 직전에 결국 마음을 돌리고 말았다. 대감마님 댁 앞에 다다랐을 때, 솟을대문을 올려다봤다. 한때는 간절함을 안고 들어가서 산송장이 되어 나왔던 어머니의 모습이 눈앞에 아른거렸지만 이내 고개를 저었다. 절대 어머니처럼 살지만은 않으리라….

대감마님은 역정을 내던 그날의 모습은 간데없이 사라지고, 봄철에 부는 미풍처럼 따스하고 살랑이는 음성으로 나직이 말했다. 저것도 한철 꽃샘추위는 아닐는지 하고 의심이 들었지만, 춘옥은 이미 그런 대감마님의 곁으로 다가가 앉았다. 핏줄이 당긴 것이다. 대감마님은 새삼 부드러운 눈길로 춘옥의 얼굴을 뜯어보더니 결심했다는 듯 무릎을 '탁' 치셨다.

"옳거니! 너는 오늘부터 내 딸이다!"

"예?"

"저 맹랑한 눈빛 하며 길게 뻗은 눈썹 하며, 잘생긴 턱 하며… 아주 나를 빼닮았구나."

"…."

"오늘부터 너는 윤춘옥이다! 알겠느냐?"

"윤… 춘옥이라니요? 그게 무슨…?"

"아, 뭐 하고 있어? 어서 아버지하고 부르지 않고?"

아버지가 당신 핏줄을 오늘부로 딸을 삼겠다신다. 벌써 호젓한 기운이 옆구리를 스치고 지나갔다. 그것이 비극의 서막에 불과했음을 알리는 전조였다. 그런데도 홀린 듯 "아버지-" 하고 부르자, 안채가 떠나가라 호탕하게 웃는 대감. 어색하게나마 함께 웃던 춘옥은 문득 그의 크고 누런 이를 보자 웃음이 멎었다.

*

오경 삼점(五更 三點, 새벽 4시). 대궐 안.

한편, 파루(罷漏)를 알리는 북소리가 궁 안에도 널리 울려 퍼지자 푸석푸석한 얼굴을 한 어린 궁녀들이 일제히 방 밖으로 쏟아져 나왔다. 아직 해가 뜨지 않은 어스름한 새벽인지라 종알댈 때마다 모락모락 피어나는 입김. 담벼락 감나무 가지에 올라앉은 어린 참새들의 입에서도 꼭 그만큼의 입김이 나왔다. 푸드덕 날아가는 참새.

아침 점호를 마친 뒤 궁녀들은 연신 두 손을 썩썩 비비며 뿔뿔이 흩어졌다.

"고객님. 지금이 몇 도쯤 될까요? 최강한파 같은데요?"

사모를 바로 고쳐 쓰며 인턴 세일러가 김 교수의 얼굴에 대고 속삭였다.

"겨우 초겨울밖에 안 됐구만. 젊은 사람이 약골인가 봅니다?"

"약골이라뇨!"

"쉿! 조용히 하세요. 우린 내십니다, 내시."

"그나저나 누가 보면 꽤 높은 벼슬아치인 줄 알겠어요. 내관 복장도 꽤 멋있는데요?"

"요즘 사극에 나오는 내관 복장은 대부분이 틀렸어요. 잘못된 인식이 굳어진 거죠. 한마디로 내시들은 관복도 후줄근할 것이다- 하는 그런 거 말입니다. 자, 보세요. 이렇게 흉배도 있어요. 다를 바 없죠. 벼슬아치들과."

"수염 빼고는?"

"Exactly."

말이 끝나기 무섭게 김 교수가 인턴 세일러의 등을 힘껏 눌렀다. 몸을 잔뜩 숙이고 고개만 빼꼼히 내밀자, 한 궁녀가 이쪽으로 마구 뛰어오고 있었다. 다행히 두 사람을 못 본 그녀는 이내 댓돌 위로 궁혜(宮鞋, 궁녀가 신던 가죽신)를 팽개치듯 벗어 던지고는 마루 위로 올라섰다.

잠시 중심을 잃어 주춤했으나 얼른 자세를 고치는 궁녀. 무슨 영문에서인지 안색이 조급한 것이 마룻바닥을 내디딜 때마다 나는 삐걱 소리가 잡음을 냈다. 그이가 헐레벌떡 방 안으로 사라지자 잠시 후, 안에서는 놀라는 함성들이 일제히 터져 나왔다.

"뭐어? 공주 책봉?"

김 교수와 인턴 세일러도 덩달아 놀라 입을 틀어막았다.

그해 겨울.

막 보위에 오르신 전하의 각별한 지시하에 붉게 옻칠을 한 큰 가마 한 채가 모화관(慕華館)을 막 나서고 있었다. 성총이 그토록 극진한데 그 뒤를 따르는 행렬은 여남은 노복을 제외한다면 초라하기 그지없었다.

행렬이 도성 문을 빠져나오자, 거기서부터는 가마꾼들이 대기하고 있던 이들로 바뀌었다. 무관 예복을 차려입은 사내가 말고삐를 넘기며 말했다.

"예서 정주까지가 천 리가 넘소. 가는 길목에 묵을 곳을 미리 마련해두었으니 모쪼록 잘 가시구려."

"잘 알겠습니다."

늙은 사내가 대답하자마자, 도성 밖까지 싣고 왔던 가마꾼들은 손을 털며 서둘러 돌아섰다. 해는 뉘엿 지고 있는 유시(酉時, 오후 5시~7시)였다.

늙은 사내가 한숨을 쉬며 길을 재촉하는 동안 가마 안에서는 두런두런 이야기 소리가 들렸다.

"언니는 무얼 하셨소?"

"나는 퇴선간 나인이었지."

"궁녀였다고요? 항아님을 직접 보게 되다니!"

선이는 문득, 자신의 어린 날을 떠올렸다. 궁녀 선발을 위해 오신 먼 친척뻘 되는 상궁 마마와 뒤따르던 새앙각시들을 봤을 때, 꼭 이런 경이로운 표정을 지었다.

"우리 팔자를 뭐라고 해야 할지 모르겠소. 상팔자라 해야 할지, 박복한 팔자라 해야 할지."

"정2품 공조판서가 부친 되신다며? 허니 넌 상팔자지."

"하지만 딸 노릇 하기도 전에 대국으로 가니 박복한 팔자기도 하지요."

"그게 무슨 말이야?"

"실은 나는 첩의 자식이오."

"처업?"

"으응. 우리 어머니가 기생이었다우. 대감마님께서 오랫동안 우리 모녀를 나 몰라라 하시다가 뒤늦게 날 거두어 주셨소."

그때 가마 밖에서 "으흠" 하고 기침 소리가 들렸다. 선과 춘옥은 어깨를 움츠리며 동시에 눈이 마주쳤다. 모화관을 나선 순간 죽을 때까지 입조심을 하고 살아야 한다는 윗전의 말이 떠올랐기 때문이다. 선이 한층 언성을 낮추고 말했다.

"나는 있지, 죽을 때까지 천상 대궐 밥 먹다 죽을 팔자라고 생각했어."

"거봐요. 사람 일 모른다니까. 이런 덩(왕녀가 타는 가마)을 타고 종을 부릴지 누가 알았겠수? 그런 거 보면 언니도 상팔자요!"

신이 난 춘옥이 가마 창을 빼꼼 열고 소리쳤다.

"이보시오, 거덜 영감! 가는 길이 지루하고 섭섭한데 내 노래나 한 곡 뽑아 볼까?"

"좋지!"

선이가 아서라며 말려도 소용없었다. 보통 때 같았으면 욕이나 한 바가지 먹었음 직한 일이었지만, 가마꾼들이 모두 입을 모아 호응하자 춘옥이 신이 나 한 가락 뽑았다.

부슬부슬 겨울비 내리는 동짓달이었다.

*

무악재를 넘어 파주, 평양을 거쳐 길고 지루한 행렬이 이어졌다. 그렇게 한양을 떠나온 지 스무 닷새째 되던 날, 달빛 으스름한 깊은 밤이 되어서야 신의주에 도착할 수 있었다.

숙소가 있는 강변.

"자아, 보시오. 내일 일찍 저 강을 건너면, 개서부턴 대국에 들어서는 것이오."

"오늘은 예서 묵소?"

"그렇소. 오늘까지가 딱 조선 땅으론 마지막 밤일게요."

진리(津吏, 나루터를 관장하는 향리)가 대국 사절로 따라온 문관에게 저 멀리 강을 가리키며 말했다. 이윽고 가마 문이 열리자, 수복 금박 장식이 부금 된 치마 아랫단에 고운 당혜가 먼저 슬쩍 코를 비췄다. 선과 춘옥이 차례로 모습을 드러냈다.

함께 따라온 사절 단원이 혼잣말로 중얼거렸다.

"저 강을 내일 어찌 건넌담… 부디 안개가 걷혀야 할 텐데…."

어둑어둑한 강 위에는 나룻배 한 척이 물안개 속에서 유유히 떠 있었는데, 흡사 저승으로 가는 길처럼 느껴졌다. 사절 단원과 따라온 노복들이 모두 여장을 풀고 숙소에 묵는 동안 선과 춘옥이도 한방에 머물렀다.

"언니, 이제 내일이면 조선을 떠나오."

"그러게 말이다."

"시원섭섭하오?"

"아니, 시원하지. 너는 어때?"

"나도 그렇소. 지긋지긋한 세월은 다 잊고 대국에 가서 크게 한판 벌일까 보오."

"한판은 뭔 놈의 한판? 이제는 고관 댁에 재취 자리로 가면 평생 호강할 텐데."

"그건 그렇고. 언니!"

이부자리를 펴는 선이에게 춘옥이 손뼉을 치며 말했다.

"조선팔도가 참 좁긴 좁나 봅디다?"

"무슨 소리야?"

"아니, 사실은 내 어릴 적에 어머니 장례 치를 재간이 못 되어 고생한 적이 있었소."

"에구머니나!"

"내 말하지 않았소? 팔자가 기구했다고. 좌우지간 말이오. 이러지도 저러지도 못하고 있을 때 어디서 나그네 둘이 나타나서 시신 염부터 매장까지 군말 없이 도와줍디다?"

"세상에, 은인이네! 그래서?"

"내 하도 고마워서 함자라도 묻자 하니 일러주지도 않고 금세 사라져 버렸지 뭐요? 하지만 내가 얼굴은 똑똑히 기억하지, 암."

"떠나려고 하니까 문득 옛 생각이 나나 보구나?"

"아니, 내 이 이야기를 왜 꺼내냐 하면… 실은 아까 가마꾼 중에 그자들을 본 것 같더란 말이오. 잘못 봤나 싶어서 몇 번을 봐도 딱 그자들이 맞았소! 귀신이 곡할 노릇이지."

잠자코 듣고 있던 선이가 미심쩍은 얼굴로 되물었다. 불안한 눈빛이 스쳤다.

"혹…"

"혹?"

"에이, 아니다!"

"차암. 왜 말을 하다 마시오? 어서 말해 봐요."

"혹… 하나는 늙고, 하나는 젊은 사내들?"

"예에!"

"수염이 없고?"

"맞소!"

그 순간, 아연실색하는 춘옥의 어깨너머로 문밖에서 수상한 기척이 느껴졌다.

*

"게 누구요?"

하고 선인지, 춘옥인지가 문을 벌컥 열더니 잠시 후, 꼭 걸어 잠그는 소리가 들렸다.

완전히 소리가 사라진 뒤에야 동시에 깊은숨을 몰아쉬는 김 교수와 인턴 세일러. 별조차 뜨지 않는 캄캄한 밤이라 앞을 헤아려 걷는 것조차 여간 힘든 일이 아니었다. 말들이 몇 됫박씩 싸질러 놓은 똥 더미 사이를 간신히 지나 담장 뒤로 몸을 숨겼다.

"고객님. 설마…?"

"역시 그랬어….”

김 교수는 소매 안에서 작은 수첩을 꺼내 들고 안경을 콧등 위로 바짝 올렸다. 거기엔 그만 알아볼 수 있을 만큼 아무렇게나 휘갈겨진 글자로 빼곡했다.

"춘옥의 아버지는 딸을 판 대가로 정2품 공조판서에 올랐지. 그뿐만 아니라 모자란 아들들은 줄줄이 벼슬길이 열렸고. 선이의 경우 치매에 걸려 홀로 사는 노모의 안위를 보장받은 다음에야 흔쾌히 떠나기로 한 거라네. 심지어 그 노모와 마지막 해후조차 못 하게 했지.”

"어째서요"

"마음이 약해지면 떠나기를 주저할까 봐 미리 방지한 거야.”

"야비하네요, 정말. 궁녀를 공주 책봉을 해가면서까지 청나라로 보내려 하다니.”

"내 말이 그거야. 임금이 무능한 데다 질질 끌려다니니, 차마 자기 딸을 내어줄 순 없고, 궁녀를 대충 양딸로 삼아 공녀로 바치는 거지.”

"나중에라도 친딸이 아니라 궁녀를 공주로 삼아 보낸 사실이 발각될지도 모르잖아요?"

"그때 가선 또 나름의 변명을 델 게 뻔하지. 설령 그런다 해도 기왕 온 거 데리고 살게끔 나이도 어리고 미색도 빼어난 아이들로 엄선한 거고."

"이제 어쩌면 좋죠?"

"막아야지."

"어떻게요?"

인턴 세일러의 질문에 김 교수도 말문이 막혔다. 가마꾼들과 사절단 그리고 딸려온 종들과 짐꾼 그리고 중간에 행렬에 합류한 관원들까지 합하면 수십 명은 된다. 그 많은 사람을 어떻게 따돌릴지가 관건이었다.

"차라리 선이와 춘옥이를 설득해보는 건 어때요? '사실 너희는 팔려가는 거다. 그러니 정신 차려라' 하고 말이죠."

"안 통할 걸세."

"왜죠?"

"이미 알고 있으니까. 다 알고 팔려가는 거야."

"대체 왜…."

"힘이 없잖나. 그리고 그만한 보상을 해준다고 하니, 한 몸 희생하는 거야. 그 시절 여자들의 삶이 크게 다르지 않듯이."

"정말 방법이 없는 걸까요?"

"한 가지 방법이 있긴 한데…."

"그게 뭔데요?"

"훗날 어떻게 죽는지를 알려주는 거야."

대화를 나누던 중, 문득 김 교수와 인턴 세일러는 자신들 얼굴 옆으로 그림자가 드리워졌다는 것을 깨달았다. 천천히 고개를 돌렸을 때, 달빛에 가려진 사람 형상이 서 있었다. 여자였다. 그것도 하나가 아닌 둘이었다.

"세상에."

선이와 춘옥은 동시에 놀랐다. 그리고 동시에 소리쳤다.

"내관 나으리!"

"나으리!"

수년 전, 선이의 입궁을 예언했던 내시 같던 사내들. 그리고 어린 춘옥을 대신해 자결한 어미의 장례를 도왔던 나그네들! 두 사람 얼굴에는 당혹감에서 반가움으로 바뀌어 번졌다.

"나를 기억하시나요? 예전에 내게 입궁을 점쳤던 그 내관 나으리들 맞지요?"

"아니, 아니! 우리 어머니 장례를 도와줬던 그분들 맞지요? 맞네, 맞아! 똑똑히 얼굴을 기억한다고."

김 교수는 이왕 들킨 김에 순순히 시인하기로 했다. 정체를 털어놓기로. 내관도, 지나가던 나그네도 아니라 두 사람을 구하러 온 사람들이라고.

"구할 것 없어요. 우리가 다 자처해서 가는 거니까요."

"맞아요. 우린들 왜 고향 땅이 안 그립겠어요."

뭐라 설득해야 좋을지 발만 동동 구르는 김 교수를 제치고, 인턴 세일러가 대신 받아쳤다.

"당신들 성이 김 씨인가요?"

"아뇨. 나는 박 씨요. 박선."

"나는 성이 없… 아니지, 대감마님께선 날 딸이라고 하셨으니… 그래요, 내 성은 윤 씨요. 윤춘옥!"

"두 사람 모두 김 씨가 아니다? 그렇다면 김상직은 누굽니까 대체?"

"김상직? 우린 모르는 사람인데… 그런데 그런 건 왜 묻나요?"

정말 모르는 얼굴이었다.

김 교수는 먼 훗날 그녀들의 시신이 미라가 된 채로 김상직이라는 조선 시대 문관 내외의 산소 옆에서 발견됐다는 이야기는 차차 하기로 하고, 방으로 자리를 옮길 것을 권했다.

방 안.

가장 시급한 건 그녀들을 빼돌리는 일이었다. 김 교수와 인턴 세일러는 입을 모아 시간이 없으니 어서 이곳을 뜰 것을 주장했다.

"언니. 이자들이 지금 무슨 소리를 하는 거요?"

춘옥이 아연한 얼굴로 선이에게 매달려 물었다.

"지금 우리더러 개죽음을 당한다는구나. 떠나는 사람에게 할 소리, 못 할 소리가 따로 있지!"

"나으리들, 지금 제정신이오? 이 일이 궐 안에까지 알려지면 우린 다 죽은 목숨이오!"

인턴이 발끈해서 받아쳤다.

"그게 무서워서 지옥 길을 자처해서 갑니까? 수치스럽지도 않아요?"

"저나 선이 언니나 아랫것들이라고 모멸감을 모를 것 같나요? 허나, 더 이상 상처받으면서 살고 싶지 않습니다. 차라리 우리를 원하는 곳에 가서 마음껏 부귀영화를 누리며 살 것입니다! 언니, 어서 이자들을 내쫓읍시다!"

김 교수가 춘옥의 손목을 힘으로 제압해 누른 뒤, 입가에 검지를 가져다 댔다.

"대국에 가자마자 당신들은 석 달 열흘도 채우지 못하고, 과부가 될 겁니다. 하지만 조선으로 다시는 돌아올 수 없소. 그렇다고 거기서도 평탄한 삶을 살지는 못할 거요. 본처와 수많은 첩의 자식들이 당신들을 가만두지 않을 테니까. 한마디로 지금 떠나는 것은 저승길이나 다름없다 이거지."

"그래요. 지금 당장 도망가야 합니다. 이분 말이 맞아요."

그 말에 일순, 얼음이 된 것처럼 굳은 두 사람.

인턴 세일러까지 거들고 나서자, 이제는 선택의 여지가 없었다. 결정적으로 대국에서 기다리는 것은 한 길 벼랑의 과부 팔자라고 하니 차츰 흔들렸다.

"보는 눈이 많은데, 여기서 어떻게 도망을 한단 말이에요? 행여라도 붙잡히는 날엔…."

두 사람은 첫닭이 울기까지 아직 3시간이라는 시간이 남아 있는 걸 이용했다. 인턴 세일러는 짐꾼과 노복들 그리고 사절단은 지금쯤 깊은 잠에 빠져 있을 테니 그 틈에 빠져나갈 것을 권했다. 하지만 김 교수의 생각은 달랐다.

"그래선 안 돼. 밖에는 개들이 묶여 있어. 이쪽 지방은 날이 추운 데다 폭설은 기본이고, 강변까지 끼고 있어 한파가 엄청나네. 그래서 어지간해선 개를 밖에 잘 두지 않아. 방 안이나 외양간에 함께 두지. 그런데도 저렇게 개를 한두 마리도 아니고, 여러 마리를 묶어 둔 것은 필경 도망갈 것을 염려했기 때문이야."

"거기까지 생각을 하다니, 정말 치밀한 놈들이군요."

"선아, 춘옥아. 당장 옷을 벗어 우리와 바꿔 입도록 하자."

"예에?"

"에구머니!"

뜬금없는 소리에 선과 춘옥이 동시에 얼굴을 붉히며 동시에 소리쳤다.

"너희들은 사내로 변복을 해라."

"우리더러 변복하고 도망을 치라는 거요?"

"나와 춘옥이는 계집의 몸이라 멀리 뛰지 못한다고요. 그러다 들키기라도 하면 정말 죽은 목숨이오… 그냥 우릴 놔두시오. 이러나저러나 사면초가인데."

김 교수는 창호 쪽을 힐끗 보더니 목소리를 낮추었다.

"아니. 도망갈 수도 없어. 오히려 더 들킬 뿐이지. 우리가 서로 옷을 바꿔입은 뒤 나와 이 사람이 가마에 타고, 반대로 너희는 가마꾼이 되는 거다."

김 교수는 날이 밝으면 신의주 강변에서 공녀들이 실려 있는 가마와 사절단, 그리고 여남은 노복만 길을 계속 가고, 따라온 조선인 가마꾼들은 청나라 측에 가마를 건넨 뒤, 그대로 돌아간다는 것을 들어 알고 있었다. 그러니 가마꾼으로 변복한 선과 춘옥은 그대로 돌아가 죽은 듯이 숨어 살기로 하고, 김 교수와 인턴은 적당한 때를 보아서 도망을 치기로 한 계획을 털어놓았다.

물론 이 과정에서 인턴 세일러와 옥신각신 의견이 충돌하기도 했지만, 인턴은 필살기를 쓰기로 했다. 바로 가마 문에 히라이스의 엘리베이터 암호를 입력한 뒤 가마 문을 열고 나가는 것이 술책이었다. 나름 완벽한 방책을 강구한 네 사람은 서로 등을 돌려 옷을 바꿔 입은 뒤 계획을 도모했다.

그리고 날이 밝았다.

간단하게 조식을 마친 네 사람. 초겨울인지라 가마꾼으로 변복한 선과 춘옥은 얼굴을 가리기 위해 두툼한 남바위로 목까지 꽁꽁 동여맸다.

"다 준비가 됐거든 어서 길을 나섭시다."

밖에서 일행 중 하나가 그렇게 부르자 춘옥이 대신 대답했다.

완벽하게 옷을 바꿔 입은 김 교수와 인턴은 다행히 두 사람 모두 호리호리한 체격에 키가 크지 않았으므로 역시 두꺼운 쓰개치마로 코만 슬쩍 비칠 정도로 뒤집어쓰고 채비를 했다. 그러다 문득, 문을 나서기 전에 김 교수가 두 사람을 돌아보며 말했다.

"내가 어디에서 왔는지 궁금하지도 않나?"

"어디서 왔든 우릴 구해주러 왔으니 은인이지요."

선이가 대신 차분하게 대답했다.

"나는 나중에 너희들을 고통스럽게 하는 이 조선이라는 나라가 망하고 세워진 새로운 나라에서 왔단다."

"거짓부렁 마시오."

곁을 내어주어 한결 가깝게 느껴졌는지 춘옥이 웃으며 받아쳤다.

"믿건 말건 너희들 마음이고. 어쨌든 밖을 나서면 그때부턴 내가 일러준 대로 해야 해. 알았지? 가마가 강을 건너고 나면 그때부터는 대충 눈치를 봐서 너희 둘만 딴 길로 새란 말이야."

"저어 근데… 나으리들은 어쩌시려고요?"

"걱정하지 말래도 그런다?"

하며 김 교수가 문고리에 손을 잡자, 뒤에서 그의 옷자락을 선이 살포시 잡았다.

"나으리. 부탁이 하나 있습니다."

"부탁?"

"예. 만에 하나 일이 잘못되어 우리가… ."

"그런 생각 하지도 마라. 성공할 거니까."

"아니요. 반드시 해야겠습니다."

"그래. 뭔데?"

"우리는 글을 몰라 이 일을 후세에 기록할 길이 없습니다. 나으리께서 우리의 일을 부디 기록하여 대대손손 남겨주십시오. 어떻게 힘없는 처녀가 고고한 왕과 조정 신료들의 체통과 안위를 위해 팔려갔는지를요. 반드시 남겨주십시오."

한참 후에야 김 교수가 무겁게 고개를 끄덕였고, 큰 심호흡을 한 뒤 문을 나섰다.

*

　밖에 세워진 가마에 김 교수와 인턴이 차례로 들어가자, 완전무장을 한 선과 춘옥이 차례로 가마 뒤에서 가마꾼 속에 섞였다. 슬쩍 주위를 둘러보 자 따라온 하녀가 여덟이었고, 환관은 그보다 많은 열두 명으로 노복만 무 려 스무 명이나 됐다. 그들은 모두 김 교수 일행의 계략을 눈치채지 못했는 지 서로 종알종알 수다를 주고받았다. 북녘인지라 날은 추워서 저마다의 입에서 모락모락 입김이 피어올랐다. 저 멀리 신의주 강변은 밤사이 살얼 음이 얼었는지 사공 몇몇이 작대기로 얼음을 깨며 길을 트고 있었다.

　이윽고 가마가 들렸다.

　호흡에 맞춰 걸음을 옮기던 가마 행렬이 강변 근처에 다다르자, 불규칙 한 말발굽 소리와 함께 말을 타고 맨 앞에 서던 사절 단원이 내리는 소리가 들렸다.

　"멈추어라!"

　김 교수는 그가 누구인지 알고 있었다. 첫날 본 인상이 범상치 않아 유심 히 봐두었기 때문이다. 일행 중 가장 빈틈이 없어 보였고, 기나긴 여독에 흐 트러질 법도 하건만 언제나 꼿꼿한 자세를 유지하고 있던 이였다. 사십 대 중반으로 보인 그는 관모 아래 짙은 두 눈썹이 꽉 다문 입술과 대칭을 이루 는 강직한 외모의 사내였다.

　문득 말머리를 돌린 그는 주위를 둘러보더니 나지막하게 말했다.

　"지금부터 너희들은 내 말을 따른다."

　"예!"

순간 수십 명의 인원이 동시에 대답했다. 마치 계획했다는 듯이. 그 누구도 조금 전까지 보였던 수런거림은 온데간데없이 사라진 후였다.

"우리는 새로운 임금을 세웠지만, 나라를 잃었다. 두 차례에 걸친 전쟁으로 고국 강토를 빼앗겨 짓밟히고 수많은 조선의 아들들이 목을 베이고 대가 끊겼으며, 힘없는 아녀자들이 오랑캐들에게 능욕을 당하고 그 치욕을 참지 못해 자결하는 참변을 겪어야 했다. 헌데도 임금이라는 작자는 겉으로만 큰소리를 칠 뿐, 대국 앞에서 제 백성 하나 지키지 못하니 이 어찌 한심한 일이 아닐 수 있느냐? 저 가마를 보아라. 우리는 또 오랑캐 우두머리의 더러운 손아귀에 이 땅의 순결하고 가여운 조선의 딸들을 갖다 바치러 간다."

하녀들은 눈물을 짓고, 사내들은(심지어 환관들까지도) 주먹을 부르르 떨며 눈시울이 붉어졌다.

"여기서 끝이 아니다. 저들은 우리에게 더 많은 공물과 공녀를 요구할 것이고, 민생은 파탄이 날 것이다. 조선의 인재와 처녀를 빼앗아 가는 거로 모자라 하다못해 조선 땅에서 나는 풀 한 포기까지 강탈해 갈 날이 머지않았다. 언제까지 비굴하게 엎드려 명령만 기다리느냐? 나 김상직은 진헌사의 옷을 벗어 던지고 내 나라를 지키고, 내 백성을 지키려는 너희들과 뜻을 같이하고자 한다."

가마 안에서 이 이야기를 듣고 있던 김 교수와 인턴이 동시에 불안한 눈으로 마주 보았다.

'김상직.'

선과 춘옥이 훗날 목에 결박된 흔적을 간직한 채 미라로 발견된 선산의 오래된 주인! 짧은 시간에 김 교수의 머릿속은 불길한 계산으로 터질 것만 같았다. 가마 밖에서 또다시 낮지만 엄중한 소리가 터져 나왔다. 그 소리는 김 교수와 인턴을 아연실색하게 하는 데 충분했다.

"가마는 예서 버려두고, 남은 서른 명의 일행은 내 뒤를 따라 저 강을 건넌다! 우리는 대의를 위해 싸울 것이다!"

강 반대편에서는 이미 도착해 기다리고 있는 청 황실의 관리가 수백 명의 졸개를 대동하고 있었다.

*

"큰일 났어요…!"

가마가 바닥에 내려앉자, 인턴이 망연한 얼굴로 어깨를 들썩거렸다.

김상직이라는 자는 처음부터 이럴 속셈이었을까? 그럴 리 없다. 그랬다면 떠나온 지 열 하루째 되던 날 평안도 의주에서 얼마든지 실행에 옮겼을 것이다. 그런데 왜 하필 지금 와서 코앞에 청나라 관리들이 포진해 있는 순간 돌연 마음을 바꾼단 말인가?

김 교수는 서둘러 품에서 수첩을 꺼내 떨리는 손으로 뭔가를 찾아 넘기기 시작했다. 거기에는 이렇게 적혀 있었다.

김상직.
선과 춘옥의 미라가 발견된 선산의 주인. 그 집안 종손이 이장하는 과정에서 미라 발견함.
이 사람은…
선조 임금의 파난길을 도와 1등 공신으로 책봉된 조부의 덕으로 갓투는 쓰고 살지만,

그 관직을 수치스러워했다고 전함.

165년에 임금의 명을 거역했다고 함.

임금의 명?

무슨 명?

그 이유로 삭탈관직 당해 귀양에 보내진 후 73세까지 살다가 귀양지에서 죽음.

나중에 조선 후기쯤 되어서야 명예를 되찾음.

"이런!!! 거역한 임금의 명이라는 게 바로!"

"그럼 그 처녀들은, 그러니까 선과 춘옥이 어떻게 됐는지는 안 쓰여 있어요? 아니 중요한 건 이제 우리 어떡해요!"

안 되겠다 싶어 가마 밖으로 뛰쳐나가려는 김 교수를 인턴이 간신히 붙잡으며 다투기 시작했다.

"나가면 우린 끝이라고요!!"

"이대로 저 아이들을 보낼 수 없어!"

"이미 역사적으로는 미라로 발견됐다면서요!"

"그러니 바꿔야지!"

"어떻게 바꿔요?"

"바꿀 수 있어!"

김 교수가 안간힘을 쓰며 문을 열기 위해 팔꿈치로 인턴을 눌렀지만, 인턴도 당하고 있을 수만은 없는 노릇이었다. 히라이스의 존폐가 걸린 문제였다.

"그럼 지금 발견되어서 부검 중이라는 그 미라는요? 이대로 나가면 우리까지 죽어요!!! 시간법 4조 1항! 고객이 과거에서 돌아올 의지가 없다고 판단될 경우에는 매뉴얼에 따라 강제 집행한다!"

김 교수가 벌게진 얼굴로 입을 반쯤 벌렸다. 그리고 그 큰 입에서 흐느낌이 새어 나왔다.

"저 소리를 들어 봐. 저 소리….."

절대 가마 밖으로 나가지 못하도록 김 교수를 완력으로 붙잡아둔 인턴 세일러는 이를 악물었다. 밖에서는 그러니까 저 멀리 강 반대편에서는 불현듯 칼 소리와 절규로 아비규환이 되어버렸다. 조선인의 목소리가 사그라들자, 인턴은 애써 울음을 삼키며 말했다.

"고객님… 여행은 끝입니다. 이제 귀환합니다."

*

히라이스 서울지점 사무실.

내부 공기는 무겁게 가라앉았다.

네, 네 하는 짤막한 대답과 함께 전화를 끊은 김 교수. 캡틴과 인턴 세일러들이 일제히 그의 다음 말을 기다리고 있었다.

"…부검 결과… 삭흔이 발견됐다고 합니다…."

삭흔.

캡틴은 짧은 탄식과 함께 중역 의자를 반쯤 돌려 창밖에 시선을 던졌고, 세일러들 사이에서는 수런거리는 동요가 일었다.

"춘옥은 숨이 금방 끊겼고, 선이는 발버둥을 쳐 끈이 떨어지자 하인들이 달려들어 목을 졸랐을 거로 추정하더군요. 그리고 시신은 그로부터 얼마 후 조선으로 돌려보내졌다고 합니다."

"가족이 있었습니까?"

캡틴이 물었다.

"아뇨… 선이의 치매 걸린 노모는 죽는 순간까지 딸의 죽음을 몰랐다고 합니다. 다만, 춘옥의 아비인 윤 판서가 딸의 시신을 송환할 것을 요구했다고 하는데…."

"그나마 일말의 부정이 남아 있었나 보군요?"

그러자 김 교수가 코웃음을 쳤다.

"부정이요? 흥, 전 절대 그렇지 않다고 봅니다."

"어째서죠?"

"윤 판서 그자는… 기생의 몸에서 낳은 서녀인 춘옥을 팔아 공조판서의 자리까지 오르지만, 춘옥이 그렇게 죽었어도 나 몰라라 하던 인간이었습니다. 하지만 그 후로 집안에 우환이 들끓고 아들 셋이 역병에 걸려 모두 죽자, 남은 손자 한 명이라도 살려야겠다 싶어 춘옥의 송환을 요구한 겁니다. 죽은 자의 한이 무서웠던 거지요. 물론 그 손자도 사내구실을 못 해 그길로 대가 끊기고 말았지만요."

구석에서 팔짱을 끼고 잠자코 듣던 인턴이 끼어들었다.

"그럼, 그 한글 편지는 누구의 것이었을까요?"

"아마 김상직. 그자가 썼을 겁니다. 처음엔 두 사람을 구출해서 살려 보내려는 의도로 그런 계획을 펼쳤지만, 갑작스레 계획이 틀어지고 말아서…."

김 교수는 말을 채 잇지 못한 채 가슴을 세게 쳤다. 모두 자기의 탓인 양 답답한 기분을 떨쳐 버릴 수 없었다.

"결국, 그가 역적으로 몰려 조선으로 송환되면서, 마지막으로 편지를 썼을 테죠. 미안한 마음을 담아서. 나처럼…."

고개를 떨구며 말끝을 흐리는 김 교수의 무릎 위로 뚝뚝 눈물방울이 떨어졌다. 캡틴이 서둘러 말했다.

"김 교수님이 나서지 않았다 하더라도 그녀들은 바뀔 수 없는 운명이었을 겁니다."

"무슨 뜻에서 그런 말씀을 하십니까?"

"제가 말씀드렸지 않습니까? 저희에게는 역사를 전공한 박학다식한 인재가 있다고요."

캡틴이 인턴 세일러에게 눈짓하자, 그가 침을 꿀꺽 삼키고 말했다.

"조사한 바에 따르면 효종은 모화관에서 사절행렬을 보낸 뒤, 그 뒤를 좇아 감시하는 관원을 추가로 보냈다고 합니다. 그러니까 결국 그녀들은 가마 안에 타고 있었어도 마찬가지였을 거란 이야기죠. 감시가 그렇게 삼엄하니까… 불가능했을 겁니다. 그 어떤 계획도."

히라이스 사무실을 나온 김 교수는 맨정신으로 도저히 버틸 자신이 없어 인근 포장마차에 들러 홀로 술잔을 기울였다. 자꾸 눈에 아른거렸다. 늙은 청나라 장군의 첩실로 들어가 의지할 데 없는 과부가 된 그녀들이. 또 억지로 올가미에 씌워져 걸상이 빠지는 순간, 마지막으로 봤던 하늘이 얼마나 야속했을지.

아무리 마셔도 취하지 않는 밤, 무뎌지지 않는 가슴이었다.

麥熟當求麥 보리가 익으면 보리를 구하지
日曛求女兒 해가 저물면 계집아이를 구하네
蝶猶能有眼 나비도 오히려 눈이 있어서
來擇未開枝 아직 꽃 피지 않은 가지를 와서 택하네
- 권근 -

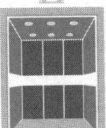

제4장

(고의적)
실수

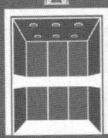

인생을 바칠 만한 가치가 있는 사람을 위해
희생한 시간은 그 자체만으로도 고귀하다.

*

  회사에는 일주일간의 병가를 냈다.

  직장인들이 점심 식사를 마치고 모두 빌딩 숲으로 개미들처럼 순식간에
사라지자 도로는 비교적 한가롭고 여유가 흘렀다. 일찍 조퇴해본 사람은
한 번쯤 누려 봤음 직한 오후 풍경이었다.

  굽이굽이 버스가 널따란 인도를 안고 돌 때마다 차창에 비치는 햇살에
눈이 부셨지만, 머릿속에는 온통 한 가지 생각뿐이다. 얼마 전에 읽은 인터
넷 기사.

  한 리서치 회사에서는 이삼십 대 여성들을 상대로 설문 조사를 했는데,

질문이 타임머신을 타고 당신 어머니의 젊은 시절과 마주한다면 무슨 말을 하고 싶으냐는 것이었다. 여러 대답이 나왔다. '엄마의 꿈을 절대 포기하지 마', 또는 '늦게 결혼해도 돼', '삼성전자 주식부터 사' 등.

하지만 압도적으로 1위를 차지한 것은 따로 있었다.

"절대 아빠랑 결혼하지 마."

*

"이야, 흥미롭군요."

"가능할까요?"

"물론 그것은 본인 의지에 달려 있습니다."

"다행이네요."

"주제넘은 질문인 줄은 알지만… 특별한 이유라도 있으신가요?"

"그 질문에 꼭 대답해야 하나요?"

내가 눈살을 찌푸리자, 황급히 캡틴은 두 손을 저으며 계면쩍어하며 말을 정정했다.

"아, 물론 아닙니다! 그저 그렇게 된다면 지금의 고객님께서는 태어날 수 없을 텐데요? 괜찮으시겠습니까?"

"상관없어요."

'어차피 살고 싶지도 않았거든요'라는 말이 입 밖으로 튀어나올 뻔했지만, 사무실 분위기는 예상대로였다. 하기야 과거로 가서 부모님의 선 자리를 훼방 놓겠다는 딸이 이 세상에 어디 있을까? 아니지, 설문조사대로라면 어쩌면 많을지도 모르겠다. 히라이스라는 과거여행사의 캡틴은 뭐 이런 여자가 다 있냐는 눈으로 양옆 구석에 자리한 두 직원에게 눈빛을 보냈다. 파티션에 가려져 표정이 안 보였지만, 그들도 나를 괴짜 취급하고 있을 터였다. 하지만 개의치 않았다.

"비용이 얼마죠?"

"테마상품 [후회]군요. 처음 거신 계약금 30만 원을 제외한 270만 원입니다."

"지금 바로 이체할게요."

*

문이 열리면서 전혀 다른 세상이 펼쳐졌다.

새로 얹은 슬레이트 지붕 아래 사랑방, 부엌, 작은방 그리고 행랑. 대청마루 밑에는 어김없이 신발을 물고 모습을 감춘 똥개가 있는 풍경이었다. 'ㅁ'자 구조 집 마당에는 펌프 대신 우물이 있었다. 그 맞은편엔 '광'으로 불리는 창고와 외양간이 나란히 있었고, 모든 게 눈에 익은 풍경이었다. 외갓집이다!

단지 내 어린 시절의 기억과 다른 점은 아무도 쓰지 않아 쌀 포대와 절구, 재봉틀 따위를 보관하는 용도로 쓰이던 사랑채에 자물쇠가 걸려 있지 않다는 점이었다.

[우리 한국민의 가슴속에 영원한 벗으로 아로새겨진 맥아더 장군은 다시 올 수 없는 유명의 길을 떠났습니다. 우리는 이 세기의 거성인 장군의 장서에 남다른…]

그때, 마루 정중앙에 있는 흑백텔레비전에서는 박정희 대통령의 연설이 흘러나오고 있었다. 그 앞에 옹기종기 모여 앉은 여남은 식구들이 보였다. 술을 워낙 좋아하셨던 외할아버지와 둘째가라면 서러울 정도로 술에 빠져 살던 외삼촌이 보였다. 물론 지금은 마루 위 벌레를 잡는 데 빠져있었다. 그리고 두 분과 달리 따로 마련된 자리에 여러 아이가 있는데 누가 누구인지 모르겠다. 가만히 들여다보니 젊은 여인의 낯이 익다. 부엌께를 왔다 갔다 하며 분주한데, 포대기에 둘러업은 아이는 왕왕 울어대기 바쁘다. 여인은 상차림에 몰두한 나머지 허옇게 튼 입술을 반쯤 벌리고 정신이 없다. 외할머니였다. 흰머리가 아니라, 온전히 검은 머리의 외할머니. 허리를 곧게 펼 수 있는 외할머니가 분명했다. 그럼 엄마는 어디 있을까? 저 아이 중 누가 우리 엄마일까?

"어여 먹어, 기지배야! 아부지 화내실라!"

그러자 시래기 된장국에 말은 밥이 통통 불을 동안 딴청을 피우고 있던 한 아이가 등을 돌린다. 비로소 얼굴이 보였다. 외할머니의 이마를 닮은, 내게도 꼭 그런 이마를 물려준.

엄마다!

뭔가 이상했다.

나는 분명 1982년으로 신청했는데…? 선을 보러 가는 엄마의 길목을 막아야 하는데…? '어린' 엄마는 겨우 네다섯 살로밖에 보이지 않는다.

뭔가 분명히 잘못됐다고 여길 즈음, '어린' 엄마와 나의 눈이 서로 마주쳤다. 배시시 웃으며 이쪽을 고사리 같은 손가락으로 가리켰다. 그때, 누군가 뒷덜미를 잡고 끌어당기는 것이 느껴졌다. 방금 나왔던 헛간으로 빨려 들어가듯이 나자빠지고 말았다.

"죄송합니다. 고객님!"

엉덩방아를 찧은 나를 서둘러 일으켜 세우며 세일러가 송구스럽다는 듯이 말하는 동안 그사이 빠른 속도로 엘리베이터 문이 닫혔다. 방금 본 네다섯 살쯤 된 여자아이를 잊을 수 없었다. 엄마는 이모들에게 물려 입었음 직한 구멍 난 저고리 하나만 입은 채 마룻바닥에 떨어진 밥알을 (혼나지 않기 위해 눈치 보며) 주워 먹고 있었다.

"죄송합니다. 시간 실수를 했네요."

"어떻게 된 거죠? 난 1982년 상품을 구매했는데요?"

"맞습니다. 100% 저희 실수로 1964년으로 갔어요. 여행에 차질을 빚게 해드려 죄송합니다."

"어떻게 그런 실수를…."

"아침에 다른 고객님께서 1960년대를 다녀오신 분이 계셨는데. 저희가 초기화를 안 해놓은 모양입니다."

세일러는 서둘러 엘리베이터를 조작해 1982년도를 설정했고, 엘리베이터 몸체는 하염없이 위로 우리 두 사람을 끌어당겼다.

워낙에 케네디 대통령 숭배자였던 어느 노교수가 그의 암살을 막기 위해 갔다가 시간법 1조 1항 위반과 더불어 여행사 자체 내에서도 레드카드를 받고 강제 귀환할 수밖에 없었다며 일러바치는 듯한 수다는 그다지 귀에 들어오지 않았다.

"괜찮아요. 덕분에 엄마의 어린 시절을 잠시나마 봐서 좋았어요."

"그럼…?"

"클레임 걸지 않을 테니 걱정하지 마세요."

"세상에! 감사합니다! 고객님 덕분에 살았어요. 작년 가을에는 어떤 신입이 모르고 [유년 시절]을 구입한 고객을 [군대 시절]로 보내는 바람에 막대한 배상금을 물어야 했거든요. 고객님은 정말 천사예요. 언제 한번 1964년도 상품도 구매해보세요. 그 시절 재미있는 일도 많거든요! 그때는 제가 무료로 동반해드릴 수 있어요! 그 정도 서비스를 드릴 권한은 있답니다!"

"말씀은 감사하지만, 저는 오늘 제가 태어나지 않게 하려고 과거로 가는 중이거든요."

"아… 그러시군요….'

*

쿵!

문을 열자마자 이마에 강한 통증이 느껴졌다.

"아야! 이 개년이!"

변기 칸에서 나온 순간, 고무 슬리퍼를 신은 여자가 금방이라도 쓰러질 것처럼 이마를 짚고 소리치며 뒷걸음질을 쳤다.

심하게 풍성한 볼륨을 세운 사자머리. 그리고 반짝이 같은 것으로 떡칠을 한 붉은 긴 투피스 정장. 손 쓸 수 없을 만큼 푸르딩딩한 눈언저리… 옆구리에는 은쟁반이, 다른 한쪽 손에는 담배가 들려 있었다. 다방 점원쯤으로 보였다.

사과를 건넬 틈도 없었다. 여자의 얼굴이 맞은편 거울에 다시 나타나자 비로소 여기가 화장실임을 깨달았다. 어설프게 서 있는 나를 마지막으로 한 번 더 쏘아본 뒤 여자는 기선제압이라도 하려는 듯이 과하게 슬리퍼를 질질 끄는 소리를 내며 먼저 문을 나섰다. 담배꽁초는 창밖으로 던져진 후였다.

뒤늦게 알아차린 거지만, 내가 그녀를 신기하게 본 것처럼 그녀 또한 나를 상당히 촌스럽게 훑어보고 지나갔다는 사실이다.

입구를 찾아 나오니, 스산했던 공중화장실의 공기와 달리 따스한 온도가 두 뺨을 스쳤다. 실내는 차분하고 아늑한 분위기였고, 어디선가 통기타 연주에 곁들인 낯선 노랫말이 흘러나왔다.

하늘에 구름 떠가네. 보라색 그 향기도….

커다란 잠자리 안경을 맞춰 쓰기라도 하듯 공붓벌레로 보이는 대학생 여럿이 여학생 한 사람을 두고 쭈뼛대며 장난을 치고 있다. 그녀는 브룩 셜 즈를 연상케 하는 짙은 눈썹과 큰 눈을 갖고 있었다. 어쩌면 시대 불문하고 매혹적인 얼굴이라 인기를 한 몸에 차지하고 있는 것 같았다. 그리고 그 위 상을 증명하기라도 하듯 테이블 위에는 만년필, 법학 서적, 싸구려 라이터 가 올라가 있는데, 아마 선택권은 여학생에게 있는 모양이었다. 그녀는 겉 으론 웃고 있지만 속으로 그들을 하나하나 평가하고 있음 직한 눈빛이다.

그 뒤의 테이블에는 한복—그러니까 생활한복 말고 진짜 광이 나는 한 복—을 곱게 차려입은 할머니 한 분이 맞은편에 앉은 여자를 서방 빼앗아간 기생첩을 보듯 두 눈을 내리깔고 있다. 하지만 그 옆에 앉은 비쩍 마른 젊은 남자가 "엄마, 이쪽이 바로 내가 말한 영숙 씨야. 어때? 예쁘지?" 하는 바람 에 그 세 사람의 관계가 단번에 이해되는 순간이었다.

다방 안 풍경과 사람들을 관찰하는 재미에 잠시 빠질 뻔했던 나는 본래 의 목적을 상기하고 이번엔 명당이라 불리는 창가 쪽으로 눈을 돌렸다.

다소 긴 두발을 곱게 이대팔로 가른 한 신사가 앉아있었다. 위아래로 빼 입은 갈색 양복이 레트로적이고 멋있었지만, 넥타이까지 갈색인 것은 아무 래도 무리가 아닌가 싶다. 신사의 손에는 〈건강다이제스트〉 잡지(1982년 3월 호)가 들려 있는데, 그의 시선이 줄곧 비키니 차림의 백인 여성 삽화에 머무 르고 있는 것을 보니 역시 비호감이다.

"둘 둘 둘이오!"

하고 커피, 프리마, 설탕의 배합비율을 주문한 그는 정작 커피가 나오자 남몰래 밥숟갈로 하나쯤 될 법한 양의 설탕을 단숨에 털어 넣어 누가 볼 새라 서둘러 젓는다. 그리고 손대지 않은 척 도기 그릇을 한쪽에 새침하게 빼놓고 점잔을 빼고 있었다. 그리고 입가에 가져가더니 후루룩하고 소리 나게 마신다. 음미하듯이 맞은편 의자 모서리에 무의미한 시선이 박힌다. 쩝쩝 혀를 다시더니 만족스러운지 두 번째 마실 땐 입안 가득 헹구다시피 했다. 옆 테이블의 여자가 힐끔 쳐다보지만 아무래도 상관없는 눈치다.

한숨이 나온다.

내 또래의 아빠를 이렇게 마주하다니.

*

제대로 찾아왔다. 제비 다방.

언젠가 엄마의 일기에서 본 강렬한 기억 탓에 찾아오는 것은 어려운 일이 아니었다.

1998년도엔가 우연히 본 엄마의 일기에서는(보려고 본 것이 아니라 몰래 돈을 훔치려고 뒤지다가 발견한 것이다) *'그 남자를 만나면서 내 인생은 꼬였다. 잘살아 보려고 했지만, 내 눈이 낮은 걸 누굴 탓하랴! 1982년도 제비 다방에 가지 말았어야 했다'*라고 쓰여 있었다.

제비 다방.

상봉터미널 맞은편 골목, 허름한 건물 1층에 있는 그곳에서 처음 선을 보게 된 엄마는 아빠의 첫인상에 빵점을 줬다. 이렇게 과거여행을 오게 될 줄 알았으면 어릴 때 굳이 그 이유를 꼬치꼬치 물을 필요는 없었는데.

다행히도 아직 엄마가 오기 전이다. 아빠는 창밖을 따분하게 바라보며 코를 후비고 있었는데, 거기엔 열 손가락이 골고루 동원됐다. 엄마가 이 다방에 오지 못하게 막는 것이 내 나름의 임무였지만, 그 광경을 보고 있자니 과거의 아빠에게 다가가서 뭐라도 말을 건네고 싶은 충동을 참느라 애를 먹었다.

언제나 살아오면서 내 한 켠엔 풀리지 않는 의문이 하나 있었다.

'왜 저런 남자랑 결혼했을까?'

그렇게 똑똑하고 판단력이 분명하며 매사에 신중한 엄마가 왜 그런 실수를 했을까 싶지만, 과거로 와서까지 한탄할 필요는 없다. 모든 결혼이 그렇잖은가? 무릇 결혼이라는 건 자식들은 모르는 부부 당사자의 일이다. 서로의 인생에서(적어도 그 순간은) 맥시멈이라고 생각하고 저지르는 게 결혼일 테니 말이다.

좌우지간 나는 그냥 엄마를 막으면 된다.

엄마가 못 오게.

선을 보지 못하게.

그래서 두 사람이 결혼하지 못하게.

나 따위 태어나지 않아도 좋아!

그저 엄마의 인생이 망가지지 않으면 그걸로 되니까!

"저… 윤. 성. 수. 씨 맞죠?"

제길! 한발 늦었다!

*

"아니 왜 벌써 오셨어요?"

엘리베이터에 앉아 스마트폰 게임에 열중이던 세일러의 두 눈이 휘둥그레졌다.

"다시! 다시요!"

"네?"

"한발 늦었어요! 다시요!"

"이런 건 규정에 없는데…."

"안 된다는 규정도 없잖아요?"

"좋습니다. 어차피 제한시간은 하루니까요. 오늘 하루를 온전히 즐기시면 됩니다."

"시간 얼마나 남았죠?"

"아직 2시간 42분이요!"

*

쿵!

변기 칸에서 나오자마자 이마에 강한 통증을 느꼈다. 똑같은 실수라니!

"아야! 이…!"

"미안해요!"

눈을 부라리는 그녀를 뒤로하고 이번엔 내가 먼저 화장실 문을 나섰다.

'당신하고 씨름할 시간 없어!'

역시 옛 정취가 물씬 풍기는 다방 실내의 따스한 공기가 기분 좋게 얼굴을 덮었다. 그리고 통기타 연주와 함께 아까 그 낯선 노랫말!

하늘에 구름 떠가네. 보라색 그 향기도….

커다란 잠자리 안경을 맞춰 쓰기라도 하듯 공붓벌레로 보이는 대학생 세 명 중 유독 눈이 부리부리하고 잘생긴 이가 눈에 띈다. 가운데에 앉은 그이에게 여학생은 분명 마음이 있다. 하지만 그이는 관심이 없는지—어쩌면 억지로 끌려왔는지도—주머니에서 라이터를 무심하게 올려놓았다. 여학생은 새침한 척 내숭을 떨고 있지만 속으로 얼마나 고민을 하고 있을까? 왠지 두 사람이 잘될 것 같은 예감이 들었다.

그 뒤의 테이블에는 한복 한 벌 차려입은 할머니, 아니 아주머니가 맞은편에 앉은 아들과 예비 며느리를 탐탁지 않은 표정으로 마주하고 있다. 예비 시어머니의 속마음을 알기라도 하듯 젊은 여자는 가시방석인데, 눈치 없이 남자는 말끝마다 우리 예쁜 영숙 씨란다. 안 봐도 훤한 그들의 미래. 부디 딸은 낳지 말기를. 그렇다면 나처럼 해괴한 여행을 하게 될 테니.

나는 서둘러 창가에 앉은 신사를 찾았다. 신사는, 그러니까 아빠는 〈건강 다이제스트〉를 보고 있다. 어릴 때 나는 그 잡지가 싫었다. 누군 추억의 잡지라며 온라인 중고거래 사이트에서도 올라오는 물건이지만, 다 벗은 외국인 여자가 관능적인 포즈를 취하고 있는 것은 사실 어린아이 정서에 안 성맞춤은 아니지 않은가? 왜 항상 표지는 그 모양인지. 지금은 고루한 나프탈렌 냄새가 풀풀 풍기는 그 갈색 양복을 빼입은 아빠가 다소 넥타이가 불편한지 살짝 끌렀다. 하지만 아예 풀 수는 없을 것이다. 선 자리라서가 아니라, 아빠는 넥타이를 혼자서 묶을 줄 모르기 때문이다.

"둘 둘 둘이오!"

그리고 아빠는 원래부터 커피를 마실 줄 모른다. 어쩌면 저 멘트도 회사 사람들이 '다방에서 커피를 시키는 법'이라며 가이드 해줬을 게 분명했다. 그런데도 시골 쥐 같은 아빠의 입에는 쓰디쓴 커피. 저 시절부터 설탕을 들이붓다시피 한 아빠는 칠십이 넘어도 당뇨의 '당'과는 거리가 먼 삶을 살게 되리라는 걸 모를 것이다. 지금 내가 마주한 과거의 아빠는 겨우 서른한 살이니까.

그나저나 이럴 때가 아니다. 곧 엄마가 온다. 막아야 해!

서둘러 다방 문을 열자, 위에 달린 종에서 딸랑 소리가 들렸다. 아빠는 자신의 선 상대가 온 건 아닐지 이쪽을 힐끔 봤지만 이내 다시 커피에 집중했다.

밖으로 나간 나는 주위를 두리번거렸다.

회색빛에 가까운 진녹색 버스들이 빵빵거리며 왕복 4차선 도로를 점령하고 있었고, 인도에는 송월타올, 구라파 의류 등 역사가 유구한 간판들이 이발소의 삼색 등 너머로 보였다.

밖에서 본 제비 다방 건물은 네온간판이 덕지덕지 붙어있는 층고가 낮고 아담한 건물이었다. 물론 그땐 그랬고, 얼마 전 구글 뷰로 확인했을 때에는 유명 커피전문점이 들어선 데다 그에 걸맞은 리모델링까지 완료된 상태였다.

엄마를 찾아야 한다.

나는 인도 위를 오가는 인파 속에 두 눈을 묻고 조급해졌다. 초봄이라 그런지 장발의 남성들은 살짝 타이트한 코트에 양손을 끼고, 여성들은 주로 일자 바지나 정강이까지 오는 긴 치마에 낮은 구두를 신었다. 그중에서 엄마를(그것도 젊은 시절의 엄마를) 찾기란 여간 힘든 게 아니었다. 예나 지금이나 서울은 사람들로 붐비는 곳이니까.

그러다 분주히 굴러가던 내 시선이 세로로 부동산이라고 음각으로 새겨진 나무 간판에 멈췄다. 칼라 깃을 정장 마의 밖으로 보기 좋게 빼고, 단추를 잘 채워 잠그고, 무릎까지 오는 치마가 혹시 너무 짧은 건 아닌지 몇 번이나 매만지며 걷던 여자가 발이 아파서인지 구두를 고쳐 신고 있었다.

순간, 심장이 요동치다 못해 울먹이던 내 가슴 한구석에서 깊은 한숨이 흘러나왔다.

엄마…!

제비 다방이 바로 여기인데, 엄마는 미처 못 본 모양이었다. 시골 처녀인지라 이쪽 지리에는 어두운 탓에 몇 번이고 한 손에 쥔 종이에 적힌 간판을 찾고 있다. 고개를 들자 엄마의 얼굴이 더 자세히 보였다. 평평한 이마는 여전하지만 좀 더 피부가 탱탱하고, 주름이 없고, 머리숱이 많은 엄마를 알아볼 수 있었다.

그러다 제비 다방(T. 266-3820)이라 쓰인 둥근 서체의 아크릴 간판을 뚫어져라 보더니 입가에 미소가 번졌다. 지금 열고 들어갈 문이 지옥문이 될 줄도 모르면서.

!

!!

나는 엄마를 가로막았다. 앞으로 가로막는 이 이상한 여자를 엄마는 아무것도 모른 체 어리둥절하게만 본다. 그래선 안 되는데, 나는 그만 눈물샘이 터져 버렸다. 아무것도 모르는 그 얼굴이 가여워서. 딴엔 한껏 꾸며 입은 그 옷차림이 슬퍼서.

"저기요. 좀 들어갈게요."

살짝 팔꿈치로 나를 밀었지만, 나는 꿈쩍도 안 했다. 이 여자가 왜 이래? 하는 눈으로 나를 보는 엄마에게 목이 멘 소리로 말했다.

"엄마."

"네…?"

엄마는 잔뜩 경계하는 눈으로 위아래를 훑어보더니 어깨에 멘 가방을 고쳐 멨다. 볼썽사나운 광경을 봤다는 듯한 얼굴이었다. 그 얼굴은 평소에도 누군가와 다툴 때나 불의를 당했을 때 나오곤 하는 엄마의 노한 표정이었다.

"잠깐만!"

나를 무시하고 억지로 지나가려던 엄마를 다시 붙잡았다. 지금보다 훨씬 통통하고 탄력이 느껴지는 팔이었다.

"왜 이러세요, 증말?"

"엄마, 가지 마. 지금 가면 엄마 정말 후회해."

"엄…? 무슨 말씀을…. 저기요, 사람 잘못 보셨어요."

하며 지나치는 엄마. 그러면서 바람결에 "처녀한테 못 하는 소리가 읎써, 증말."

결국, 다방 안으로 진입에 성공한 엄마를 따라 내가 뒤따라 들어갔다. 문 옆에는 빨간색 공중전화기가 나무함에 담긴 채 벽에 걸려 있었고, 데스크는 그 옆에 있었다. 엄마는 아랑곳하지 않은 채 다방 안을 둘러보았다.

나 또한 마찬가지였다. 안에는 아까 여러 남학생이 올린 소지품 중에 라이터를 잡았는지 라이터의 주인과 여학생이 한층 가까워진 자세로 이야기를 주고받고 있었고, 며느리 '영숙 씨'는 예비 시어머니가 될 분의 질문에 조목조목 대답하는 중이었다. 그리고 아빠는….

"여기요!"

하… 어떻게 알아봤는지 아빠가 이쪽을 향해 손을 들었다.

처음 만난 사이일 텐데 얼굴을 알다니, 내가 엄마의 팔을 붙잡고 늘어졌지만, 엄마는 뿌리치고 아빠를 향해 수줍은 목례를 했다.

아차…! 선을 보기 전에 결혼정보회사를 통해 서로의 사진을 봤다는 것을 왜 몰랐을까.

*

"죄송해요! 다시 좀 가야겠어요!"

내가 다시 엘리베이터로 뛰어 들어갔을 때도 세일러는 스마트폰 게임에 열중이었다.

"아씨, 졌네…."

"다시 좀 가자고요!"

"앗, 고객님!"

뒤늦게 내 존재를 알아차리고 세일러가 벌떡 일어났다. 두 눈이 휘둥그 레진 채로.

"어떻게 된 일이에요? 설마 또 한발 늦은 건가요?"

"한발 늦었다기보다 암튼 다시 갈 수 있죠? 다시 시간을 설정해주세요."

수동적으로 엘리베이터 버튼에 손을 올리던 세일러가 문득 나를 돌아보 며 말했다.

"저어… 그런데 주제넘은 말인 건 알겠는데, 꼭 그러셔야겠어요?"

"무슨 말이에요?"

"그렇게 애쓸 필요가 있냐는 거죠. 어차피 벌어진 일이고. 고객님은 태어 나셨잖아요. 어쩌니 저쩌니 해도 분명 살면서 불행한 만큼 행복한 적도 있 었지 싶은데요?"

정말 주제넘은 말을 하다니! 알지도 못하면서!

내가 대꾸하지 않자 세일러는 하는 수 없다는 듯 다시 버튼을 조작했다.

*

한 템포 늦게 문을 열었고, 다방 여종업원과 내가 부딪힐 일은 일어나지 않았다. 그녀는 이미 화장실 맨 끝에 달린 작은 창가로 달려가더니 짝다리를 짚은 채 칵하고 가래를 뱉었다. 그리고 길게 내뿜는 연기. 후-

부옇게 피어오르는 연기 속에서 그녀가 날 향해 가볍게 던졌다.

"사는 게 참 지랄 맞네요. 안 그래요?"

내가 대답 대신 어깨를 으쓱하자, 그녀는 똑바로 서서 나를 유심히 보더니 다짜고짜 이렇게 물었다.

"저기요. 우리 어디서 본 적 있지 않아요?"

"아마도요?"

"어디서 봤더라… 뭐 세상은 좁으니까."

그리고 윙크를 하며, 검지와 중지 사이에 편안한 자세로 껴 있는 담배를 살짝 흔들어 보였다.

"언니한텐 이르지 마요."

'당신하고 대화할 시간 없어, 이 여자야.'

이제 보니 그녀의 말투는 약간 사투리가 섞여 있었다. 그것도 북한 사투리. 아니다. 언젠가 TV에서 본 바에 따르면 지방 사람들이 상경해 살기 전까지만 해도 서울 말투는 대부분 강원도 말투와 비슷하다고 했는데 라이브로 들을 줄이야.

그녀를 뒤로하고 들어온 아늑한 실내에서는 통기타 연주에 곁들인 낯선, 아니 어느 정도 익숙한 노랫말이 흘러나왔다.

하늘에 구름 떠가네. 보라색 그 향기도….

장발의 공붓벌레 대학생들이 여학생 한 사람을 앞에 두고 저마다 장

기를 보이고 있었다. 예나 지금이나 여자의 마음을 얻는 남자들의 정성이
란… 그 정성의 반의반만이라도 엄마에게 보였더라면 아빠는 이혼당할 일
이 없었을 텐데 하는 마음이 들자 새삼 서글펐다. 여자들은 잠깐의 행복을
평생 기억하며 산다는데, 왜 아빠는 그 잠깐의 행복마저 주지 못했던 걸까.

테이블 위에 만년필, 법학 서적, 싸구려 라이터에 눈을 떼지 못하는 여학
생은 세상에서 제일 행복한 고민에 빠진 것 같았다.

그런 내 감성을 깨기라도 하듯, "엄마, 이쪽이 바로 내가 말한 영숙 씨야.
어때? 예쁘지? 히힛" 하는 눈치 없는 아들의 호쾌한 목소리가 들렸다.

한껏 멋을 부린 머리띠를 하고 촌스럽지만 화려한 무늬의 스카프를 두
른 여자는 통통하고 서글서글한 인상이었지만, 남자의 홀어머니 눈에는 아
마 그녀가 서방 뺏어간 첩년처럼 보였을 것이다. 요즘 같으면 상상도 못 할
그 자리에서 여자는 어떻게든 예비 시어머니의 눈에 들기 위해 비굴하리만
큼의 저자세를 취하며 나오지 않는 웃음을 억지로 짜내고 있었다.

벌써 세 번째 방문이다. 처음과 달리 매캐한 담배 연기에 콜록거렸다. 실
내 곳곳에선 이따금 담배 연기가 피어올랐고, 반대로 담배를 피지 않는 아
빠는 테이블 위에 놓인 사발 크기의 플라스틱 재떨이를 손으로 쓱 멀리 밀
어 놓는 게 보였다.

나는 서둘러 다방 밖으로 나선 뒤, 바로 왼쪽으로 방향을 틀었다.

엄마가 오는 쪽을 향해 성큼성큼 걸어갔다. 부동산이라고 음각으로 새겨
진 목제 간판 앞에서 마침 엄마가 구두를 고쳐 신고 있어서 그 앞을 가로막
고 섰다.

"잠깐만 나랑 이야기 좀 해."

본인에게 하는 소리인 줄도 모르고 다시 길을 나서려던 엄마의 팔을 확
낚아채자 어깨에서 가방이 떨어졌고, 그 안에 소지품들이 쏟아져 나왔다.

사각 테두리가 하늘색인 의료보험증, 전화요금 영수증, 루주와 손거울, 손수건….

"어머, 내 루주!"

하며 울상을 하고 주우려 허리를 굽히는 엄마를 내가 완강하게 일으켜 세웠다.

"왜 이러세요?"

"엄마! 아니… 이정희 씨."

이름을 부르자, 엄마가 그제야 나를 놀란 눈으로 보았다.

"지금 선보러 가는 중이죠?"

얼떨결에 고개를 끄덕이는 엄마.

"잠깐 나랑 이야기해요. 5분만, 아니… 3분, 1분도 좋아요. 제발."

"누구세요? 그리고 제 이름은 어떻게 아세요?"

"난…"

"…"

잠시 뜸을 들인 나는 굳은 결심으로 말문을 열었다.

"나중에 엄마가 낳게 될 딸."

"뭐라고요?"

엄마의 미간이 순식간에 일그러졌다.

"그래서 이혼하고 싶어도 이혼할 수 없게 발목 잡는 장본인."

짧은 시간 안에 엄마는 나의 위아래를 훑었다. 내가 입은 코트는 엄마에게 물려받아 리폼을 한 것으로(물론 지금의 엄마는 아직 구매 전의 옷이지만) 목깃에 여우 털은 부담스러워 뗀 어깨선이 도드라진 밍크 소재의 베이지색 코트였다. 여자는 자신의 옷 취향을 고스란히 차려입은 상대를 보면 1%의 동질감과 99%의 적대감을 느낀다. 엄마는 (아마) 그리고 기적적으로 1%를 느

껐던 것 같다. 잠시 뒤, 우리가 다방 건물 옆 골목으로 옮겨 대화를 이어간 것이 그 증거였다.

우여곡절 끝에 엄마에게서 1분이란 시간을 얻어낸 나는 필사적으로 엄마의 마음을 돌려야 했다. 단 1분 안에 그걸 가능케 해야 했다. 마지막 기회니까.

"음… 그러니까 그쪽이 미래에서 온… 큭! 미래에서 온 내 딸이다?"

"네."

"큭…! 아유 정말 재미있네. 서울 사람들 정말 꾀돌이네요."

나는 안다.

엄마의 그 말은 '별 미친년 다 봤네'쯤으로 해석할 수 있음을. 충분히 오해의 소지가 있다. 아니 누가 봐도, 설령 내가 엄마의 입장이라고 해도 어처구니가 없을 것이다. 엄마로선 설레고 기쁜 선을 보는 날에 웬 이상한 여자가 훼방을 놓으니. 마음 착한 시골 처녀인 엄마가 이 '이상한 여자'에게 베풀수 있는 시간이 다 되어간 듯했다. 장난 그만 치라는 눈짓과 함께 다방으로 향하던 엄마의 뒤에 외친 한마디가 엄마의 걸음을 멈추는 데 성공했다.

"외할아버지한테 반항하고 싶어서 그러지?"

"…."

엄마가 천천히 등을 돌렸다. 당혹감과 분노 그리고 혼란이 버무려진 표정이었다.

"하도 가난하게 살아서, 빨리 결혼하려는 거지? 외할아버지 같은 사람 만나기 싫어서 빨리 결혼하려는 거잖아. 결혼… 그렇게 도피성으로 하지 마, 제발. 그럼 안 돼."

"너… 너…."

"엄마, 부탁이야. 나 따윈 태어나지 않아도 좋으니까 제발 돌아가줘."

어느새 내 앞까지 가까이 다가온 엄마가 나를 천천히 그리고 뚫어져라 쏘아 보았다. 내 눈, 코, 입, 귀와 키, 심지어 차려입은 옷매무새까지. 흔들리는 동공에 바싹 메마른 입술을 대강 훑은 엄마는 못 볼 걸 본 것처럼 흠칫 뒷걸음질을 쳤다.

"너… 누구야?"

*

"과거여행사라고?"

"응."

"미래에는 그런 것도 생겨?"

질문하면서도 엄마는 누가 들을까 걱정되는지 주변을 살폈다. 다방 건물과 옆 건물이 바싹 붙어있는 틈에 들어가 있던지라 누구도 우리에게 관심 두는 행인은 없었지만.

"아니. 모르는 사람들이 더 많아."

"너는 어떻게 왔는데?"

"나도 몰라. 우연히…."

나는 엄마의 병간호를 위해 두 달 가까이 병원 신세를 지던 중 탕비실 바닥에 떨어진 명함을 줍게 된 경위까지는 밝히고 싶지 않았다. 더구나 아빠라는 사람은 이혼 전부터 밖으로만 나돌아 사고를 치는 바람에 온전히 병간호가 내 몫이었다는 것은 더더욱 말하고 싶지 않았고. 그저 그 시절 엄마에게 '미래'가 주는 미지의 희망까지 없애고 싶지 않았으니까.

"너… 나에 대해서 얼마나 알아?"

엄마는 끝까지 경계를 늦추지 않는 듯했다. 아니, 정말 내가 미래에서 왔다는 것을 여전히 못 믿는 눈치였다.

"위곡리가 고향이잖아. 태어난 건 경기도 평내고."

뜨악한 반응에 아랑곳하지 않고 나는 술술 말했다.

"큰오빠, 작은오빠 있고. 언니는 두 명에 여동생은 한 명, 남동생 한 명이지? 아 참, 큰오빠는 이복오빠라지 아마?"

"어떻게 그걸….."

"그러니까 제발 내 말 좀 들어줘. 엄마."

간곡히 애원하는 나는 서른한 살이고, 내 애원을 들어줘야 할 엄마의 나이는 스물네 살이었다. 엄마가 여전히 혼란스러운 눈빛으로 자신의 양 볼을 감싸 쥐었다.

"미래의 딸이라니….."

"선보지 마. 결혼하지 말라고."

"왜?"

"결혼하면 불행해지니까."

"어떻게… 불행한데?"

"엄마 속으로 낳은 자식이 과거로 와서 그 결혼을 말릴 만큼."

"왜 그렇게 불행해야 하는데? 내가 뭘 잘못했다고?"

"원래 산다는 게 그래. 내 잘못 아닌데도 불행해야 해."

엄마는 퍼뜩 뭔가 짚이는 게 있는지 연달아 물었다.

"그럼 너는 어떤데? 너의 아빠를 미워해? 너를 낳아주셨는데도?"

순간 나는 대답할 수 없었다. 아빠를 미워하는 걸까? 사랑하지 않는 걸까? 하지만 나는 절대 두 사람은 만나선 안 된다고 생각했다. 어찌 됐든 결국엔 서로에게 좋지 않은 결과를 가져왔으니까.

"모르겠어."

"엄마는? 그러니까… 내가 네 미래의 엄마라며?"

"응."

"나는 어떤데?"

"무슨 말이야?"

"내 딸로 태어나서 사는 게 너도 불행하니?"

머리를 세게 얻어맞은 듯한 충격에 나는 아까보다 더욱 할 말을 잃었다.

"그렇게 걱정되면 엄마한테 잘하면 되잖아? 효도하면 되잖아? 아빠가 못한 만큼 효도하면 되잖아."

"그걸 왜 내가 해? 왜 불행한 결혼생활의 보상을 자식에게 받으려고 하냐고?"

"안…되나?"

"당연하지! 그냥 좀 하지 말라면 하지 마! 엄마는 대체 왜 그렇게 꽉 막혔어? 알려줘도 몰라? 이렇게 내가 과거까지 왔잖아, 엄마를 위해서. 엄마 행복하게 살라고 알려주러 왔잖아. 이렇게 내가!"

"…"

"그러니까 결혼하지 마! 자식 때문에 붙잡혀서 억지로 살 필요는 없잖아? 왜 그런 바보 같은 삶을 살려고 해, 왜? 제발 좀 하지 마! 엄마 자신을 사랑하라고!"

쉴 새 없이 몰아붙이자 엄마는 잠시 멍해 있었다. 그리고 차츰 눈가에 눈물이 고였다. 분명 눈물이었다. 흐르지는 않아도 눈물은 눈물이다.

"이렇게까지 과거에 와서 내 생각을 해주는 걸 보면, 내가 꽤 괜찮은 엄마였나 보네."

"뭐라고…?"

"자식한테 사랑받는 엄마라… 나쁘지 않은데? 이 정도면?"

"그게 무슨 바보 같은 소리야? 엄마."

"어릴 때 말이야. 나 우리 엄마가 도망갈까 봐 항상 걱정했어. 우리 아부지가 평소엔 차암 점잖은 양반이다가도 술만 먹으면 우리 엄마를 때렸거든. 그런 아부지랑 살지 말고 새 출발했으면… 했는데, 막상 아침에 눈을 떴을 때 엄마가 없으면 어쩌나… 학교 갔다 와서 집 안에 엄마가 없으면 어쩌나… 얼마나 걱정했는지 몰라. 행여 안 보이면 개울가에, 뒷집 아주머니네, 밭으로 산으로 엄마 찾으려고 들쑤시고 다녔어. 지옥 같았지. 그러다 엄마가 한참 후에 뒷간에서 나오면 참았던 눈물이 왈칵 쏟아지는 거 있지. 그제야 지옥에서 벗어날 수 있었어."

"그런 얘길 왜 해?"

"그런데 엄마는 끝까지 우리 자식들 곁을 지켜줬어. 때론 걱정되더라. 과연 나는 우리 엄마 같은 엄마가 될 수 있을까 하고. 죽어도 희생은 못할 것 같은데… 네 말을 듣고 보니까, 결국 나도 희생하면서 사는구나?"

"그래, 이제 이해돼? 그러니까 이 결혼 하지 마."

엄마의 눈에 어느샌가 눈물이 고였다.

"그런데, 너도 그럴 거잖아, 맞지?"

"내가 뭘?"

"너도 내가 없으면 무서울 거잖아. 내가 좀만 안 보이면 찾으러 다니고, 떠날까 봐 밤에도 옆에서 붙어서 잘 거잖아?"

"엄마가 결혼 안 하면 나도 태어나서 그런 거 겪을 일도 없어."

"거봐. 내가 결혼 안 하면 너가 못 태어나잖아."

"상관없어."

"어떻게 상관이 없어?"

"그래서 도망도 안 가고, 이혼도 안 하시겠다?"

"어떻게 내가… 자식을 외면해. 엄만데."

"엄마 제발… 좀!"

*

왈칵 쏟아지려는 눈물을 한 번에 터뜨린 것은 엘리베이터 안에 들어온 후였다.

세일러가 깜짝 놀라 물었다.

"고객님! 왜 그러세요? 무, 무슨 일이세요?"

나는 그의 품에 안겨서 하염없이 대성통곡을 해야만 했다.

엄마는 정말 바보다. 조상이 도와도 못 들은 척 결혼해서 인생을 망쳤으면, 자식 말이라도 들어야지. 어떻게 자식 말도 깡그리 무시한 채 그럴 수 있을까. 자식이 뭐라고. 자식 그거 다 필요 없는 건데. 뭐 그리 대단한 거라고 본인 인생까지 갈아 넣는 걸까. 엄마는 바보다. 외할머니도 바보였고. 다 바보다. 그런 엄마를 막지 못한 나도 바보고.

폭포수같이 쏟아지는 눈물이 조금씩 사그라들 때까지 세일러는 말없이 등을 두드려 주었다.

"하… 저… 시간 얼마나 남았죠?"

"네, 고객님. 15분 남았는데… 또 가시게요?"

"마지막이에요."

"있잖아. 네 이름은 뭐니?"

"내 이름…?"

"응. 미래에 내가 딸을 낳아서 지어줬을 그 이름 말이야."

"안 알려줄 거야."

"왜?"

"그냥 신혼 때라도 도망치라고. 내 이름 벌써 알면 나를 빨리 만나고 싶어서 지옥 같은 신혼도 견딜 거잖아. 바보같이."

"너 참 고집 세구나."

"응. 누구 닮아서."

엄마와의 마지막 대화를 떠올리며 변기 칸에서 나온 나는 다방 여종업원과 마주쳤다. 하마터면 부딪힐 뻔했다. 그녀가 막 담배를 입에 물고 있는 참이었다. 그리고 내가 먼저 이렇게 말했다.

"사는 게 너무 지랄 맞네요."

놀랐는지 연기를 헛 들이마시더니 콜록대는 그녀.

화장실에서 나온 나는 예정대로 창가 쪽으로 다가갔다. 이대팔로 가르마를 가르고 어디서 났는지 손목시계도 그럴싸하게 차고 앉은 신사가 막 설탕을 넣고 있었다. 표정은 사뭇 진지했다. 그러다 설탕 가루가 바지에 떨어지자 툴툴 털어내는 손길에서마저 짠 내가 나는 아빠.

언젠가 TV에서 여자 연예인이 아빠의 결혼 예복을 리폼해서 입은 것을 보고 나 역시 가진 그 양복을 입고 있었다.

내가 작게 말했지만, 아빠는 못 들었는지 후루룩하고 소리를 내며 마셨다. 만족스러운지 입안 볼살을 이용해 헹구듯이 마시기도 했다. 엄마는 오지도 않았는데 벌써 커피는 바닥이다.

내가 다시 말했다.

"아빠."

이대팔 가르마의 아빠가, 내 큰 눈의 DNA의 선구자인 아빠가 별 의미 없는 눈으로 천천히 날 올려봤다.

"그렇게밖에 살 수 없었어?"

옆 테이블의 여자는 이쪽에 무슨 일이 생겼나 하고 눈을 떼지 못했지만, 이내 도착한 지인과 합석하는 바람에 신경이 가셨다.

"뭐… 뭔…."

나를 위아래로 올려다보는 아빠와 눈이 마주쳤다. 흔들리는 내 눈빛과 달리 전혀 관심 없다는 듯한 낯선 이의 시선 그대로였다. 어쩌면 속으로 '이 년은 뭐 하는 년이여?' 하고 여길지도 모르는 그런. 목이 메어 미칠 것 같았지만 꾹 참았다.

"그렇게밖에 살 수 없었냐고? 좀 더 잘할 수 있었잖아."

"…."

아빠는 자신에게 하는 말인지 어쩐지 싶어서 나를 한 번 봤다가 문 쪽을 봤다가 다시 뒤를 돌아보기도 했다.

"왜 그렇게 사냐고? 인생을."

"뭣이… 아, 그짝은 누구요?"

"술 끊어. 아빠는 술 때문에 망해. 밖에서 호인이고 집에서 못하는 거? 그거 자랑 아니야. 아빠 늙어갈수록 옆에 남는 건 가족뿐이야. 당장 눈앞에 있는 가족을 사랑하라고."

돌아서려던 나는 울컥해 다시 아빠를 돌아봤다. 아빠의 눈길이 줄곧 내게 멈춰 있었던 모양이다. 나는 왈칵 눈물이 쏟아지려는 걸 간신히 참고 다시 말했다.

"미안해 아빠… 나 방금 아빠 결혼 못 하게 하려고 했어. 아빠 평생 혼자 살든지, 말든지 신경 안 썼어. 나 참 나쁘지. 근데 실패했다? 왜 그런 줄 알아? 엄마가 그래도 아빠랑 결혼하겠대. 진짜 바보 같지? 난 그렇겐 안 살 거야. 근데 엄만 그렇게 살겠대… 그러니까 이번 생에서는 엄마 행복하게 해줘, 제발. 그럼 나 다음 생에도 아빠 딸로 태어날게. 알았지?"

아빠는 무슨 생각을 하는 걸까? 가만히 나를 보는 눈에 동요가 일어나지 않았다. 오히려 덤덤히 듣고 있어서 더 슬펐다. 눈물이 후두둑하고 내 손등까지 추락했다.

"나 아빠 좋아했던 적도 참 많아. 미워하지만은 않았어."

시간이 다 됐다.

나는 힘없이 뒷걸음질 쳤다. 하지만 아빠의 눈길이 여전히 내 뒷모습에 와 닿는다는 걸 알 수 있었다. 이윽고 엄마가 도착했는지 두 사람의 두런두런 대화 소리가 희미하게 들렸다.

"사시는 데가 어디예요?"

"고향은 쩌그 전라돈디 인쟈 인천으로 아주 와부렀소."

"인천…이 어디죠?"

"아, 인천직할시! 머시냐 그 바다하고 가깐디 있소. 으디냐 하면…"

제5장

네 아버지의
이야기

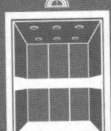

현재의 눈으로 과거를 평가하지 말 것.
과거로서는 그것이 최선이었을 일이다.

*

보위성 간부에게 상봉 때 받은 시계와 넥타이를 주고, 홍삼즙과 목도리,
사진 몇 장만 챙길 수밖에 없었다. 돌아온 후에도 살짝 건방진 눈으로 턱을
치켜들며 말하던 새파랗게 젊은 간부의 말이 잊히지 않았다.

"이야… 동무는 아들 하난 잘 뒀구만."

손목시계를 차며 요리조리 뜯어보며 입가에 웃음을 풀던 그 면상을 보
고 있자니 속에서 천불이 났지만, "과찬이십니다" 하고 가까스로 대답하고
나서야 집으로 돌아올 수 있었다.

그 귀한 것들을 빼앗긴 것이 분해서가 아니었다.

젖먹이 아들과 둘째를 임신한 아내를 처가에 맡기고 집을 나선 것은 1953년 여름의 일이다. 무슨 직감에서인지 족보를 챙겨 나오고 싶었다. 전쟁이 끝나고 삼팔선이 그어져 영영 북에 눌러살게 됐지만, 나는 족보를 목숨처럼 아꼈다. 내 뿌리는 여전히 조상 대대로 내려온 고향 땅에 있으며, 단 하루도 이남 땅에 두고 온 처자식을 잊은 적이 없다는 뜻이다.

그렇게 해서 리산가족 상봉신청을 했을 때도 조강지처 성완례와 두 아들을 60여 년 만에 볼 수 있다는 생각에 뒤척이던 게 몇 날 밤이던가.

그런데, 뜻밖이었다.

장남이 죽었다고?

젊은 나이에 죽다니?

아…

죽었구나.

비로소 둘째 아들에게 눈을 돌렸다. 남조선에서는 언제나 감시를 붙이는 자들이 있다고 여겨 늘 경계를 늦추지 않았다. 해서 옆에 착 붙어서 남조선의 남은 가족을 감시하는 간부라고 여겼는데, 그자가 내 아들이란다. 헤어질 때 배 속에 있던. 둘째 아들이란다. 내 피와 살을 이어받아 닮은 구석이 분명히 있을 내 자식이란다. 하지만 좀처럼 닮은 구석을 찾아볼 수가 없었다. 키도 크고 덩치도 컸으며 잘 발라 뒤로 넘긴 짧은 머리에는 윤기가 났고 쩍 벌어진 그 다리통 하며… 외탁을 했나 싶으면서도 한편으로는 반갑고, 또 한편으로는 낯설었다. 풍채도 좋고 훤칠했다.

"아버지. 이것 좀 드셔 보세요. 콜라. 아니면 사이다라도 드려요?"

하며, 탁자 위에 놓인 남조선의 단물들을 건넸다. 내 뒤에 서 있던 안내지도원 하나가 날개뼈 사이를 쿡 하고 찔렀다.

"야야, 이거 우리 공화국에 금강산 샘물만 못해!"

반사적으로 나온 대답이 그것이었다. 아마 서운했으리라.

상봉 몇 날 전부터, 남조선의 이복오빠를 볼 생각에 들떠 있던 막내딸 옥희는 막상 제 오빠를 보자 입도 못 떼는 바보가 됐다. 계속 내 손만 잡고 수줍게 웃을 뿐이었다. 나이 사십이 다 되어서 새침 떨고 앉아 있다.

잘 지내느냐고 조강지처와 안부를 간단히 묻고 각자 가져온 사진을 꺼내 들었다. 조강지처는 돌아가신 부모님의 흑백 사진과 줄줄이 시집, 장가 보낸 내 동생들의 사진을 보여주었다. 내 안부를 물으며 어찌 살았느냐고 하자, 이번엔 내가 보여주었다. 못 본 세월, 이것이 내가 살아온 력사다─ 하고 보여주면 다 이해할 것이다. 공화국에서 결혼한 안해와 4남 5녀를 낳았고, 그중에 다섯이 살아남았다. 셋은 고난의 행군 때 죽고, 하나는 나를 탈북시키려 총살당했다는 말은 목 끝까지 치밀었으나 겨우 참았다. 막내딸 옥희가 내 심정을 이해했는지 지도 입을 틀어막고 울었다. 작년에 탈북하다 붙잡혀 현재 집결소에 몸이 묶인 지 언니를 떠올리는 게 분명했다.

잠시 후, 남조선의 큰며느리가 제 어머니와 손을 잡으라 시켰지만, 그럴 수 없었다. 손을 잡을 때 글 쪽지를 전해 받은 리산가족 중 한 명이 적발된 적이 있었기에 조심해야 했다. 적어도 지도원이 뒤에 바싹 붙어 내려다보고 있는 순간은 피해야 했기에, *"우리 시대는 그러티 아나! 이래 얼굴 본 것만으로도 얼마나 감격스럽니?"* 하고 웃어넘겼다.

내내 초라한 행색을 한 아버지의 모습에서 실망감을 느꼈는지 둘째 아들은 나와 눈도 마주치지 않으려 했다. 조강지처가 말하기를, 둘째가 아는 것도 많고, 똑똑해서 남들은 가기 힘들다는 미국에서 공부도 하고 장사도 하고 가정도 꾸렸다고 했다. 그야말로 출세했다. 무릎을 '탁' 쳤다. 하지만 기쁨도 잠시, 옥희는 탁자 밑으로 내 손을 꼭 잡았다. 남조선의 이복오빠가 미국과 왕래한다는 것이 지금 집결소에 붙잡혀 있는 제 언니의 입장을 더 곤란하게 할 것 같다는 계산이라는 걸 내 모를 리 없다. 하지만 문제는 따로 있었다.

바로 미국에서 장사했다는 내용이 자본주의 미제 영화에 들어가는 군복과 군화를 만드는 제조업이었다고 자랑스레 말했다. 뒤에 있던 지도원이 누군가를 불렀는지 등 뒤로 여러 명이 웅성대며 글 쪽지에 무언가를 열심히 받아 적었다.

이거 야단났다!

이 사실을 당에서 알게 되면 다음 상봉은 두 번 다신 없을 터. 나는 벌떡 일어나 허리춤에 손을 얹고 버럭 성을 냈다.

"더러운 미제 구렁텅이로 자식새끼 쳐박아놓구 뭘 잘 커? 잘 크기를!!! 이것은 우리 집안의 수치다, 이 말이야!"

　

*

"이 아주마이가 남조선 본처유?"

하고 안해가 사진을 멀찍이 두고 실눈을 뜨며 물었다.

"기래."

"곱기도 하네. 여건 아들이구?"

"응."

"어째 닮은 구석이 하나 없소?"

하며, 제 배로 낳은 비쩍 마른 자식들과 손주들에게 이것 좀 보라며 사진을 건넸다. 구경이 나 옹기종기 모였다. 다들 사진 속 영완이더러 기름진 배가 불뚝 나오고 산도적처럼 덩치가 커서 마치 당 간부 같다고 수줍은 감탄들을 쏟아냈다.

공화국에서 당의 명령으로 강제로 결혼한 안해는 제 배 아파 낳은 아들의 눈치를 본다. 끝끝내 내가 '남조선에 두고 온 아들이 장남이다'라며 저를 차남 취급하니 골이 날 대로 났던 놈. 사진을 가만 보더니 저는 저대로 씁쓸한지 입맛을 다셨다.

잠시 생각에 잠긴 나는 식구들을 모두 불러 모았다.

"봐라. 우리는 이제 풍전등화다. 조만간 위에서 나를 감시할 거야. 그것이 한 번으로는 안 끝난다. 이제 공화국에서 우리는 살얼음을 딛고 살아야 한다."

"아바지. 어쩌시려고요?"

"잘 들으라. 날이 밝기 전에 네 오마니 데리고 중국으로 가라. 하나둘씩 말고 한 번에 싹 움직이라."

"아바지는요?"

*

히라이스 서울지점 사무실.

소일 삼아 손톱을 깎고 있던 캡틴의 시선은 줄곧 피팅룸을 향해 있었다. 길게 이어진 줄 속에서 사람들의 짜증 섞인 푸념이 하나둘 터졌지만 좀처럼 안에서는 나올 기미를 보이지 않았다.

"난 말이지. 저들이 다 돈으로 보여."

옆에서 타이핑하고 있던 인턴이 작게 속삭였다.

"돈이 아니라 고객이겠죠."

"이봐, 인턴. 내가 하나 알려주지."

"뭘요?"

"저들에겐 우리가 상품이야. 우리한텐 저들이 돈이고. 알아들어? 결국, 그게 그거라고. 서로 윈윈하는 거지."

"어휴."

아슬아슬하다 싶을 때, 남자 한 명이 피팅룸에서 의연한 얼굴로 걸어 나왔다.

"저 옷은 뭐지?"

캡틴이 물었다.

"십자군 전쟁 때로 가겠답니다."

"도대체 왜?"

"그야 모르죠."

인턴이 으쓱하며 자기 할 일을 하는 동안, 캡틴은 혼잣말로 중얼거렸다.

"우린 여행사라고. 과거를 들쑤시러 가는 이쑤시개 제조업체가 아니라. 요즘 고객들은 하나같이 꿍꿍이가 있어 보인단 말이야."

윙-

그때, 마침 스마트폰 진동이 울렸고, 여전히 손톱을 다듬던 그가 목과 어깨 사이에 대충 끼고 있던 핸드폰을 다시 바로 잡아 들었다. 잠시 후, 두 눈은 놀란 토끼 눈과 같았다.

– 신의주라고?

– 그래. 신의주.

– 아니, 어떻게 북한에 지점이 있지? 김정은이가 허락하던가?

- 북한에 지점이 있는 게 아닐세. 우리는 단둥지점이지. 다만 북·중 경계에서 몰래 우리 쪽 세일러가 북한 사람들을 접선하곤 해. 그것도 영업비결 중 하나랄까?
- 무슨 영업을 그렇게 살벌하게 하나? 설마 폭리를 취하는 건 아니겠지? 그랬다간 가만 안 둬. 본부에 바로 찌를 테니 알아서 하라고.
- 무슨 소리야! 어쨌거나 다시 그 고객 좀 컨텍 좀 해봐.
- 그 고객이라니? 알아듣게 설명해봐.
- 영감이 과거여행을 하겠다고 찾아왔어.
- 영감…?
- 그래. 이름이 뭐더라… 아! 리.영.득.이라고 쓰여 있군. 아들을 만나보고 싶다고 찾아왔어.

*

2015년 10월 23일. 〈제20차 남북 이산가족 상봉행사〉

뻐스에서 내리자마자 안내를 받아 들어간 커다란 건물 안에는 이미 마련된 환영인파가 대기하고 있었다. 곳곳에는 고중 학생쯤 되어 보이는 아이들이 형형색색의 한복을 입고 있었다. 연회장에 들어가자 이미 상봉이 이루어진 가족들이 있어 눈물바다를 이루었다. 내 마음이 급했다. 갈비뼈를 부수고 심장이 튀어나올 만큼 떨렸다.

안내원의 뒤만 쫓아가는 중에도 저들 속에 처와 아들을 찾기 위해 두 눈이 분주했다. 이미 다 늙은 사람들 속에서 옛 인연을 찾기란 어렵지 않았다. 유난히 하얗던 피부에 장인을 닮아 길게 찢어진 눈, 큰 입을 가졌던 완례가 저기 있었다. 저는 저대로 난리 통에 잃어버린 손을 찾기라도 하듯 가여운 눈초리로. 늙었다 못해 닳아버린 얼굴로.

"완례냐?"

그쪽에서 나를 못 알아보는 듯해서, 모자를 벗어 숱 없는 머리를 매만졌다. 양가 부모들에 의해 결혼하기로 한 첫날, 그 첫 만남. 날 보고 실망했던 그 눈빛이다. 하물며 거기다 늙기까지 해버렸으니 얼마나 볼품이 없을까. 전쟁 때 잃은 눈을 애써 감추려 매만지자, 그쪽에서 먼저 다가와 물었다.

"만식이 아부지?"

"으응."

"만식이 아부지라고? 이영득이?"

"그래. 나야 나! 리영득이다!"

"나 성완례요."

"안다, 알아. 아버지가 성종학? 길티?"

"맞소. 우리 아부지 성종학. 이발사. 시아부진 이상재. 자전차 점포를 하셨구."

"아! 맞다! 이래 보니 완례가 맞구나!"

그러나 아들 영완은 첫 만남과 달리 나를 뚫어져라 보았다. 지난번 과거여행에서 나에게 실망하고 돌아간 아이의 얼굴을 보니 마음이 쓰라렸다.

다시 과거여행에 와준 것만으로도 고맙고 미안했다. 안 나오면 어쩌나 내심 걱정했다.

등 뒤로 스산한 기운이 감지됐지만, 임무를 완수해야 한다. 70여 년 가까이 버려둔 가장으로서 또 아버지로서 몫을 다해야 한다. 살날이 많지 않다. 죽기 전 응어리를 풀고 가야 한다. 내가 만든.

"이것이 큰 시동생, 둘째 시동생… 여짝이 막내 시누."

조강지처는 우리 집안의 대소사 때마다 찍은 사진을 보여주며, 피붙이들의 근황을 알렸다. 예상했듯이 이미 부모님은 모두 돌아가셨고, 내 동생들도 몇은 죽고 몇은 살았으나 요양원에 있다고 했다. 하나는 치매고, 하나는 중풍이란다. 내 마음은 오히려 담담했다. 그 긴 세월 남편도 없이 홀로 시집살이를 하며 견뎠을 풍파에 닳을 대로 닳아버린 처의 얼굴이 더 애달팠다. 그러다 결국 오래전 처와 내가 결혼 첫날 찍은 사진을 보자 눈물이 왈칵 쏟아졌다. 막내딸 옥희는 그것이 신기하고 안타까워 사진에서 눈을 떼지 못했다. 서로 마음 없이 만나 아무 뜻 없이 찍은 그 흑백 사진 한 장에 기어코 참아왔던 눈물이 흘러나왔다.

"나 기억하겠소?"

처가 물었다. 그리고 한번 옥희를 힐끔 보더니 딸인 줄 아는 눈빛이었다. 문득 집에 두고 온 안해가 "남조선의 본처는 재가도 않고 평생 수절했을 거인데, 아마두 서운하갔디요. 잘 다독여주고 오시요" 했던 말이 떠올랐다. 알지 그럼, 그 속을 왜 모를까.

"응?"

"나 기억하겠냐고."

"아버님! 어머니 기억하시겠어요?"

내 귀에 대고 큰며느리가 소리쳤다. 아마 내가 귀가 먹은 줄 아나 본데, 내 귀는 멀쩡했다. 한평생 자다가도 밖에서 부스럭거리는 소리가 들리면 보위원인 줄 알고 소스라치게 놀랐던 적이 한두 번인가.

쌍둥이 딸들이 전부 남조선으로 탈북한 뒤 중국을 통해 돈을 보내온다던 옆집 아주마이네처럼 어느 날 보위원이 쳐들어와서 "성완례를 아는가?" 하고 물어보는 건 아닌지 언제나 날이 섰던 두 귀였다.

"기럼! 오래 산 보람이 있구만 기래."

"다행이구라. 남자가 혼자 살믄 못써. 팔자 고달픈게. 장가 잘 가셨소."

"내가 차암 미안한 게 많다."

처의 손을 잡고 말했다.

"아이고 미안허긴. 내가 그것도 이해 못 할 것 같소."

이윽고 처는 잠시 머뭇거리더니 나에게 큰아들의 죽음을 알렸다. 사업실패로 인해 술을 오래 마셔 결국 간경화로 세상을 떴다고. 눈앞이 아득했다. 떼놓고 온 그 젖먹이가 눈앞에 아른거려 몸살을 앓은 것이 반백 년이 흘렀다. 그런데 나보다 먼저 갔다니.

공화국에서 낳은 자식들은 굶어 죽고, 총살당해 죽고. 남조선에 두고 온 장남은 병으로 죽었다니. 이렇게 기구한 삶이 또 있을까. 어쩌다 시대를 잘못 만나 너와 내가 이런 고통을 안고 살아야 하는가.

"네가 고생이 많다. 내 할 수만 있으믄 열녀문이라도 못 세워 주갔니?"

그러자 큰며늘아이가 내 어깨에 기대 엉엉하고 운다. 죽은 지 남편과 내가 아주 많이 닮았다며 펑펑 운다. 그래, 큰놈은 나를 닮았지. 친탁 제대로 했지.

그 모습을 보며 함께 눈물짓던 처는 애써 마음을 추스르더니 이내 옆에 앉은 둘째 아들에 대해 자랑을 늘어놓았다. 나는 둘째 영완이를 가만 보았다. 외탁한 게 틀림없다. 하지만 저 커다란 귀와 짙은 눈썹은 필경 나를 닮았다. 처가는 전부 눈썹이 옅어 숯으로 바르고 다닐 정도였다. 젊은 시절, 눈썹이 오죽 꺼메서 너희 집은 불도 안 났는데 눈썹만 탔느냐고 장난을 좀 쳤다가 어린 처가 짐 싸 들고 집에 간다고 성화를 해서 장인에게 호되게 혼난 기억이 났다.

"아버지. 이것 좀 드셔 보세요. 콜라. 아니면 사이다라도 드시겠어요?"

안개꽃 화병 둘레로 남조선식 단물이 여러 병 놓여 있었다. 치익-딱! 하고 경쾌한 소리를 내며 뚜껑을 열고 내게 건네는 아들. 태어나 처음으로 만난 아버지에게 처음으로 주는 것이 탄산단물이라니. 감격스러워 말했다.

"그래. 고맙다."

둘째 영완이는 적잖이 놀란 눈치였다.

한 모금 마셨다. 내 죽기 전에 이것저것 다 맛보고 죽으련다 하는 심정으로. 서로 안부를 주고받고 나니 이제야 함께 둘러앉은 식솔들이 눈에 들어왔다. 처와 아들은 막내딸 옥희를 신기하듯 보고 있길래 내가 말했다.

"이 아이가 리옥희, 공화국에서 낳은 막내딸이다. 말이 막내지 올해 벌써 마흔이다, 마흔. 애가 둘이야. 야, 옥희야, 어서 인사 않고 뭐 하간? 네 큰오마니, 둘째 오래비다."

"큰오마니 고생 많으셨디요? 인사 올리갔습니다. 아부지 막내딸 옥희여요."

하고 큰절을 올리자, 처도 울고, 나도 울었다. 영완이는 착잡한 심정으로 가만 고개를 끄덕끄덕했다.

자식 이야기가 몇 번 오가다가 예상했던 대로 처는 둘째 자랑에 여념이 없었다. 큰놈이 죽고 둘째 하나에 의지해서 살아왔구나 싶어 아비와 큰형 대신 그 무거운 책임을 졌을 것을 생각하니 마음이 아팠다.

"보소. 이놈이 대학두 지 힘으루 가고. 지 힘으루 큰 회사도 들어갔소."

"대하악? 이야 자고로 사람은 지성을 갖춰야 하디, 암!"

"이. 제일 우등으로 졸업허구… 영어도 잘 하구."

"기래. 잘했다."

"어디 그뿐인 줄 아시오? 회사에 높은 사람이 영완이를 아주 잘 봐가지구선 미국에도 가서 일하고 거기서 사업도 하고. 높은 사람들도 만나고 댕기고. 아주 그냥 봉황 됐소, 봉황. 친척들 다 모이면 암만 잘났어도 야 앞에선 찍소리도 못해."

영완은 이제 와서 새삼 미주알고주알 알리고 싶지 않다는 듯이 제 어미를 말렸지만 나는 자랑스러웠다.

그때, 공화국의 기자들이 삼삼오오 모여 들더니 저희끼리 수군덕거리며 사진을 찍어댔다.

리산가족 상봉일정은 1박 2일이다. 오늘 이렇게 헤어지면 각자 숙소로 향한다. 북과 남의 가족이 따로 떨어져야 한다. 함께 이불을 덮고 누워 두런두런 떨어져 살던 세월을 다독이는 것조차 허용되지 않는다. 그런 뒤, 이튿날 다시 짧은 만남을 보내는 것이 전부인데, 나에겐 이조차 허용되지 않았다. 마지막 한을 풀 기회조차 주어지지 않았다. 둘째 아들 영완에게 주려고 준비한 것을 결국 전해주지 못하게 생겼다.

'보도' 완장을 찬 지도원 동무가 뒤에서 내게 귓속말로 지시했기 때문이다. 그때처럼.

"동무는 자리가 파하면 속히 조국으로 돌아갈 준비를 하오."

*

그날 저녁, 남측 이산가족 숙소.

숙소로 돌아온 영완은 청천벽력과도 같은 소식을 접해야 했다.

짐을 풀며 어머니가 한껏 상기된 얼굴로 아이처럼 조잘거릴 때, 돌연 누군가 문을 두드렸기 때문이다. 자신들을 통일부 소속이라고 소개한 직원은 어머니를 힐끔 보더니 영완에게 따로 이야기하자고 청했다.

직원은 복도를 좌우 살피더니, 조심스레 말했다.

"무슨 일 때문에…?"

"저… 부득이하게 안타까운 소식을 드리러 왔습니다."

"뭡니까?"

"북측 가족이신 이.영.득. 할아버님께서 조금 전, 북으로 급히 돌아가셨습니다."

"그게 무슨…!"

영완은 이 과거여행이 분명 잘못됐다고 확신했다. 아버지 측에서 요청한 여행이다. 그런데 다시 북으로 끌려가다니. 북측에서 무언가 아버지를 억압하고 있는 것이 틀림없다는 생각에 마음을 진정시킬 수 없었다. 하지만, 이내 통일부 관계자가 건넨 종이가방.

"이게 뭡니까…?"

안에는 두꺼운 옷 뭉텅이가 있었다. 아까 아버지가 입고 오셨던 겉옷이 틀림없었다. 한평생 모르고 살다가 오늘 처음 만났지만, 분명 그것은 아버지 냄새라는 것을 직감했다. 통일부 관계자가 물건만 전해 준 뒤 총총걸음으로 사라지자, 영완은 옷을 털었다. 그때, 툭! 하고 떨어지는 무언가.

두꺼운 책자가 한 권 떨어져 있었다. 표지에는 고서처럼 한자가 쓰여 있는 꽤 낡은 책이었다. 영완이 조심스레 그것을 주웠다.

짧은 정적이 흐른 뒤, 영완은 갑자기 박장대소를 하기 시작했다.

*

히라이스 서울지점 사무실.

"세상에 한 엘리베이터를 30년 동안 쓰는 곳도 드물 겁니다. 하다못해 자전거 체인도 일주일에 한 번씩은 기름칠을 해주고 관리해야 한다고요.

하물며 사람이 타고 오르내리는 엘리베이터가 이 모양이라니!"

3호기 엘리베이터를 수리하러 온 본부 기사들 들으란 듯 캡틴이 멈출 줄 모르고 토로했다.

"지난번엔 콜럼버스 항해의 비밀을 풀겠다고 여행을 한 고고학자가 갑자기 엘리베이터가 멈추는 바람에 졸도했다고요, 졸도를. 세상에! 하필 멈춘 시대가 스페인 내전이라니. 총소리, 포 소리 아비규환이니 비싼 돈 들여 제작한 협찬 의상에까지 그만 실례를 하고 말았다지 뭐요! 그게 얼마짜린데!"

"어쩔 수 없다고요. 수리기사가 우리뿐이니."

"그래봤자 지점은 딱 다섯 군데뿐이죠."

"코로나19 이후로 해외여행 대신 과거로라도 여행을 떠나겠다는 사람들이 많아진 탓에 우리도 바쁘다고요. 알지도 못하면서…."

더는 못 들어주겠다는 듯이 기사가 짜증을 터뜨렸다.

더 받아칠 말이 없는 캡틴의 입장을 도와준 건 사무실에 도착한 1호기 엘리베이터였다. 이윽고 문이 열리고 이영완 고객이 배를 잡고 나타났다.

"아니, 고객님 왜 그러시죠? 어디 불편하신 겁니까? 멀미라도?"

"아뇨, 아닙닛…! 괜찮습니다… 큭!"

그는 웃음을 참을 길이 없는지 벌게진 얼굴로 황급히 사무실로 나섰다.

"수상한데? 미쳤나? 저 고객 잔금은 치른 거 맞지?"

"물론이죠."

경리담당 세일러가 자신 있게 대답했다.

"그나저나 왜 저러지? 아버지를 만난 거 아니었나? 상봉의 기쁨이 엄청 났나 보군."

"선물을 받았다고 하네요. 아버지로부터."

"선물? 그게 뭐라고 저렇게 기뻐해?"

"족보래요."

"족보?"

"네. 아버지께서 이 씨 집안 족보라고 자신의 재킷에 둘둘 말아서 주셨다는데…."

"족보 받은 일이 저렇게 웃을 일인가?"

"그야 저도 모르죠."

세일러가 으쓱했다.

제6장

띠앗

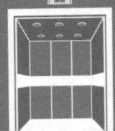

호랑이를 피해 해와 달이 된 오누이
가끔 부지런히 뜬 낮달은
누이를 보기 위해 오빠가 시간을 당겨서라고 한다.

*

1968년 강원도 홍천.

강원도 홍천. 정확히는 설악면에서 모곡으로 넘어가는 길목. 60년 후에 와본 이곳은 사뭇 달라졌지만, 똑똑히 기억한다.

나와 동녀가 자주 놀던 이곳은 옛날에 일본인들이 길을 닦는다고 공사를 하던 중에 갑자기 광복이 되어 이도 저도 아닌 채로 방치된 작은 길이었다. 그 후에는 수상한 시국이니만큼 여러 번 군수 자리가 바뀌곤 했는데 그때마다 저희들 잇속 다툼하느라 관심조차 두지 않은 길이었다. 하여 누가 와서 심었는지는 모른다. 길 양쪽으로 흐드러지게 핀 벚꽃.

딱히 찾는 이도 없어 한적하고 쓸쓸한 이 길을 나와 동녀는 고아원에서 나와 둘만의 놀이터로 삼았다. 엄마가 올 때까지만 놀자고 한 것이 벌써 한 해가 흘러버린 어느 날.

"오빠 배고프다, 그치?"

걸어오는 내내 잠자코 있던 동녀가 입을 열었다. 꼭 쥔 고사리손은 슬슬 또 꼬물거리기 시작했다. 그럴 때면 나는 누이에게 해줄 말을 고르느라 한 동안 시선을 피하기 일쑤였다.

"이따 가서 선생님한테 달라고 하자, 먹을 거."

라고는 했지만, 그것도 확실치는 않았다. 그래도 당장 그렇게 말하면 안 도감에 동녀는 힘이 나서 걸음을 재촉할 수 있었다. 손에 전해진 땀기가 대신 말해주었다.

"근데 오빠 있잖아."

"응."

"말자 있잖아. 어제 걔네 엄마가 찾아왔었다?"

"…"

"걔네 엄마가 옥수수빵 주고 갔어. 나도 쪼끔 달라고 했더니 막 안 주려 고 해서 또 달라고 막 졸랐더니 이만큼 줬어. 그래서 먹어봤어."

동녀는 그렇게 말해놓고, 혼자 얻어먹은 것을 스스로 고백한 셈이 되어 버리자 목을 움츠리며 내 눈치를 봤다. 하지만 나는 전혀 다른 말을 했다.

"왜 걔한테 달라고 졸라? 네가 거지야?"

"아니."

"그리고 그 아줌마 친엄마 아니야."

"그럼?"

"새엄마야."

"새엄마?"

"응. 때리고 구박하는 새엄마."

"…."

동녀는 안 믿는 눈치였다.

"새엄마니까 그냥 보고만 갔지."

"왜애?"

"새엄마니까!"

"왜애…?"

"친엄마면 데려갔지, 바보야! 그렇게 버리고 가겠냐?"

"친엄마는 와서 데려가?"

"당연하지."

"그럼 우리 엄마는?"

결국, 묻고 싶었던 질문은 그것이었을 게다.

괜히 엉뚱한 말 갖다 붙이고 빙빙 돌려서 종내에 묻고 싶었던 것은 엄마
가 언제쯤 우리를 데리러 오느냐- 하는 것이다.

또 걸려들었구나… 아차 싶은 내가 걸음을 멈추고 동녀를 똑바로 내려
다봤다. 내 어깨에도 채 못 미치는 자그마한 키를 가진 동녀, 내 불쌍한 누
이. 해 질 녘 미명에 꼬질꼬질한 얼굴이 더욱 어두워 보였다.

"너 내가 하는 말 잘 들어."

"…."

"빨리 대답해."

"응."

"이제 엄마 안 와!"

"…."

하늘에서는 철새 무리가 활처럼 휜 모양으로 균형을 이루며 가로지르고 있었다. 저기 있던 그것들이 쩌-기까지 사라지는 동안 동녀는 가만 대답이 없었다. 제 등에 포대기로 업고 있는 (사창가 앞에서 미군들이 준 꿰맨 자국투성이인)곰 인형처럼 순진하고 가련한 얼굴로 나를 빤히 쳐다볼 뿐이었다. 동녀의 작은 손에는 심장이 사는지 거기서 콩.콩.콩. 하고 두근거림이 전해졌다. 왈칵 눈물이 났다. 일부러 동녀가 울거나 말거나 말로써 꼬집어 버린 건 나였으면서 정작 먼저 울음을 터뜨린 것도 나였다. 엉엉하고 한쪽 소매를 눈에 대고 소리 내어 울었다.

"오빠아-."

"만지지 마!"

팔꿈치를 휘둘렀다. 동녀의 머리를 쳤나 보다. 하지만 아플 법도 한데 칭얼대지도 않았다.

어느새 내 두 뺨에는 짜고 차가운 땟국물이 줄줄 흘렀다.

"그럼 왜 갔어? 빵빵차 서는 데에…."

"네가 가자고 했잖아!"

"…."

"네가 엄마 기다린다고. 간다고 막 떼써서 나도 간 거잖아. 나는 원래 가기 싫었어!"

"왜애…?"

"엄마 안 오니까."

"왜애…?"

"안 오니까 안 오지!"

"왜애…?"

나는 콩! 하고 동녀의 머리를 쥐어박았다. 뻗친 성질까지 보태지자 쥐어박는 소리가 평소보다 더 컸다.

"엄마 이제 우리 안 보고 싶어 해서 멀리 갔다고 했잖아!"

그리고 한 박자 후에,

"으앙…!!!"

제 머리에 손을 얹고 동녀는 울음을 터뜨렸다. 내가 운 것보다 곱절은 더 크게 소리를 내어서. 아파서가 아니라, 어쩌면 진작 울고 싶었는데 지 오빠가 먼저 우는 바람에 울어야 할 타이밍을 찾았는지도 모른다. 그 타이밍이 지금이라는 것을 내 눈에는 훤히 보였다.

"아아--앙!!!"

하고 긴 호각소리처럼 길게 뻗은 울음이 들숨 날숨에 실려 상갓집 곡소리처럼 들렸다. 그러다 꺼이꺼이 숨넘어갈 것처럼 체머리를 흔들자 그 모습이 퍽 가여워 나도 같이 울었다. 누가 먼저 울었는지 모를 만큼.

미안해- 알았어. 엄마가 올 거야- 울지 마-

라고 말했어야 했는데, 차마 그 말이 나오지 않았다.

목 끝까지 치밀었는데 괜히 목만 아프고, 눈물만 나올 뿐, 그 말이 그렇게 나오지 않았다.

그때 미안하다고 해야 했는데… 엄마가 곧 데리러 올테니 울지 말라고….

*

윙-

벚꽃 길 한가운데에 망연하게 서 있던 중 퍼뜩 정신이 들었다. 코트 안주머니에서 스마트폰을 꺼냈다.

   - 네에. 민동식입니다.

   - 안녕하십니까, 고객님? 과거여행사 히라이스 상담팀입니다.

   - 말씀하십시오.

   - 다른 게 아니라, 지난주 상담하셨던 [유년 시절] 상품 말입니다.

   - 네.

   - 요즘 성수기여서요. 현재 인솔자 부족 문제와 선 예약 건으로 인해 일
     정이 좀 연기될 것 같아서 미리 알려드리고자 전화 드렸습니다.

   - 그럼, 언제쯤 되겠습니까?

   - 아직 확실하게 언제라고 말씀드릴 수 없는 상황이어서요. 괜찮으시다
     면 가능한 시기에 다시 안내해드려도 될까요?

   - 네….

전화를 끊으면서 한숨을 내쉬었다.

또 얼마나 미뤄질까. 언제쯤이면… 언제쯤이면….

시간이 가는 것은 아무래도 괜찮다. 다만, 어린 날 동녀의 얼굴이 차츰
희미해지는 것이 두려울 뿐이다. 오직 그뿐이다.

*

아직도 또렷이 기억한다.

2021년 가을이었을 것이다. 전 세계가 코로나19를 앓고 있을 때, 나는
30여 년간 근무한 회사를 반강제로 그만둔 뒤 여러 곳을 헤매다가 새로운

직장에 첫 출근을 했다. 그곳은 일곱 번째 직장이었다. 건물은 시내 오거리에 있는 22층짜리 건물로 보험사, 은행, 신용공단 등이 들어선 대형빌딩이었다. 하루 8시간 건물 청소 미화를 담당하는 일이었는데, 잡일임에도 불구하고 채용 연령보다 훨씬 웃도는 나이였기에 나는 그마저도 감사했다. 점심시간 후 중년의 반장이 나를 따로 보자고 하기 전까지는.

"이거 오늘 일당이에요. 저희 관리실장님께서 그냥 하루치 다 챙겨 넣으라고 하셔서…."

이런저런 이유를 갖다 붙였지만, 다음 날 또 공고가 난 걸 보면 그들은 내 왜소하고 볼품없는 겉모습을 문제 삼은 건지도 모르겠다. 봉투 안에는 만 원짜리 여섯 장이 들어 있었다.

"예. 죄송합니다."

그리고 그 봉투 안에 명함 같은 것이 있었고, 그것에 관해 물어보려던 찰나 반장은 유유히 사라지고 없었다.

과거여행사 히라이스   HIRAETH
TIME TRAVEL AGENCY

전 세계 단 5지점!
히라이스가 드디어 대한민국에 상륙했다!
언제, 어디든 떠나고 싶다면 당일 출발!

상품 문의 : 000-XXXX-XXXX

그때는 아내 몰래 여행을 했다.

그동안 월급이며 퇴직금까지 아내가 관리하는 바람에 내 수중에는 고액의 여행비용이 있을 턱이 없었다. 우둔하게 일만 하고 살아온지라 따로 챙겨놓은 비자금도 없던 나는 아내 몰래 실비보험을 해지해가면서까지 환급금으로 일을 진행하고 말았다.

반신반의한 마음으로 찾아간 그곳은 정말 '히라이스'라는 간판을 달고 영업 중이던 여행사였고, 거기엔 나 이외에 많은 사람이 와 있었다.

그들은 대표를 '캡틴'이라고 불렀다. 그 밑의 직급은 '세일러'라고 하는데, 그들 중에서도 직급이 나뉘는 것 같았다. 캡틴과 세일러라. 인생이란 망망대해를 떠도는 하나의 범선 같이 느껴지는 순간이었다.

나는 돈이 부족한 데다 과거로 가고자 하는 목표가 뚜렷했기에 알짜배기 중에서도 가장 저렴한 도깨비 상품을 계약했다. 그리고 선입금한 돈을 제외한 잔금을 모두 치른 후, 세일러라 불리는 사람의 안내에 따라 승강기 앞에 섰다. 시중의 것과 달리 오르내릴 때 전혀 속도감을 느낄 수 없을 만큼 정적이었다.

이윽고 문이 열리면서 1960년대의 세상이 눈앞에 펼쳐졌다. 지금은 천주교에서 운영하는 홍천보육원.

그악스러운 산등성이를 배경으로 한 갈색 벽돌의 건물은 이제 와 보니 크기가 참 아담했다. 군데군데 집을 지은 담쟁이넝쿨은 여전히 바람결에 끝나지 않는 이야깃거리를 풀어내느라 나풀거렸고, 녹슨 철제 현관문은 여닫을 때마다 시간에 쉬어버린 소리가 났다. 운동장에는 어미 잃은 새끼고양이를 닮은 아이들이 뛰어놀고 있었다. '단지 시간차를 둔 고아들'이라는 공통점이 아이들을 바라보는 내 마음에 결속을 심어주었다.

아는 얼굴이 보이는 듯했지만 내가 찾는 것은 동녀였다. 그 시절의 동녀. 내 하나뿐인 동생. 극적인 결과를 기대했던 것과 달리 나는 3시간 동안 방황을 했고, 어느덧 어둑어둑 어둠이 내려앉았다. 결국, 제한시간이 다 되어

가자 하는 수 없이 되돌아와야만 했다.

어쩌면 동녀를 찾으려는 게 부질없는 짓일까? 50년이 넘도록 이 좁은 한국 땅에서 찾지 못한 거라면 그냥 영영 이렇게 모른 채 살아가라는 하늘의 뜻인 걸까?

그렇게 터덜터덜 걷던 나는 문득 멈춰 섰다. 내가 뭘 본 걸까? 스치듯 무언가 떠올라 천천히 돌아왔던 길을 되짚어 걸었다. 예전에 1층 양호실이 있던 자리에 있는 빗물 배관 바로 옆. 돌아선 외벽.

눈을 뗄 수 없었다.

하얀 분필 낙서.

오빠. 나 왔다 가.
잘살고 있는 거야? 보고 싶어.
1997년 3월 21일

- 동녀 -

*

언제부턴가 동녀는 '우리'라는 말을 잘 붙이곤 했다.

"오빠 있잖아, 우리! 나중에 엄마 오면 걔네들 다 때려달라고 일러바치자" 하다가 불현듯 힘이 장사였던 아버지 기억이 났는지, "우리 아부지 오면 걔네 다 죽었어. 맞지, 오빠?"

"응."

"오빠, 우리 나중에 쌀밥 많이 먹게 되면 좋겠다, 그치?"

"응."

"오빠아! 우리 오빠아!"

나는 안다. 일부러 귀송이 들으라고 한 말이라는 것을.

귀송이는 우리 남매보다 열흘 먼저 고아원에 온 탓에 곧잘 우리와 어울리곤 했다. 나보다 한 살 어리고, 또 동녀보다는 한 살 위였지만 말을 참 잘했다. 때로는 내가 귀송이의 말을 더 믿을 때면 동녀는 바닥에 주저앉아 떼를 쓰고 울었다. 그러고는 기어이 내가 자기 편을 들어야 못 이기는 척하고 씩씩거리며 눈물을 닦고 일어나곤 했다. 그때 귀송이는 외로이 우리 남매 옆에서 멋쩍어했던 기억이 난다.

그러던 어느 날, 하루는 둘이 크게 싸운 일이 있었다.

"나는 나중에 커서 시집가도 우리 오빠네 옆집에서 살 거다."

"야, 이 바보야. 그럼 니네 새언니가 퍽도 좋아하겠다."

"아니야. 우리 오빠가 나 옆집에다가 집 지어주고 거기서 살아도 된다고 했어. 집 두 개 똑같이 지을 거라고 했어. 오빠랑 나랑. 이렇게 방이랑, 부엌이랑….."

"그건 네 오빠니까 그렇지."

"아니거든?"

"맞거든? 참나, 내기할래?"

귀송이는 말도 참 야무지게 잘했다. 그래서 어느 부잣집에서 금방 데려갔다. 데려올 부모가 없는 데다 싹싹해서 입양 일 순위였다. 그때 귀송이의 나이가 여덟 살이었다. 나중에 듣기론 부잣집에서 먹여주고 재워주며 학교도 보내준다는 것은 모두 거짓말이었고, 무일푼으로 식모살이를 '당했다'고 들었다. 몇 년 후, 도망 나온 귀송이에게서 들은 것이니 확실했다.

그 당시 나는 나대로 동녀를 찾으러 전국을 쏘다니던 중이었다. 길 가는 여자 중 내 키보다 한 뼘 작고 왜소한 체구 중 아무나 붙잡고 얼굴을 확인하다가 매번 낙담하곤 했는데, 바로 그때 뜻밖의 형태로 조우하게 된 것이다. 희망도 잃어가던 터인지라 귀송이와 나는 오랜 기간 서로 의지하고 제2의 오누이처럼 지냈다.

"여보, 국 다 식어."

제2의 누이가 내게 말했다.

"으응."

"오늘 같은 날, 농산물 시장 가는데 같이 좀 가주지. 무겁게 나 혼자 들고 오게 하냐. 어휴. 또 홍천 갔어?"

"내가 갈 데가 어딨어, 그럼."

평소 땐 잔소리를 쏟아붓다가도 홍천 이야기만 나오면 아내의 입은 마법처럼 꾹 닫혔다.

"거긴 어떻게 됐어? 히, 히라슨가 뭔가. 과거여행사."

아내는 여전히 작년에 내가 보험을 해약하면서까지 이미 히라이스를 찾았다는 것을 모르는 눈치였다. 나 또한 시치미를 떼고 말했다.

"내 앞으로 사람이 많이 밀렸대."

"그래서?"

"그래서는. 기다려야지 뭐."

*

일요일 오후.

〈미스트롯 2〉 하이라이트 무대 영상을 다시 보기 위해 유튜브를 시청하다가 문득 나이를 먹었다고 느꼈다. '낭랑 18세'가 이토록 슬픈 노래였나. 백난아가 부르던 노래가 길가 축음기에서 들려오면, 동녀는 소쩍궁 소쩍궁 하며 (자기가 아무렇게나 만든) 춤을 췄다. 소쩍궁. 소쩍궁.

정신이 팔려 1시간 후딱 보내고 나면, 어느새 알고리즘에 따라 도착한 곳은 1980년대 초반 KBS에서 해주던 〈이산가족을 찾습니다〉.

이십 대 초반. 광화문 앞 전골집에서 설거지하며 당시 가게에 달린 텔레비전으로 방송을 본 기억이 난다. 끝내 숨죽여 우는 날이면, 사장 영감은 대낮부터 짠다고 등을 후려치며 일을 재촉했다. 그래서 더 서러웠던 기억이 되살아났다.

가게에 오는 여자 손님들을 보면 모두 동녀 같았다. 사실 동녀를 찾을 수 있을까 해서 번화가에 취직한 것이다. 이대 다니는 여학생, 옆 가게 여직원, 오다가다 들르는 지방에서 일자리 구하러 온 여자들, 그러다 젖먹이를 업은 새댁을 보면 마음이 이상해졌다. 만일 동녀가 결혼이라도 했으면 어떡하지. 별 이상한 놈한테 코 꿰면 어떡하지 하고. 하지만 *"부모 복이 없는데 서방 복이라도 있겠냐?"*는 사장 영감의 말에 두들겨 맞을지언정 한바탕 거칠게 덤비고 나온 것은 지금 생각해도 정말 잘한 일이다.

하지만 곰곰이 다시 생각해본다. **서방 복.**

잘 기억이 나지 않지만, 엄마는 서방 복이 없었다. 몇 번 아부지와 치고받고 싸웠던 기억이 난다. 동녀와 나는 어느 할머니 댁으로 가게 됐는데, 외할머니였을 것이다. 아마 그때가 동녀와 내가 둘이 아닌 **'하나'**가 된 시작점이지 싶다. 그리고 얼마 후, 엄마가 외할머니댁으로 찾아왔다. 그리고 몇 마디를 했는데, 우리를 데려갈 줄 알았건만 그대로 가버렸다. 다시는 나타나지 않는 엄마를 두고두고 욕하며 외할머니는 우리를 홍천의 한 고아원 앞에 데려다주었다. 그러고 보면, 엄마는 서방 복만 없던 게 아니라 부모 복도 없었던 것 같다. 단지 달걀이 먼저냐, 닭이 먼저냐의 문제일 뿐. 그래서 나이가 들수록 엄마를 미워하는 마음이 사라졌다. 그분도 어찌 보면 불쌍한 사람이다.

고아원에 들어갔을 때가 내가 여덟 살, 동녀가 여섯 살 무렵의 일이다. 확실하다. 생일이 빨라 내년이면 가방 메고 학교에 갈 수 있다고, 칠판에 분필로 끄적끄적 쓸 수 있을 거라고 동녀가 좋아했으니까. 하지만, 고아원은 부모가 버린 애들이 오는 데니까 학교는 구경도 못 하고 나가서 구걸이나 안 하면 다행일 거라는 키 큰 형의 조롱에 동녀와 나는 제법 빨리 현실을 파악하게 됐다. 고아원에 들어간 첫날에 말이다.

만복인지, 명복인지 했던 그 형은 고아원에서 가장 덩치도 크고 조숙한 터줏대감이었다. 그 형은 때때로 나를 괴롭히곤 했다. 하루는 고아원 식당 담벼락에 오줌을 갈기는데, 일부러 나더러 자기 옆으로 오라고 해서 내게 오줌발을 뿌린 일이 있었다. 그러면서 패거리들과 낄낄대고 웃는데, 나는 모멸감에 얼굴이 붉어져 결국 울어 버렸다. 그 광경을 목격한 동녀는 나를 위해서 더 악을 썼다. 그런 힘이 어디서 나나 궁금할 정도로 고래고래 질렀다. 그러면 패거리들이 물러가곤 했는데, 아마도 그건 동녀가 너무 어려서 상대가 안 되니 그냥 봐줬던 것 같다. 그런데도 동녀는 나를 지켜줬다는 사명감에 벅차서 내 손을 꼭 잡고 다음번엔 때려 줄 거라고 으름장을 놓았다. 부디, 그런 성질머리로 오래오래 잘 살아야 할 텐데. 그래야 누이가 떠나는 줄도 모르고 무책임했던 오빠를 만나 원망을 해도 할 것이 아닌가.

"아빠, 뭐 봐?"

화장실에서 틀어박혀서 오래도록 나오지 않던 딸 선녀가 얼굴에 뭘 그렇게 치덕치덕 바르고 턱을 잔뜩 치켜들고 나왔다.

"유튜브."

"아하, 미스트롯."

"응."

"아빠 거기서 누가 제일 좋아?"

"다 좋아."

"그중에서 누구우."

선녀는 내 쪽은 쳐다보지도 않고 소파에 누워서 물었다. 정말 아빠가 누구를 좋아하는지 궁금해서라기보다 코로나로 병원 경비 일마저 잘리고 들어앉은 늙고 수척한 아빠에게 일부러 말 붙여주는 살가운 딸이 되고 싶어 한다는 느낌이 강하게 들었다. 내가 대답을 해도 그만, 안 해도 그만이지만 대답하기로 했다.

"전유진."

"아, 그 중학생? 걔 노래 잘 부르더라."

"그러게."

"걔 떨어졌잖아."

"진 감인데 말이야."

"쟤 얼굴 나랑 닮지 않았어?"

"네 고모 닮았지."

"그래? 난 모르겠네. 고모를 한 번도 못 봐서."

이제는 고모 이야기를 하면 곧잘 맞장구도 쳐주고 제법 되묻기도 한다.

"아빠, 그거 알아? 나 이름 때문에 놀림 받은 거."

"이름이 어때서."

"선녀가 뭐야. 솔직히 내 세대에는 촌스럽거든."

"예쁘기만 한데."

"고모 이름이랑 비슷하게 지으려고 선녀로 한 거였잖아. 뭐 근데 이젠 마음에 들어. 저번에 인터넷에서 신년 운세를 봤는데 이름이 되게 좋대. 올해는 취업 될 것 같아."

"효녀로 지으려다가 선녀로 하기를 잘했네."

"에이, 내가 효녀가 될지 어떻게 알아. 효도 안 하면 어쩌려고. 난 그냥 선녀가 좋아!"

내 딸이라서가 아니라, 선녀가 얼굴뿐 아니라 성격까지 제 고모를 닮았으면 분명 효녀였을 것이다. 동녀는 그랬다. 엄마가 자신을 버렸다는 것을 인정하기 싫은 건지, 잊어버린 건지 모르겠지만 언제나 엄마 이야기를 했다. 그러다 어느 날은,

"오빠. 우리 엄마도 막 화장했는데, 그치이?"

새로 오신 양호실 여자 선생님을 보더니 귓속말을 했다. 연지곤지 같은 루주를 입술에 바르고 하얗게 분칠을 하고 지나갈 때마다 크레솔 냄새가 기분 좋게 풍겨서 동녀는 양호선생님 곁을 지날 때마다 코를 벌렁거리곤 했다. 나도 그랬다.

"아니야. 엄마 화장 안 했어."

내가 일부러 엄마의 기억을 부정하려 할 때면,

"아니야. 내가 봤어. 엄마가 막 빨갛게 빨갛게 입술에 바르고. 머리도 이만큼 올리고. 막 또각 구두도 신고. 양호선생님보다 헛배는 더 예뻤어."

그날은 아부지에게 두들겨 맞은 날이다. 살림하는 여편네가 밖을 쏘다니면서 서방질이나 하고 다닌다고 재떨이를 던지고, 그 재떨이에 이마를 얻어맞은 엄마가 손톱으로 할퀴어서 아버지 얼굴에 흉터가 생기고….

단칸방이었기 때문에 문 옆에서 담요를 덮고 자는 체했다. 하지만 그날 깨어 있었던 건 동녀도 마찬가지였나 보다. 그걸 기억하고 있었다니.

"아니야. 화장 안 했대도."

"했어어! 그리고 우리 엄마가 제일 예쁘다고 했어어!"

"누가?"

"기름집 아저씨가."

"뭐라고? 기름집 아저씨가 그랬어? 빨리 말해!"

"으응…."

다소 거친 나의 반응에 동녀는 겁을 먹은 듯했지만 이내 털어놓았다. 기름집 아저씨가 엄마 보고 색기가 흐른다고 했다고. 색기가 무슨 뜻인지는 몰랐지만, 엄마 같은 여자를 두고 부정적으로 말한다는 것쯤은 충분히 인지할 수 있었다. 나의 심장이 고동쳤다. 엄마가 어찌 되든 그것보다, 왠지 동녀까지 침범 당했다는 분노가 휘몰아쳤다. 나는 그 말은 다 거짓말이라고, 그 아저씨는 맨날 나쁜 짓을 해서 감옥에 드나들었다고 했다. 그래서 쌀집 할머니도 그 아저씨를 싫어한다고 했다. 동녀는 고사리 같은 손으로 두 손을 틀어막고 동그랗게 눈을 뜨며 정말이냐고 물었다. 나는 맞다고 했다. 그러니, 그 아저씨가 하는 말을 믿지 말라고 다독이고 재웠다. 동녀는 다행히 내 말을 철석같이 믿었다. 그날 밤, 나는 꿈에서 기름집 아저씨를 만나 밤새 주먹질하는 꿈을 꾸었다.

*

"하이고, 살다 보니 별일이 다 있네. 당신이 따라나서고."

장보기 카트를 끌고 시장을 나서던 아내의 뒤를 묵묵히 따라나서자 하는 말이 그랬다.

"선녀가 따라가래."

"마누라 말은 안 들어도 딸 말은 들어? 자식이 무섭긴 무서운갑네."

아버지 없는 사람은 서러워 살겠냐며 일부러 꼬집어 말했지만, 아내는 내심 기분이 좋은 모양이었다. 무슨 노래인지도 모를 노래를 흥얼거리며 앞장섰다.

사야 할 품목은 당면, 목이버섯, 갖은 채소와 김치찜을 할 등갈비와 해산물 종류였다. 나나 아내나 일가친척 하나 없는 혈혈단신인 상태에서 만나 가정을 꾸렸기에 명절은 언제나 썰렁했다. 그래서 송편을 빚고 전을 부치고 정종을 따를 일은 없겠지만, 대신에 먹고 싶은 음식을 실컷 해놓자고, 남는 한이 있어도 배 터지게 먹자고 나는 누누이 말했다. 아내는 뭐 하러 아깝게 음식을 많이 하느냐고 타박했지만, 한 번 갑상샘암에 걸렸다가 완쾌된 후로는 아무것도 아끼지 않는다. 씀씀이가 달라졌고, 세상을 보는 눈도 달라진 것 같다. 본인 말로는 인생이 이렇게 짧은데 뭐 하러 아등바등 사느냐는 것. 남으면 까짓거 뒀다 먹으면 되고, 얼렸다 먹으면 된다나.

인생이 이렇게 짧은데.

으아아앙…!

시끄러운 시장통에서 감상이 깨진 건 고막을 두드리는 아이의 울음소리였다.

우리 지역의 재래시장은 TV 프로그램에도 소개될 만큼 규모가 크고 그만큼 복잡하다. 그런 와중에 길을 잃은 모양이다. 대여섯 살 먹은 여자아이는 뽀로로가 그려진 노란색 잠바를 입고 레이스 달린 치마에 뽁뽁이 슬리퍼를 신었다. 방방 뛰어다니며 엄마를 찾을 법도 한데 겁에 질렸는지 그대로 꼼짝없이 멈춰서 울고만 있었다.

으아아앙!!!

아이가 서럽게 운다. 키 100cm도 채 안 되는 작고 마른 아이에게 이 광활한 재래시장은 아득하고 먼 우주일 것이다. 어두운 점퍼를 입고 시꺼먼 봉지를 바리바리 쥔 채 제 갈 길 바쁜 커다란 어른들이 얼마나 무서울까. 얼굴이 벌게져서 우는 아이의 얼굴에서 공포를 봤다. 두려움을 봤다.

동녀를 봤다.

나도 모르게 발길이 움직여졌다.

*

"감사합니다. 정말 감사합니다."

삼십 대 후반쯤 됐을까. 젊은 여성이 시장 관리사무소를 나가면서 연신 허리를 숙여 인사했다. 그쪽도 몹시 놀랐는지 아직도 당황한 기색이 역력한 얼굴이었는데, 옆에 함께 손을 붙잡고 온 아이는 여자아이의 오빠쯤 됐을 것이다. 키가 살짝 더 크니 오빠가 분명하다. 어린것이 벌써 안경을 쓰고 손에는 스마트폰을 놓지 않고 있었다. 저도 놀랐을지 모르나 내가 보기에는 어리바리하니 제 엄마를 따라왔다가 따라간 모양새다. 괘씸한 놈. 지 여동생을 잃어버릴 뻔했는데도 아무렇지도 않아? 그런 분노는 애를 어떻게 키웠길래 하는 생각으로까지 번졌다. 하지만 아이들 엄마는 이미 사라진 후였다.

"그럼 그렇지. 아니 간다면 간다고 말이나 하지. 계산하고 뒤돌아서니까 뒤에 없으면 내가 얼마나 어이가 없어?"

"따라오는 줄 알았지."

"내가 왜 따라가? 당신이 날 따라와야지. 짐꾼 해준다며?"

집으로 향하는 길에서 아내는 잔소리를 퍼부어댔다. 가만 듣고 보면 그게 하루 동안의 일이 아닌 것 같았다. 그동안 쌓여온 한처럼 느껴졌다.

아내와 내가 이십 대 중반에 결혼하고(혼인신고만 하고 살다가 1991년도에 사진관에서 사진을 찍은 것이 전부다) 얻은 방은 주제넘게 방 두 개짜리였다. 아니, 정확히 말하면 방 하나에 다락방 하나라고 해야 맞다. 큰애 선녀가 태어나자 아내는 그 다락방을 아이의 공부방으로 만들어주고 싶다는 꿈을 슬쩍 비쳤지만 나는 단칼에 잘라냈다. 아직 한글도 못 뗀 젖먹이가 무슨 공부냐며, 게다가 그 방은 동녀의 방이라고 분명 말했지 않았느냐고. 동녀를 찾게 되면 함께 살 것이니 정 시누이 시집살이하기 싫으면 언제라도 떠나도 좋다고 상처를 준 적도 있다. 어쩌다 우리 두 사람 사이에 언쟁이 오갈 때면, 하나밖에 없는 내 동생 내가 끼고 살겠다는데 무슨 상관이냐고, 당신이 어릴 때 고아원에서 동녀 골탕 먹인 걸 생각해보라며 유치하게 기억나지도 않는 일 하나하나 일일이 꺼내어 몰아세운 것도 나였다. 그런데도 다 묵묵히 참아낸 그 속을 왜 모르랴. 시장에서 집까지 도보로 20분이지만, 기분 탓인지 멀게만 느껴졌다.

"같이 살지도 않는 시누이 시집살이나 하고 말이야, 내가. 남들은 고아랑 결혼해서 좋겠다고 하는데 그야 내 속 모르는 사람들이 하는 소리고. 하이고 참. 나도 서럽다, 서러워. 누군 고아 아냐? 내 속은 누가 아는데? 동녀 걔는 지 끔찍이 여기는 오빠라도 있지. 나는 아무도 없다고! 다 필요 없어! 남편이고 자식새끼고!"

속사포는 끊이지 않았다. 거기다 대고 15년 전에 당신 아버지 찾지 않았느냐고 묻고 싶었지만, 그 말을 꺼내는 순간 2차 대전이 벌어질 게 뻔했다. 칠십 평생을 바람에 노름에 절어 살다가 가실 때 되어서 아내를 찾은 장인은 가는 그 순간까지도 빚을 남기는 바람에 아내는 대출금 갚으려고 모아둔 예금을 해약해야만 했다. 거기다가 장례식 때 뜬금없이 나타난 이복동생들의 존재까지. 일이 커지는 걸 원치 않았기에 나는 묵묵히 들어야 했다.

윙-

때마침 나를 구제해줄 진동이 울렸다. 서둘러 받았다. "네에. 민동식입니다" 하자마자, 전화 너머로 밝고 경쾌한 목소리가 귓가에 울렸다.

- 안녕하세요, 고객님. 히라이스입니다.

*

세 번째 방문인 만큼 찾는 건 처음보다 수월했다.

처음에는 그야말로 눈뜬장님처럼 몇 시간을 헤매야 했다. 사무실이 서울에 있다더니 실제로는 경기도에 가까운 외곽 구석이었고, 그마저도 내비게이션에 나타나지 않아 전화로 물어물어 찾은 곳은 가파른 오르막길 위에 있는 허름한 건물이었다.

압도될 만큼 으리으리한 건물도 아닌 데다가 관리인도 없어 깔끔한 여타의 건물과는 사뭇 다른 그런 곳이었기에 적잖은 충격을 받은 기억이 난다. 게다가 3층 7호인 여행사 사무실 옆은 텅 비어 있어 임대 팻말이 나붙었고, 그 옆 5호 사무실은 '서울금융'이라고 아크릴 간판을 내걸었지만 누가 보아도 사채업이었기에 어쩐지 나는 그때 히라이스 사무실 문을 잡고도 들어갈지 말지에 대해 수 분을 고민했던 기억이 난다.

하지만 찾아가는 내내 반신반의한 마음으로 가득 찼던 것도 잠시, 입구에 걸린 꽤 그럴싸한 주물현판을 보자 왠지 모를 신뢰감이 들었다.

과거여행사 히라이스

벌써 세 번째 방문이긴 하지만, 왠지 떨리는 기분을 감추지 못했다. 흡사 면접장에 들어서는 청년처럼 두근거렸다. 옆구리에는 작은 선물용 화분이 들려 있었다.

문을 열고 들어가자,

"어떻게 오셨나요?"

하고 머리를 짧게 깎은 꽤 젊은 인턴사원, 여기서는 세일러라고 한다. 세일러가 빙그레 웃으며 물었다.

"민동식입니다. 연락을 받고 왔습니다만…."

"잠시만 기다리세요."

이윽고 젊은 사원은 어딘가로 연락하더니, 나를 다른 방으로 안내했다.

"오셨군요, 민동식 고객님."

몇 차례 전화통화로 익숙한 목소리의 세일러가 나를 반겼다. 마찬가지로 젊은 남성이었지만 인턴은 아닌 것 같고, 대리쯤 되어 보였다. 인상도 둥글고 착실하니 어느 정도 마음이 안정되는 기분이었다.

그가 차를 타오는 동안 사무실 내부를 요모조모 뜯어보았다. 시선을 의식했는지 세일러가 이어서 말했다.

"아직 정리가 덜 되어서 말이죠. 요즘 정말 바빠서 정신이 없거든요."

"아하, 네에."

"고객님께서 신청하신 [유년 시절] 상품은 현재 구매가 가능하시고요. 오늘 따로 뵙자고 한 건 구체적인 일정 조율에 관한 상담을 위해서입니다."

"그럼 여행은 언제쯤?"

"음…."

세일러가 키보드를 두드리며 모니터를 주시했다. 괜히 불안한 예감에 침을 꼴깍 삼키고 그의 다음 말을 기다렸다. 전세자금 대출을 받기 위해 은행에 들렀을 때보다 더욱 간절한 심정으로.

"다음 주면 가능하실 겁니다. 화요일이 좋겠네요. 그 외 환전과 준비사항
으로는…."

*

대형 마트 3층 유아복 코너.

"손녀분 꺼 사시려나 봐요?"

한참 동안 매대에 서성이는 나에게 점원이 다가와 물었다. 다가오기까지
시간이 조금 걸린 것은 유아용 원피스와 가방 따위를 사려는 나의 나이를
가늠하고 멘트를 준비하기까지 소요된 딱 그만큼일 것이다.

"네에."

구구절절 말하기 뭐해서 대충 대답했다. 점원은 요즘 유행이 뭐가 좋고
옷 재질이 이러쿵저러쿵 장황하게 늘어놓았지만, 내 눈에는 빨간 에나멜
구두와 레이스 달린 망사양말을 신고 있는 마네킹이었다.

"저거… 통째로 주십시오."

한을 풀어주마. 점원이 포장하는 동안 생각했다.

고아원에서 생활한 지 1년이 흘렀을 무렵, 어느 날 까만색 자가용을 타
고 근사하게 옷을 차려입은 아저씨들과 아줌마들이 내렸다. 나쁜 사람 같
아 보이지는 않았다. 오히려 나쁜 사람은 선생님이었다.

나와 재미있게 놀고 있던 동녀를… 그러니까 동.녀.만. 부르는 선생님의
목소리에서 나는 심상찮음을 느꼈다. 우리는 두 살 터울의 남매인 데다 우
애가 좋아서 언제나 쌍둥이처럼 붙어 다녔는데, 갑자기 그 순간은 마치 나

를 떼어 놓으려는 것처럼 느껴졌기 때문이다.

교무실이라고 부르기엔 뭣 하지만, 어쨌거나 선생님들끼리 모여 있는 사무실 같은 곳에 동녀가 이끌려 들어갔다. 나는 기웃거리며 동녀의 곁을 지키려고 애를 썼는데 결국엔 쫓겨나고 말았다. 하지만 복도에서 빼꼼히 창문 너머를 훔쳐보았을 때 동녀는 테이블 위에 마련된 오렌지 분말 주스와 센베과자 따위를 먹느라 정신이 없었다. 처음엔 부럽다가 나중엔 서운했다. 몇 개만 주머니에 챙기지. 접시에 담긴 센베과자가 다 비워가자 나의 입은 댓 발 나왔다. 어느덧 원망하는 마음마저 생겼다.

동녀가 어느 정도 배불리 먹고 기분이 좋아서 종알대자, 마치 그때를 기다렸다는 듯이 선생님과 아저씨, 그리고 아줌마들이 입을 모아서 뭐라 뭐라 말하기 시작했다. 동녀도 기분이 좋은지 깔깔댔다. 내가 없는 세상에서 동녀는 행복해 보였다. 처음으로.

그리고 갑자기 심장이 덜컹 내려앉은 것은 한 아줌마가 동녀에게 책자를 건넸을 때였다. 동화책처럼 겉표지가 빳빳하고 크고 두꺼웠지만, 그걸 보는 동녀의 눈빛이 사뭇 달랐다.

나중에 아저씨, 아줌마들이 학교를 나설 때 배웅을 한다고 선생들도 자리를 비웠다. 그 틈에 들어가서 책자를 훔쳐봤다. 커다란 비행기 안에서 닭구이를 칼과 포크로 썰어 먹는 외국 사람(나는 그때 정말 '외국'이라는 나라가 따로 있는 줄 알았다) 삽화, 드레스 같은 예쁜 옷을 입고 곰 인형을 들고 있는 소녀와 누가 보아도 다정하고 부유해 보이는 성인 남녀의 그림이 실렸다. 아마 하나의 가정을 표현한 것 같았다. 무엇보다 근사한 식탁에서 촛불을 켜고 빵을 썰어 먹는 장면은 두려움에 가까운 이질감을 주었다.

못 볼 것을 본 것처럼 서둘러 책자를 덮었지만, 잠자리에 들 때까지 그 누구도 거기에 대해 입 밖으로 꺼내는 선생님은 없었다. 다만, 동녀의 태도가 그 후부터 달라졌다. 잘 때 이불을 머리끝까지 덮고 키득대고 웃는가 하면, 선생님들 말에도 경쾌하게 큰소리로 대답도 잘하고, 운동장에서 놀 때는 치마도 아니면서 치마를 입은 것처럼 바지 호주머니를 살짝 쥐고 사뿐사뿐 춤을 추곤 했다. 내가 괜히 심통 나서 주접떨지 말라고 핀잔을 줬지만, 동녀는 아무렇지 않아 보였다. 서글픔이 밀려왔다. 태어나서 나는 처음으로 '고독'이라는 것을 느꼈다. 살아오며 많은 순간 고독했지만, 그때처럼 춥고 공허하지는 않았다.

며칠 후, 화장실에서 볼일을 보고 있는데 뒤 칸에서 두런거리는 소리가 들렸다. 귀송이와 동녀의 것이었다. 동녀가 으스대는 말투였는데, 자기는 이제 하얀 카바 양말에 구두도 신고 생일잔치도 할 거라고 했다. 나는 뭔가 이해가 되기 시작했다. 아니, 어쩌면 혼자 마음속으로 예상하던 것을 확인받았다고 해야 맞을 것이다. 볼일을 다 끝냈지만 나는 나갈 수 없었다. 더 이상 나 따위는 안중에도 없는 동녀가 야속하고 미워서. 왠지 눈물이 날 것 같은데 동녀 앞에서 보이면 지는 것 같아서. 다시는 동녀랑 말도 하지 않으리라, 내가 먼저 동녀를 떠나서 영영 돌아오지 않으리라 결심했던 순간이었다.

그리고 귀송이가 먼저 고아원을 떠나고 얼마 후, 동녀에게도 '그날'이 다가왔다.

*

"오빠 여기 많이 있다! 진짜 많아! 헤헤!"

하면서 일부러 내 흥을 돋우려고 큰 소리로 외치는 것이 훤히 보이자 얄미움은 배가 됐다. 가소롭고 정말이지 싫었다. 평소 같았으면 "야, 이거 다 따면 우리 금방 부자 돼! 빨리 따!" 하면서 나도 같이 장단을 맞춰 해가 저

무는지도 모를 만큼 신명 나게 산속을 누비고 다녔을 텐데 그때만큼은 그러고 싶지 않았다.

그런 내 속을 아는지 모르는지, 동녀는 뭐가 그리 좋은지 헐레벌떡 뛰어다니면서 붉게 상기된 얼굴로 방긋 웃었다. 고사리 같은 손안에 쑥이 한 움큼이었다.

"오빠 우리 이거 밥에 넣고 찧자아!"

언젠가 쑥개떡이 먹고 싶었던 동녀가 어떻게 만드냐고 내게 묻길래 떡은 쌀이 있어야 한다고 했다. 그걸 기억한 모양인지 쑥을 씻어다 밥에 넣고 콩콩 찧으면 떡이 되는 줄 알았던 모양이다. 무슨 심보에서인지 나는 동녀를 울리고 싶어서,

"너나 먹어. 그리고 너 나한테 말 걸지 마."

처음엔 의아해서 갸웃거리는 동녀를 더더욱 매섭게 노려보고 먼저 산에서 내려갔다. 그러면서 뒤에서 내 뒤를 말없이 잘 쫓아오는지 발소리에 귀를 기울였다. 눈치를 보고 있는 동녀는 나에게 왜 그러느냐고 묻지를 않았다. 나는 비로소 오빠로서 영향력을 발휘했다는 자만감에 도취해 얄궂게도 기뻤다. 하지만 기쁨은 오래가지 않았다. 산에서 내려와 고아원 마당에 들어섰을 때, 그 차가 있었다.

새까만 자가용.

나의 심장은 세게 요동쳤다. 왜 몰랐을까? 그날 아침 선생님들이 동녀를 데려가 깨끗이 목욕시켰다는 사실을. 잠시 후, 동녀는 교무실에 갔다가 다시 나왔는데 하얀 원피스에 하얀 카바 양말, 그리고 빨간 에나멜 구두를 신고 있었다. 예뻐 보여야 하지만, 왠지 그 차림을 한 동녀가 가여워 보였다. 어른들의 분장놀음에 희생당한 것 같았다. 만약 꿈이라면 나는 그들에게 주먹질을 했을 것이다. 그리고 동녀가 내게 왔다. 그러자 불안한 눈길로

선생님과 아저씨, 아줌마들을 보더니 다시 나를 보았다. 얼굴, 옷차림, 손에 꼭 쥔 쑥, 그리고 하얗게 때가 낀 복숭아뼈와 낡은 운동화. 동녀는 이번엔 자신의 차림새를 가만 보았다. 그러더니 뭔가 불안한지 눈을 깜빡거리며 바보같이 헤 벌린 입으로 숨을 쉬기 시작했다. 동녀가 불안할 때면 나타나는 증상이었다. 아부지와 엄마의 난투극이 된 집을 피해 외할머니네 갔을 때도 꼭 그런 반응을 보였다. 동녀가 그렇게 나오자 나까지 덩달아 겁이났다. 내가 동녀의 손을 꼭 잡자, 마치 그때만을 기다렸다는 듯이 손에 힘을 꼭 쥐고 나에게 바싹 붙었다. 나는 똑똑히 봤다. 선생님들이 당혹감을 감추지 못하고 있다는 것을.

"우리 오빠는요…?"

기어들어 가는 동녀의 말에 나는 비로소 깨달았다. 동녀는 나와 함께 입양 가는 것으로 알고 있었던 것이다! 그래서 아침나절에 밥을 먹고 산에 올라와서도 쑥을 뜯으면서 신이 나 있었다는 것도. 그런 동녀에게 무섭게 군 것이 미안하다고 목 끝까지 올라왔으나 왠지 입 밖에 나면 소리 내서 울 것 같아서 꾹 참았다. 왜냐하면, 내가 울면 동녀도 울 것 같았으니까. 쥐어짜며 *"우리 오빠는요"* 하는 말이 내 귀엔 이미 울먹이는 것처럼 들렸으니까.

우리 남매는 세상에 단둘이 남겨진 것처럼 꼭 붙어서 그대로 굳어 있었다. 주변엔 모두 키 큰 어른들뿐이었다.

동녀는 항상 나보다 머리 하나가 없는 키였다. 그래서 동녀의 키는 내 키에서 손 한 뼘만큼을 뺄셈하면 됐는데, 그 작은 머리가 내 어깨에 기대자 뜨끈뜨끈 열이 느껴졌다.

잠시 후, 선생님들은 작전타임 하기라도 하듯 아저씨, 아줌마들과 빙 둘러서 뭔가 한참 대화를 주고받았다. 그리고 그들은 우리를 떼어놓을 적합한 계략을 내놓았고 우리는 보기 좋게 걸려들었다. 한참 동안 내가 경계를 풀지 않자 그들은 하는 수 없이 나와 동녀를 떼어 놓는 데 수 시간이라는 공을 들인 것이다.

"동식아. 동식이가 술래할래?"

"무슨 술래요?"

"꼭꼭 숨어라. 머리카락 보일라. 알지?"

뒤늦게 알아차리고 죽을힘을 다해 쫓아갔을 땐, 차의 먼지 바람이 희미해진 후였다.

그 계략에 휘말린 것은 평생 나로 하여금 남을 의심하고 경계하는 성격을 갖게 했다. 누구에게도 돈을 빌려주지 않고, 친절에 감사히 여기기보다 낯설어하고, 마음을 여는 것보다 닫는 것이 한결 쉬운 그런 인간으로.

아…!

나는 미심쩍으면서도 왜 등을 돌렸나.

불안하면서도 왜 나무에 얼굴을 묻었나.

왜 동녀를 숨게 했나.

내 주문으로 영영 사라져버린 동녀, 불쌍한 내 여동생.

못 찾겠다, 꾀꼬리. 꾀꼬리….

*

여행을 떠나는 당일.

현관문에서 신발을 고쳐 신는데, 체크 무늬의 빳빳한 종이가방이 눈에 들어왔다. 뭐냐고 묻기도 전에 아내가 먼저 말했다.

"거기다 잘 담았어. 동녀, 만나면 주라고. 약과랑 크림빵도 넣었어."

"…."

"정말 과거여행이 가능할는지 모르겠지만."

"알았어."

하고 현관문을 나서자, 다시 말했다.

"옛날에 내가 톡톡 쏘아댄 거 미안하다고 전해. 부러워서 그랬어. 동녀가 매일 제 오빠 자랑하는 게 미워서. 뭐 솔직히 동녀 걔가 미울 짓만 골라서 했지만."

나는 대답 대신 웃었다.

이제 동녀를 만나리라는 기대는 저버렸다. 하지만 시간을 되돌릴 수 있다면 어쩔 수 없는 동녀의 운명을 바꾸기보다 동녀에게 예쁜 옷, 예쁜 구두를 신겨주고 싶을 뿐이다. 그러면서 나를 향해서 방긋이 웃을 그 얼굴을 오래도록 기억하기 위해서. 컴퓨터 Ctrl+c 기능처럼 복사해서 내 머릿속에 영원히 붙여놓기 위해서.

아내의 얼굴을 보며 생각했다. 여행에서 돌아오면 방 네 개 중에서 안방과 선녀 방, 그리고 군대 가 있는 막내아들 녀석의 방을 제외한 한 개는 그냥 당신 소원대로 드레스룸인가 뭔가로 쓰자고.

잔뜩 긴장한 채로 운전하지 말라는 아내의 말에 따라 지하철을 타고 히라이스에 도착했을 때는 오전 10시 반이었다.

지난번에 내가 갖다 준 작은 화분에서 벌써 꽃이 피었다. 세일러는 감사하다며 사무실 분위기가 한층 화사해졌다고 하지만, 나는 그 화분이 무슨 화분인지도 모르기에 그 꽃이 무슨 꽃인지도 더더욱 모른다. 애초에 아내가 챙겨준 것이기에 나는 심부름만 했을 뿐이다. 어색하게 웃어 보였다.

그런데 세일러는 그 꽃이 **달맞이꽃**이라고 했다.

히라이스는 독특한 여행사다. 어느 정도 살림살이가 숨통 트일 정도 되면서부터는 가족들과 여행을 종종 다녔고, 또 정년퇴직한 후로는 시간이 남아 기회가 많았지만 이런 여행사는 처음이었다.

한곳에서는 신사임당이 그려진 오만원권을 내밀어 상평통보로 환전을 하는가 하면, 어떤 퇴역군인은 1940년대 독일 군복으로 갈아입는 중이었다. 저 군인은 분명히 히틀러를 제거할 꿍꿍이인 게 분명하다. 물론 실패할 테지만 말이다. 아까 오면서 가족과 통화하는 것을 우연히 들었다. 자신의 포부를 당차게 밝히는 노인이었다.

마지막 상담내용을 체크하고 사전 안내사항을 숙지하고 있는 중에도 주변은 시끄러웠다. 명절을 맞아서인지 과거에 미련이 많아 보이는 고객들로 북새통을 이룬 사무실. 세일러는 성수기인 만큼 양해 바란다고 했다.

"이봐! 나는 역사를 바로잡을 거라구! 이거 놔!"

역시나 사명감으로 똘똘 뭉친 퇴역군인은 음모(?)가 허술했는지 세일러들에 의해 발각되어 끌려 나가는 중이었다. 또 다른 중년 남자는 이혼한 전처와 다시 합칠 수 있게 해달라며 과거로 돌아가 이혼소송을 하지 않을 거라고 굳은 의지를 표했다. 그 아내가 이혼 후 로또에 당첨된 것은 순전히 자기가 사준 핸드폰 번호 덕이라나.

"민동식 고객님, 이쪽으로 오실까요?"

어쨌거나 세일러는 여행 수속을 모두 밟았고, 나를 엘리베이터 앞으로 안내했다. 겉보기에는 평범했다. 이윽고 엘리베이터의 문이 열리고 조심스레 안으로 들어갔다. 이제부터 여행한다. 동녀를 보기 위해. 나는 아침에 아내가 챙겨준 종이가방을 손에 꼭 쥐었다. 긴장한 탓에 침을 꼴깍 삼켰다.

인솔자 없이 출발하는 여행이기에 세일러는 층수를 밖에서 조작했다. 그러는 동안에도 사무실은 여행객들로 붐볐다.

"아니이! 1년 금지가 대체 언제 풀리냐고요!"

까랑까랑한 목소리의 여성이 입장 표명을 하기 시작했다.

"이번엔 소개팅 바꿔치기가 아니라니깐요? 그날 라이터를 쥔 건 그냥 그러려니 살기로 했다고요!"

"또 오셨군."

충수를 조작하던 세일러가 고개를 절레절레 저으며 말했다. 유명인사인가 보다.

"민동식 고객님. 여행일수는 하루입니다."

"네, 압니다."

"잠시 후, 문이 닫힙니다. 충수 조작은 안에서도 할 수 있지만, 일정이 한 타임인 데다 인솔자가 없는 관계로 여기서 제가 할 거고요. 고객님께서는 여닫는 기능만 활용 가능합니다."

"네."

사무실은 여전히 소란스러웠고, 조작을 마친 세일러가 여행의 시작을 알리며 빙긋이 웃으며 한 손을 들었다. 문득 그 태도가 고급 호텔의 벨보이처럼 몹시 진중하고 고급스럽다는 생각이 들었다.

이어서 문이 스르르 닫히기 시작했다. 여느 엘리베이터 문처럼 양쪽에서 닫히며 사무실 광경이 조금씩 좁은 폭으로 사라지고 있었다.

!!!

*

다시 문이 열렸을 때 뭔가 오작동이 일어난 줄 알았다.

닫기 버튼에 손이 갈 즈음, 또 다른 세일러가 급히 달려와 말했다.

"실례합니다, 고객님! 이 엘리베이터 1968년으로 가는 것 맞죠?"

"네, 맞습니다만. 왜 그러십니까?"

내 물음에는 대답하지 않고, 그는 손가락 스냅으로 딱 하고 큰 소리를 치며 소리쳤다.

"이쪽입니다, 고객님!"

잠시 후, 희끗희끗한 머리가 매력적인 작은 체구의 여성이 느릿느릿 나타났다. 위에는 숄을 우아하게 걸치고 값이 나가 보이는 귀걸이를 했다.

"이분도 1968년으로 가신다고 하셔서요. 마침 지역도 같은 홍천이니 함께 타시면 될 것 같아요."

"감사합니다…. 감사합니다."

그녀가 온화한 표정으로 세일러와 나에게 차례로 목례를 했다. 내 눈을 보기보다 정확히 내 넥타이와 카디건 단추 사이쯤을 보고선. 예의가 고도로 숙련된 부잣집 사모 같았다.

세일러는 출발을 알리더니 여성을 향해 손나팔을 만들어 빙그레 웃으며 말했다.

"민 회장님, 즐거운 여행 되십시오."

그녀가 희미한 미소로 화답했다. 엘리베이터 앞면에 비친 나의 모습은 품위 있어 보이는 그녀에 비해 꽤 대조적이었다.

어느덧 그녀는 내 옆 가까이 와 있었다. 시선을 힐끔 던졌다.

나보다 딱 손 한 뼘 정도 작은 키였다.

여전히.

제7장

파인드 미

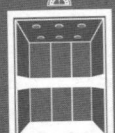

후회란 앞에서 오는 법이 없어서
지나친 후에야 깨닫곤 한다.

*

"*자기들 귀찮게 한다고 깜깜한 영안실에 노인네를 집어넣더라.*"

그러고선 노인네가 겁에 질려 오들오들 떨 때쯤 되면 그제야 관리인이
도로 병실로 데려온다는데 그게 어림잡아 1시간은 된다고, 외할머니가 귀
엣말로 속닥거렸다.

그런 식으로 밤에 잠 안 자고 칭얼대거나 반찬 투정하는 노인들이 있으
면 버.릇.을 고친다고. 게다가 직원들이 들고 다니는 저 30cm 자만 봐도 노
인들이 입을 닫는다며 여기, 여기, 여기 하면서 자신의 아픈 몸을 뒤척이며
보여주곤 했다.

제7장 I 파인드 미

그리고 그해 봄, 할머니는 돌아가셨다. 이모들은 요양원 측의 반인륜적인 행각과 불법 소방시설 등등을 트집 잡아 방송국에 신고하자고 입을 모았지만, 어디까지나 말뿐이고 실제로 행동에 옮겨야 하는 것은 내 몫이었다. 당시엔 스마트폰도 없던 시절이었다. 오로지 버벅거리는 인터넷 익스플로러에 접속해서 다큐멘터리 프로그램 시청자 게시판에 제보 글을 남기는 것이 전부였다. 물론 연락은 없었다. 그때 쌓인 분노와 후회가 내가 요양보호사가 된 이유고, 이력서에는 그러한 내 결심들로 넘쳐났다.

외할머니의 사례에 비추어 저만큼은 노인분들을
진심 어린 따뜻한 마음가짐으로 보살피고 싶습니다.
사람은 누구나 늙기 때문에 젊다고 해서
자만해선 안 된다고 생각하기 때문입니다.

제가 할머니, 할아버지들에게 미세하게나마
한 줄기 빛이 되어 드리고 싶습니다.

*

산다는 게 내 맘 같지 않다.

언제나 원고를 거절당하는 일이 부지기수였기에 그런 상처에는 도가 텄다. 다만, 업그레이드된 상처라면 말이 달라진다. 가령, 오늘 편집자로부터 *"원고를 거절당하는 것도 하나의 훈련이에요. 사실 작가들은 착각에 빠지기 쉬운 사람들이거든요. 다들 자기가 조앤 롤링이라고 생각하죠. 원고에 대한 지나친 믿음은 오히려 작품을 망칠 뿐이에요."*

라는 말처럼 말이다.

그러면서, 이왕 원고를 보낼 때는 편하게 이메일로 보내라는 조언도 빠뜨리지 않았다. 더 이상 성실함을 보이기 위해 발로 뛰었다간 낭패 보는 세상이라고도 했다. 그 앞에서 나는 아무 말도 할 수 없었다. 사실 내 원고도 해리포터까지는 아니더라도 그 후속작 어떤 작품쯤은 되지 않을까 하는 자부심이 있었으니까.

장대비가 쫙쫙 쏟아지는 평일 오후.

시간에 맞춰 헐레벌떡 도착한 아파트 단지는 거센 빗줄기가 뚫어버릴 듯이 내리꽂고 있었다. 다 젖은 바지를 털며 복도 끝 413호로 향하는 발길이 무겁다. 언제까지 이 짓을 하고 살아야 하는 건지. 이러다 결국 이걸로 먹고 살게 되는 건 아닐지 요즘 따라 마음이 조급하다. 처음의 패기도 잃은 지 오래고, 더구나 노인네 냄새도 너무 싫다.

현관문을 열자마자 저승꽃 냄새가 확 풍겼다. 서랍 손잡이, 요즘엔 보기 드문 마루 장판, 갈색 몰딩에 촌스러운 꽃무늬 벽지, 심지어는 냉장고 엔진 소리마저 늙어서 골골대는 듯한. 한눈에 보아도 퇴색이 짙은 15평 남짓의 방 안 풍경. 아무리 환기를 시켜도, 방향제를 뿌리고, 좋다는 캔들을 다 갖다 놔도 좀처럼 사라지지 않는 그 특유의 냄새가 이젠 진절머리가 날 것 같다.

활짝 열린 현관문, 주름진 모기장 너머로 노인들의 수다가 넘나들었다.

"오니라 욕봤다."

이태백 할머니가 여느 때와 달리 잔뜩 골이 난 얼굴로 맞이했다. 잠깐 설명하자면, 본명은 아니고 그저 노인네가 아침잠도 없어서 일어나면서부터 잠들 때까지 온종일 부르는 노래가 달아달아 밝은 달아- 그래서 나는 편의상 이태백 할머니라고 부르기로 했다. 물론 주민등록상에는 이개년으로 되어 있지만.

"보소, 성님. 우리 작은 사우가 사온 겁니더."

또 시작이다. 옆집 414호 할머니가 그렇게 자랑을 늘어놓았다.

"좋네이."

"하모. 비싸지예. 백화점에 가믄 마 십만 원도 넘씸더."

딱 봐도 딸이 유니클로에서 철 지난 상품 세일기간을 맞아 산 12,900원 짜리 플리스를 사위 공으로 돌리는가 하면 가격도 당신 내키는 대로 올리신다. 노인들 사이의 자랑은 유치하거나 따분하거나 둘 중 하나다. 오늘은 둘 다.

"그래, 좋음 함 입어 본나."

"댓씸더."

414호 할머니가 야무진 손길로 착착 개어 한쪽에 놓았다.

"아, 입어봐아. 좋아 보인디, 으뜬가 보게."

"히히, 고마 애껴야지예. 애끼고 놔뒀다 겨울에 아주 추우면 마 고때 꺼내 입을끼라예."

"염병허네. 아끼다 똥 되겠다!"

"새끼덜이 사다 준 건 황금보다 귀하다 안 캅니꺼? 성님 괜시 부러워서 그러는 거 다 압니데이."

"시끄라! 싸게 나가, 잠이나 잘란게!"

가령, 이렇게 당신 기분이 안 좋은 날에는 만만한 나에게 그 불똥이 튀곤 한다. 걸레질을 왜 꼼꼼히 안 했냐는 둥, 재활용 쓰레기 버리는 날이 아님에도 불구하고 냄새난다고 다 갖다 버리라는 둥, 국이 짜네 싱겁네… 막상 오랜만에 자식들이 오면 입도 뻥긋 못하는 노인네가 괜히 요양보호사인 나에게만 날을 잔뜩 세운다. 물론 이것도 업무에 포함된 부분이다.

이렇게 노인들과 요양보호사 사이에는 짜증 나는 역학관계가 존재하는데, 그 관계를 끝까지 감내하느냐 마느냐가 직업의 영속성을 좌우한다. 다른 특별한 건 없다. 나는 그 한계에 도달한 것 같았다.

당신 컨디션도 안 좋은 데다 날이 이 모양 이 꼴이라 무릎도 쑤시는 걸 다 알겠다만, 그래도 감정 쓰레기통 역할까지 하는 건 내가 원했던 요양보호사로서 사는 삶이 아니었다. 그저 작가로 성공할 때까지만 잠깐 맡는 업으로 생각했을 뿐인데.

다른 일자리를 알아봐야 할 것 같다는 생각으로 하루를 버텼다. 그리고 내 머릿속에는 온통 오전에 모 출판사 편집장에게서 들은 일침 아닌 일침으로 가득했다. 일을 마무리하고 돌아갈 때는 출퇴근카드를 찍어야 한다. 그래야 센터에 정보가 올라가서 그게 하루 3시간씩 근무한 기록이 되어 월급이 나오니까. 어쨌거나 현관으로 돌아서려는 찰나에,

"쩌그 말이여, 쪼께 앉아 봐."

할머니는 노인네 혼자 있기 심심하다며 한 30분 더 있다 가라고 성화였고, 마지못해 앉은 자리에서는 어김없이 하소연이 시작됐다.

"나더러 첩년 딸이라고. 그래서 이복오빠들은 죄 올라갔는데, 나만 족보에 못 올랐어. 사람 취급도 안 혔어."

달달달…

누렇게 변색이 된 금성 선풍기에서 역시 누런 날개가 박차를 가했다. 거기서 나오는 바람조차 뜨듯해서 오히려 싫었지만, 할머니는 요즘 세상에 물자가 하도 흔한 게 젊은 사람들이 에어컨이니 뭐니 낭비한다고 큰소리치곤 했다. 정작 당신도 은행에 들어가시면 반나절은 버티시면서….

얼마 없는 할머니의 숱이 그 바람에 살랑거렸다. 한 손엔 비비빅을 쥐고 있는데, 일장 연설하느라 먹는 속도가 더디다 보니 아까부터 뚝뚝 떨어지

는데 아랑곳없다.

"우리 아부지 말이야. 집에선 연산군도 그런 연산군이 읎어. 밖에선 아주 그냥 세상 호인인데, 아주 그냥 술만 자시면 살림 때려 부수구. 하이고 지겨와."

할머니는 '술만 **자시면 살림 때려 부수구**'라고 말할 때는 누가 듣는다고 귓속말을 했다.

그리고 한 입. 낮잠 주무시다가도 참새가 베란다 창틀에 앉는 소리에도 눈을 번쩍 뜨실 만큼 예민한 분이 당신 턱 밑으로 단것이 뚝뚝 흐르는데도 전혀 아랑곳하지 않았다.

살기 싫으시단다.

딸년이라고 있는 것들이 제 엄마가 약장사한테 속아서 산 무려 40만 원짜리 게르마늄 팔찌를 가지고 몇 날 며칠 돌아가면서 닦달하질 않나, 에미가 저 모양이니 손주 새끼들도 지 할미 알기를 우습게 안다고.

사는 게 사는 게 아니다—

마음은 이팔청춘인데 몸은 산송장이다—

이럴 줄 알았으면 젊었을 때 아등바등 살지 않고 남들처럼 누릴 거 다 누리고 살걸 그랬다며—

그렇게 끝날 줄 모르던 지루한 하소연의 끝자락에서 할머니는 문득 내 앞에 반짇고리를 내밀었다.

"이게 뭐예요?"

왠지 그것이 본론일 거라 나는 생각했다.

말없이 상자 뚜껑을 열더니 안을 뒤적이는 할머니. 그 안에서 명함 한 장을 꺼냈다.

```
┌─────────────────────────────────────────────┐
│                                               │
│     과거여행사 히라이스        HIRAETH         │
│                             TIME TRAVEL AGENCY │
│                                               │
│   전 세계 단 5지점!                            │
│   히라이스가 드디어 대한민국에 상륙했다!        │
│   언제, 어디든 떠나고 싶다면 당일 출발!         │
│                                               │
│                                               │
│              상품 문의 : 000-XXXX-XXXX         │
│                                               │
└─────────────────────────────────────────────┘
```

"이게… 뭐예요?"

"나가 묻고 싶은 말인디."

아차, 그렇지! 이태백 할머니는 글을 읽을 줄 모르신다. 내가 명함에 시선을 떨어뜨리는 동시에 할머니가 다급하게 말했다.

"나가 미국서 온 시조카가 있는디. 지 아부지 만나러 이산가족 상봉장에도 여러 번 오갔다드라고. 워쩌그 그럴 수 있냐 허니께 고 종이 쪼가릴 주는디 당최 알아봐야 말이시. 뭐라고 써 있는겨?"

"과거여행사요. 과거로 갈 수 있다네요? 큭…!"

세상에는 약자를 등쳐먹는 사기꾼들이 너무 많다. 방법도 접근경로도 워낙 다양해서 이태백 할머니 같은 사람은 타깃감으로 1순위다. 설마하니 시조카가 노인네를 속였겠냐마는. 이런 사탕발림에 넘어갔구나 싶은 나는 어서 대화를 마무리 짓고 퇴근할 생각뿐이었다.

"같이 좀 가줌 안 되까나?"

"어딜요?"

"여그 말이여."

"아저씨, 아줌마나 아니면 손주들하고 가시면 되잖아요."

퍽도 가겠다. 치매라고 잘못 짚지나 않으면 다행이지.

"거시기…."

할머니는 최근에 큰딸에게 할머니 앞으로 다달이 유족연금이 나오는 통장을 맡겼는데, 그 비밀번호를 자기만 알고 있어서 마구 빼 쓰고 어쩌다 현찰을 빼다 줄 때는 제 돈인 것처럼 갖은 생색을 다 낸다는 이야기, 또 작은아들에게 맡긴 오천만 원은 아들이 자기 명의로 통장을 개설하는 바람에 쓰지도 못하고 뺏겼다는 이야기 등을 늘어놓았다. 문득 얼마 전에 함께 마을금고에 갔을 때 일이 떠올랐다. 무슨 일인지 몰라도 할머니는 금고 직원에게 당신 돈 내놓으라며 고래고래 소리를 질러서 꽤 창피했던 기억이 났다.

나는 빈정거리며 말했다.

"그러면 여행상품도 못 사네요. 여기 보세요. 일, 십, 백, 천, 만… 십만, 백만? 어휴, 못해도 300만 원인데. 할머니 그럴 돈 있으세요? 없으시잖아요?"

"삼배액?"

"네에. 그리고 이거 다아 사기예요 사기. 돈 뜯어 가려고 사기 치는 거라고요."

"우리 시조카가 준 건디…."

"그건…."

"기둘려 봐아…."

낙담에 빠진 할머니가 잠시 고민 후, 나에게 또 다른 통장을 건넸다. 옛날부터 장사로 모은 막대한 돈이라고 한다. 아까보다 잔고를 헤아리는 데 약간의 시간이 더 걸렸다.

1억 7천만 원.

그 돈은 돌아가신 할아버지가 절대 무슨 일이 있어도 자식들한테 그것만은 뺏기지 말라고 따로 신신당부를 한 통장이라고 했다.

"같이만 가주믄, 여그서 삼 할은 줄란게. 어쩌? 갈려?"

"뭐 하러 가시게요, 이제 와서?"

"내 인생이 억울해서 말이여. 자다가 까무라칠 만치로 억울해서."

*

온갖 시뮬레이션을 그렸다. 나중에 할머니의 마음이 바뀌어서 돈을 안 주면 어떡하지? 선금으로 몇 푼이라도 챙겨 놔야 하는 거 아닐까? 노인의 외로움을 파고들어서 돈을 갈취했다는 할머니 자식들의 원성에 어떻게 대처할 것인가? 법적으로까지 분쟁을 벌이게 된다면? 이거 공증이라도 받아 놔야 하는 건 아닐까? 묘하게 양심의 가책도 느껴졌지만 후회하기엔 늦었다. 나는 할머니의 보호자 자격으로 함께 상담실에 자리했다.

카탈로그를 보며 세일러라 불리는 직원이 하나하나 설명해주었다.

"자아, 할머님! [유년 시절] 상품은 현재 10% 세일 들어가서 225만 원이고요."

"아따 뭐더러 살기 고달파 죽겄는 때로 다시 돌아간당가?"

"하하. 그럼, 비슷한 패키지로는 [신혼 시절]도 있습니다아! 그리고…."

"하이고매, 나가 살믄서 제일루다가 내 발등 찍은 거시 우리 죽은 영감탱이 만난 것이여. 알기나 혀?"

세일러가 진땀을 닦으며 이어서 말했다.

"아니면 도깨비 여행도 있고요. 이건 굉장히 저렴해서 부담 없을 거예요. 그리고… 아무래도 인솔자 동반 옵션이 들어가야 할 것 같은데…."

"되았어. 여그 우리 요양보호사 슨생님하고 같이 갈랑게. 그거슨 빼드라고.”

"예, 알겠습니다. 그럼 할머님, 상품 한 번 주욱 보시고 천천히 결정….”

"이건 뭣이여?”

할머니가 가리킨 상품은 제일 비싼 [프리미엄] 상품이었다. 나조차도 염두에 두지 않은.

세일러는 말을 고르는 눈치였다. 과연 이 노인에게 장황하게 설명을 할 만큼 돈이 있어 보이는가를 타진하고 있는 듯했다.

"그건 프리미엄 상품이라고, 저희 히라이스 상품 중에서 가장 고가입니다. 그렇지만 그만큼 내실 있고 구성도 짱짱하죠. 최대 2주, 3시절 여행할 수 있으시고요.”

"왐마? 워쩌구 여행한다고?”

"하하, 가고 싶으신 시대를 세 가지로 정해서 마음껏 다녀오실 수 있으시다고요. 그것도 최대 2주나요. 그뿐만 아니라 여행에서 오시는 날도 아무 때나 지정 가능합니다. 물론 중간에 오셔도 되고요. 그건 할머니 마음입니다.”

짧은 침묵이 이어졌다. 할머니는 값을 헤아리는 듯 뚫어져라 카탈로그의 상품을 쏘아보고 있었다. 세일러는 기대조차 하고 있지 않은 듯했다. 꾀죄죄한 옷차림의 할머니, 그리고 동반한 요양보호사까지.

"요걸루 허자고.”

나와 세일러가 동시에 놀라 할머니를 쳐다봤지만, 할머니는 아랑곳하지 않았다. 몸빼 깊숙한 곳에서 탯줄 같은 고무줄을 죽 꺼내더니 그 끝에 달린 주머니 안에서 오만 원권짜리 뭉텅이를 침을 발라가며 세기 시작했다.

하나 두울 서이 너이….

여행 당일이 됐다.

나야 편한 차림으로 출발하면 됐고, 할머니는 이것저것 챙길 게 많은지 한 꾸러미의 배낭을 짊어지고 오셨다.

최대 3 시절. 할머니는 코흘리개 시절과 십 대 시절, 그리고 삼십 대를 설정하셨다. 어린 시절 어머니와 십 대 시절의 짝사랑 오빠에게 꼭 줄 것이 있다고. 하지만 모두 세일러에게 압수당한 후에야 엘리베이터에 탑승할 수 있었다는 후문.

그러기까지 또 진을 빼며 진상을 부리던 할머니에게 내가 자꾸 이러시면 돈이고 뭐고 돌아가겠노라고 엄포를 놓은 덕이다. 혼자 여행이 두려웠던 할머니는 역시나 내 말에 기가 죽어서 바리바리 싸 온 짐 보따리를 히라이스 사무실 한쪽에 보관해야만 했다. 물론 혼자 구시렁대는 것은 자유다.

"할머니가 다섯 살 때면 몇 년도죠?"

나는 조금 전 의상실에서 갈아입고 온 나와 할머니의 옷차림에서 불길함을 느꼈다. 남루한 치마저고리에 단발 가발이라니….

"나가 경오년생인 게… 보자… 이, 갑술년이네이."

엘리베이터 층수를 밖에서 조작하던 세일러가 씽긋 웃더니 나를 향해서 손가락을 펴 보였다. 1935년이다.

"그럼 일제강점기잖아요?"

"이."

"위험할 것 같은데… 꼭 1935년으로 가셔야겠어요?"

"위험할 거 뭐가 있당가? 안 죽은게 걱정 말어."

"그걸 어떻게 장담해요?"

"나 봐. 안 죽고 살아서 구십 넘도록 잘살고 있응게."

난 선조들이 목숨 바쳐 독립운동을 한 나라에 살고 싶지, 내가 직접 그 목숨 바치는 현장에 갈 마음은 추호도 없었다.

야속하게도 숫자는 하염없이 떨어지고 있었다. 이번엔 내가 불만을 터뜨렸지만, 오히려 할머니는 쪼글쪼글한 입을 굳게 일자로 다물 뿐이었다.

1975
.
.
.
1951
.
.
.
1937
.
.
.

돈에 눈이 멀어서 일제강점기로 갈 거라고는 눈곱만큼도 예상 못 한 건 명백한 나의 실수였다. 하지만 후회해도 늦었다. 엘리베이터 문이 열렸고, 따뜻한 기온이 천천히 밀려들었다.

새싹이 파릇파릇 돋아나는 봄.

이태백 할머니의 말에 따르면 1935년 5월 초순쯤이라고 했다. '광'이라 불리는 창고에서 나온 나는 할머니와 달리 어안이 벙벙해 그대로 굳은 채 서 있어야 했다.

칸칸마다 격자형 창호 문살이 커다랗게 달리고, 높고 굳건한 기단 위에 고래등만 한 기와를 이고 있는 한옥이 여러 채 보였는데, 워낙에 넓고 으리으리해서 숭배의 마음마저 들었다. 할머니는 잠시 옛 생각에 빠지는가 싶더니 고개를 끄덕끄덕하셨다. 마치 '여기군' 하는 눈빛. 그리고 대뜸 앞만 보고 성큼성큼 걸음을 옮기는 할머니를 따라 나 역시 뒤를 따랐다.

"어딘 줄 알고는 가시는 거예요?"

내가 등에 대고 작게 속삭였다. 할머니가 문득 걷다 말고 멈추는 바람에 그 뒤 꽁지에 부딪힐 뻔했다. 할머니는 댓돌 위에 놓인 신을 물끄러미 내려다보았다.

큰 고무신 두 개와 허름한 작은 신. 어떻게 된 상황인지 영문도 모를 무렵, 안에서는 갑자기 호통이 들려왔다.

"쟈가 우리 달재 씨앗인 줄은 모르겄고! 마을 사람들 창피헝게 어서 싸게 가드라고!"

방 안에는 아이와 아이의 엄마가 존재감을 허락받지 못한 사람들처럼 투명인간 취급을 받고 있었다. 청색 홍색으로 꾸며진 두툼한 보료 위에서 작은 몸을 쭈그리고 누운 할머니의 입에서 곰방대가 떨어져 나오더니 바로 아이 엄마의 이마로 가 부딪혔다. 부어오르는 이마를 그 옆의 딸아이가 고사리손으로 어루만질 동안에도 아이의 엄마는 이를 악물고 버티는 중이었다.

"워디서 몸 간수를 잘못혀서 이 사달을 낸디야! 얼라 부끄러운 줄을 알어야지! 대낮부터 무슨 낯짝으로 쳐들어와 쳐들어오길? 여가 으딘 줄은 아느냐?"

"어머니!"

"어, 어머니? 저 오살할 년 보소! 시방 누가 느 애미냐? 워매 나가 오래 산 거시 죄여, 죄!"

가만히 방 안을 들여다보던 이태백 할머니가 괴로운 얼굴로 한 발 뒤로 물러났다. 두 눈을 꼭 감았다가 다시 광경을 지켜봐야겠다는 듯이 안으로 몇 걸음 더 다가섰다.

"왜요? 할머니? 저 사람들을 알아요?"

어느 정도 짐작이 갔지만, 일부러 그렇게 물었고, 할머니는 조금 전의 기세는 어디 가고 잔뜩 주눅이 들어 두 손을 연신 만지작거렸다.

끼이익–

그때였다.

대문이 열리자 하얀 칼라 깃을 잔뜩 세운 젊은 남자가 팔자걸음으로 엉성하게 뛰어 들어왔다. 할머니가 대답하지 않을수록 나는 혼자 추리해야 했다. 어쩌면 저 남자는 할머니의 아버지일 것이다.

"워매, 엄니! 이게 뭔 일이라요?"

부리나케 안방으로 들어간 그는 잠시 후 아이 엄마의 머리채를 질질 잡고 마루로 끌고 나왔다. 아이는 "아부지, 하지 마셔요!" 할 때마다 남자에게 주먹으로 얻어맞았는데, 그 이유가 남자의 입에서 바로 나왔다.

"저년 보게! 누가 네 애비여? 너 한 번만 더 아부지 소리 하믄 아주 다리 몽둥일 분질러버릴 줄 알어, 이 개가튼 년아!"

"그러지 마소! 아 때리지 마소! 당신 자석이요!!"

아이 엄마가 바짓가랑이를 붙들고 울수록 남자는 그녀의 등을 신명 나게 주먹으로 두들겼다.

그 광경을 보는 게 고통스러워서 내가 고개를 돌리자, 할머니는 이미 광을 향해 가는 중이었다. 뒤도 돌아보지 않고.

"어떻게 된 거예요? 할머니… 여긴 왜 오자고 하셨어요?"

"저 작자가 누군 줄 아냐?"

알면서도 대답하지 않았다.

"나가 저 냥반 종자루 태어난 거시 가장 큰 한이여."

그렇게 아무것도 한 것 없이 다시 엘리베이터에 탑승한 할머니는 그 이듬해인 1936년으로 가자고 했다. 대기하고 있던 세일러가 버튼을 조작했고, 할머니는 눈가를 훔치며 작게 말했다.

"마지막으로 엄니 얼굴 본게 되얏다."

"그게 무슨 말씀이세요? 마지막이라뇨?"

그 뒤 집에 돌아온 할머니의 엄마는 며칠 후, 할머니가 마당에 나가 놀고 있는 사이에 방 안에서 목을 매셨다고 했다. 굴러다니는 나무 널빤지 대충 모아다 궤짝으로 짜서 대충 묻었는데 위치가 어디인지 정확히 표시를 해두지 않은 것은 한평생 한이 됐다고.

*

1936년.

"기집이 배워서 뭐덜 써묵을 거시냐."

평소엔 아씨 아씨 하던 머슴 아재도 집안 어른들이 모두 출타하고 없을 때는 그렇게 이태백 할머니의 머리를 콩 쥐어박곤 했다고 한다.

이태백 할머니, 그러니까 '어린 개년' 입장에선 마음 단단히 먹고 수도 없이 입속에서 어르고 어르다 꺼낸 말일 터인데, 머슴 아재는 가볍게 받아넘겼다.

"나도 글씨 배워서 학교 갈라요."

"뭐더러 가냐?"

"공부하고 자픈게요."

"사지 썽썽한 놈헌티 시집이나 갈 일이지, 공분 뭔 놈의 공부. 느그 할머니 알믄 워쩔래?"

이태백 할머니는 그길로 성큼성큼 안방으로 들어갔다. 머슴 아재와 '어린 개년'이 그런 이태백 할머니와 나를 아연한 눈으로 쳐다봤지만, 이태백 할머니는 아랑곳 안 했다.

방 안에는 보료에 비스듬히 누운 왕 할머니가 골골대고 있었다.

"쫌 봇시요. 어이! 아 싸게 일어나 봇씨요!"

"뉘셔?"

왕 할머니가 심드렁한 눈으로 이태백 할머니의 위아래를 훑었다. 사실을 말하자면, 할머니와 손녀의 대치장면이었다. 나이는 비슷해 보일지라도.(나는 이때 처음으로 히라이스라는 여행사에 놀라움을 가졌다)

이태백 할머니는 이미 생각해둔 계획이 있는지 큰소리로 쏟아부었다.

"나 말이요. 쩌그 마당에서 놀구 있는 얼라 외할무니요!"

"외, 외할무니?"

"그려요!"

"고년헌티 친정이 있단 소린 나가 못 들었는디? 허기사 지대로 된 친정이 있었음 기생질로 살았겄냐마는."

하고 중얼거리는 왕 할머니의 말에 이태백 할머니의 코 평수가 넓어졌다. 아마 여기서 '고년'은 젊은 나이에 목을 맨, 이태백 할머니의 엄마를 가리키는 듯했다. 미리 들어 알고 있는 바에 따르면 이태백 할머니는 외가가 없었다. 할머니의 엄마가 일찍이 부모를 여읜 고아였기 때문이란다. 그래서 홀로 술장사로 벌어 먹고살다가(당시엔 권번 기생이라고 불렀다) 모던 보이었던 할머니의 아버지와 살림을 차린 거라고.

"아, 그란디?"

왕 할머니는 이태백 할머니에게 앉으란 말도 없이 여전히 하대하는 눈으로 올려다봤다.

"시방 아가 학교 가고 잡단디? 워쩌그 생각하시요?"

"기집년이 학교는 무신… 보낼 형편도 못된게로 싸게 갓시오. 먹고 죽을 것도 읇응께."

"입 하나 늘었다고 죽는소리 허고 자빠졌네."

"뭐여?"

"대갈빡도 안 돌아가는 손주 넘들은 줄줄이 보냄서 뭣 땀시 쟈는 안 된 단 거시여?"

"아, 우리 손자 새끼덜은 대를 이을 귀한 손들이고! 저 물건은 저거 으디 서 베왔는가 알도 못허는 기집년인데 나가 뭣 땀시 비싼 돈 들여가며 핵꼴 보낸디야? 나가서 동니 사람덜 붙잡고 물어보쇼."

"뭐, 뭐시여? 으디서 베왔는지 알도 못혀?"

"쯔쯔… 그짝이 외할무니람서? 아 그라믄 재주 있으믄 싸게 데려가 보 등가. 우덜은 아술 거 없응께. 알아들었음 문이나 자알 닫고 갓시요."

그러자 이태백 할머니의 두 손이 부르르 떨렸다. 나를 과거여행에 데려 온 것은 이런 상황이 벌어졌을 때를 대비하기 위함이었을까. 당장 방 안으로 들어가서 이태백 할머니를 말려야 할지 고민하고 있을 즈음, 속사포로 큰소리를 쏟아냈다.

"고런 식으로 나오믄 나도 할 말 많어, 이 할망구야!"

"아, 혀봐아. 백날 천날 혀봐. 누가 말려."

"이 집 아들내미 툭하면 기생집 가서 돈이나 바치고, 왜넘덜 철도 까는 데 인부들 갖다 바쳐서 뒷돈 챙기는 거 내 모를 줄 아는가?"

그러자 내내 비스듬히 누워있던 왕 할머니가 그제야 끙끙대며 자세를 고쳐 앉았다. 보아하니 급소를 제대로 건드린 모양이었다.

제7장 ㅣ 파인드 미

"누, 누가 그려?"

"다 같은 조선사람 부려 처먹는단 걸 시상 사람덜이 알믄 가만 안 있을
거얼? 아 그뿐이여? 나가 입만 열믄 밖에서 싸지르고 다닌 이놈 집구석 씨
앗만 해도 아주 그냥 가을걷이마냥 싸악 다 거둬올 수도 있어, 이거 왜 이
려?"

"저, 저 망할…!"

"아 핵교 보낼겨, 말겨? 이참에 쇼부를 보자고오!"

왕 할머니의 고함을 듣고 머슴 아재와 하인들이 달려왔지만, 승기는 이
태백 할머니 쪽으로 기울어 있었다. 신경질적으로 주위를 물린 왕 할머니
가 비밀을 발설하지 않는 대가로 이태백 할머니, 그러니까 마당에서 놀고
있는 '어린 개년'의 입학을 허가한 것이었다.

엘리베이터에 씩씩대고 돌아온 할머니는 눈을 위로 치켜뜨고 뭔가를 골
똘하게 생각하는 중이었다.

"할머니 과거여행치고 너무 살벌한데요?"

할머니가 열 손가락을 세어 가며 역시 말이 없자, 다시 물었다.

"과거여행을 하는 이유가 뭔지 알려주세요. 그래야 저도 따라온 보람이
있을 거 아니에요. 큰돈도 받는 마당에 가만 따라만 다니기엔…."

"하나 했응게. 인쟈 두 개 남은겨."

"두 개요? 그렇다면 하나는 학교에 입학하는 거였어요?"

"이."

"학교에 다니고 싶으셨구나…."

평소 입버릇처럼 첩의 딸로 태어나서 아버지와 친할머니는 물론 이복형
제들에게조차 인정받지 못하고 살아온 삶이 억울했다고 했다. 이태백 할머니

는 더도 덜도 말고 그 집 자식으로 정정당당하게 인정받고 싶었던 것이었다.

"핵교도 핵곤디. 참말로 중헌 건 따로 있어, 암."

"뭔데요 그게?"

"핵콜 가려면 호적이 있어야 할 거 아녀? 나가 열다섯 먹얼 때까정 호적도 없이 살았어 글씨. 인정을 못 받았단 거지."

"설마요? 어떻게 그게 가능해요?"

"그란게 찬밥신세지. 호적에 올리는디 이름을 개년으로 올린겨, 개년으루. 시상에 그게 할 짓이여? 근디 봐라. 이름을 그따우로 지어준게로 나가 이렇게 오래 살지. 이복 오래비란 인간덜은 진작에 저세상 갔어. 젤루 오래 산 거시 싯째오빠. 그 냥반은 내내 요양병원에 있다가 칠순 되기 하루 전에 갔지 아마? 나가 젤루 오래 산 거시여. 아흔하난게."

"열다섯 살 때는 무슨 이유로 호적이 생겼는데요?"

"나를 공장에 보낼라고."

"공장이요? 취업 보냈구나."

"군수물자 공장 말이여. 왜넘덜 공장."

"일본놈덜 군수물자 공장이라면 혹시?

"정신대!"

띵!

1944

경악스러움에 입을 다물지 못할 때, 이윽고 엘리베이터는 1944년으로 올라와 있었다.

"인쟈부턴 날 좀 도와줘야 쓰겄어."

돌연 이태백 할머니의 얼굴에 화색이 돌았다.

엘리베이터 문이 열리자, 왁자지껄한 목소리가 대번에 쏟아져 나왔다. 남학생들은 가운데 마크가 달린 사각모를 쓴 검은색 교복 차림이었다. 그들 너머로 학교 정문 목판 기둥에 새겨진 이름이 보였다.

대성고등공민학교(大成高等公民學校)

누군가를 찾는 시선이 분주한 이태백 할머니만큼이나 정문 앞에 선 하얀 칼라의 양 갈래로 땋아 늘어뜨린 머리가 귀여운 소녀 역시 주위를 두리번거리며 서성였다.

"저 여학생이 혹시 할머니예요?"

내가 호들갑을 떨며 물었다.

"이. 나다. 시상에 나가 맞네. 하이고 곱기도 혀라."

"와, 진짜 곱네요… 너무 예뻐요, 할머니."

하얀 피부에 이마의 잔털이 미명에 비쳐 더 예쁜 소녀는 열다섯 살의 이태백 할머니였다. 동전 몇 푼 꺼내려고 공공장소 가리지 않고 바짓가랑이에 손을 깊숙이 넣고 더듬는 할머니가 아니라 두 손에 꼭 쥔 손수건을 어찌할 줄 몰라 발 동동 구르는 소녀. 지나가는 젊은 사람들을 끈질기게 쳐다보며 꼭 한마디 하기 일보 직전의 까다로운 할머니가 아니라 누구와 눈이 마주치면 수줍어 일단 눈길부터 떨어뜨리고 보는 소녀. 소녀는 누굴 기다리고 있는 걸까?

때마침 소녀가 다 땋은 머리를 급하게 매만지더니 어딘가로 달려갔다. 거기엔 소녀보다 조금 더 키가 큰 반듯하게 생긴 남학생이 막 교문을 나서고 있었다.

"오빠!"

"어라? 개년이 왔구나."

"네, 오빠."

"여긴 어쩐 일이야? 태봉이 보러 왔니?"

태봉이는 할머니의 이복오빠 중 한 명이었다.

"아뇨. 그게 아니라…."

"그럼 혹시 날 보러 온 거야?"

"네에. 사실 이거…."

소녀가 손수건을 내밀자, 남학생이 너털웃음을 지으며 건네받았다.

"뭐 하러 돌려줘. 그냥 너 갖지."

"깨끗이 빨아서 잘 다렸어요. 받으세요, 오빠."

이태백 할머니는 그 모습을 아련하게 바라보면서, 사실 그 손수건을 빤
물에 아부지의 구리무 한 줌을 넣고 휘휘 저었다는 것을 고백했다. 물론 청
년은 끝내 그 사실을 몰랐다고 하고.

"이 나이 먹고 무시 부끄럽겄어. 툭 까놓고 말하자믄 실은 저 냥반이 내
가 차암 좋아했던 사람이다."

"그럴 줄 알았어요."

"그랴? 저 냥반 차암 잘생기고 자상한 거시 꼭 임영웅이 닮았제?"

"그러고 보니 조금 닮기도 했네요. 그런데 짝사랑이었어요? 저분은 할머
니의 마음을 몰랐나 봐요?"

"아마 그랬을 것이여. 알았음, 가만 있간디? 자기한테 시집오라 했을 턴
디?"

하고 돌아서는 할머니. 내가 팔을 붙잡고 물었다.

"이게 뭐예요? 끝이에요? 이게?"

"이."

"이러려고 과거에 오신 거예요? 에이, 뭐야 시시해."

"난 저 냥반 얼굴 봤응게 되얐어. 참말로 보고자픈 얼굴이었은게."

이태백 할머니 눈빛에서 소녀를 발견한 나는 다시 팔을 붙잡고 말했다.

"아이참. 돈도 비싸게 주고 와서는… 할머니! 괴테라는 사람이 쓴 파우스트를 보면요."

"개태?"

"괴테요. 서양 사람이에요. 작가. 그 사람이 쓴 파우스트라는 책이 있는데요. 거기서 주인공이 악마와 거래를 해서 30년 전으로 돌아가게 돼요."

"시방 무슨 말인지 모르겠네. 과거여행 같은 거시다, 이건가?"

"네 맞아요. 과거여행. 과거로 돌아가자 주인공이 제일 먼저 한 일이 뭔지 아세요?"

"내가 알아?"

"사랑이요."

할머니는 정신대로 끌려가 공장에서 일하다가 탈출, 열여덟 살 되던 해에 집을 나와 (지금은 돌아가시고 안 계시지만 한평생을 함께한 할아버지를 만나)결혼을 했다고 한다. 그 후로 2남 3녀를 낳고 이 꼴 저 꼴 다 보고 살면서 인생에 회한이 들 때쯤이면 어김없이 첫사랑 오빠를 떠올렸다고. 만약 그 오빠와 첫사랑에 성공했다면 어떤 인생을 살게 됐을지 자못 궁금하기도 했다고.

단지 얼굴 한 번 보려고 했을 뿐인데, 나의 열정 어린 계획을 들은 이태백 할머니는 마음이 동한 듯싶었다.

"그라믄 죽은 영감하곤 못 만나는근가?"

"아뇨. 그렇다고 결혼을 못 하시는 건 아닐걸요?"

"지기랄."

"잠깐 연애만 하겠다는데 뭐 어때요? 아니지, 연애까지 갈 것도 없이 고백하는 거예요."

"고백?"

"아이참. 후회 안 남게 속 시원하게 고백해야죠. 마음 앓이만 평생 해오셨잖아요?"

"했는디?"

"했다고요?"

"어이, 요양보호사 슨생. 나를 띄엄띄엄 보덜 말어. 이래 봬도 나가 편지를 몇 번 보낸 적은 있는게."

"글씨를 모르시잖아요?"

"편지란 거슨 꼭 글을 써야만 편지가 아니여. 마음을 담아서 그림도 보내고 꽃도 붙여 보내고….'"

"답장은요?"

"안 왔제. 염병헐 놈의 인간 땜시."

"누구 때문에요?"

"이춘삼이라꼬! 그 냥반네서 먹고 자고 머슴살이했어. 어릴 때부터 알던 사이거든."

"말로만 듣던 삼각관계?"

할머니는 다시 연애편지를 보내기로 했다. 물론 할머니가 차근차근 자신의 마음을 시로 낭송하듯 털어내기 시작하면 쓰는 것은 내 몫이었다.

공우 오빠에게.

오빠. 푸르른 산천 위에 새가 무리 지어 날아다니고,

색색의 꽃들이 앞다투어 멋을 뽐내는 계절이 왔어요.

나는 오빠 생각을 하며 걷다가 문득 눈앞이 어지러웠답니다.

봄날의 아지랑이었는지, 오빠의 환영 때문인지 알 길이 없어요.

그동안 드라마틱하게도 사랑의 메신저는 그 공우 오빠네 집에서 머슴살이하는 춘삼이었다.

공우 오빠네 집 마당에는 춘삼이가 패온 나무 장작을 쌓는 중이었다. 얼굴이 뾰로통한 소녀가 다짜고짜 그이에게 쏘아붙이는 모습이 보였다.

"너 공우 오빠헌티 편지 제대로 전달한겨? 왜 아직두 답장이 읎디야?"

"나가 그거슬 워쩌그 알겄어."

"그럼 누가 안대?"

"몰러. 네 얼굴이 하두 못나서 정나미가 떨어져분갑다?"

"뭐? 이 망할 놈아!"

"자고로 송충인 솔잎을 먹고 살아야제. 니넌 우리 도련님 올려다 보덜 말어라."

"시방 말 다 했어?"

소녀가 보채고 쪼아대봤지만 춘삼이는 입만 댓 발 나온 체 등을 돌리고 말았다.

"너 말이야. 나중에 나가 오빠한테 다 물어볼겨. 받았는지 안 받았는지. 중간에 쌔비치기라도 했다믄 어디 두고 봐."

어쩌면 춘삼이란 사람은 이태백 할머니를 짝사랑하고 있었던 게 아닐까 하는 의문을 갖게 한 건 바라보는 눈빛이었다. 놀리고 있지만 그럴 때마다 돌아오는 소녀의 앙탈이 그를 기쁘게 하는 모양새였다.

그 추측에 힘을 실어주듯 할머니가 말을 보탰다.

"내가 그 냥반이랑 이루어지지 못한 것도 다아 춘삼이 때문이여."

"정말요?"

"마을에 가설극장이 들어온다고 그저 좋아서 빼다 차려입고 갔제. 그날 공우 오빠도 온다 혀서. 시상에 근디 가는 길목마다 춘삼인지 나발인지가 막고 서서 으찌나 훼방을 놓던가, 아주 생각할수록 괘씸하네. 아마 내가 쓴 편지도 지가 다 보고 버렸을겨. 전해줘? 개코다!"

하고, 대문 앞에서 칵 퉤 하고 침을 뱉었다. 그 순간 저만치서 손 한마디만큼의 콧수염을 얹은 노신사가 오고 있었다. 어쩐지 잔뜩 골이 난 표정의 그는 공민학교 역사 선생이자 공우 오빠의 부친이라고 했다.

그는 이태백 할머니와 나를 힐끗 보고 안으로 들어갔고, 얼마 후에 안에서는 두들겨 패는 소리가 들렸다. 담장 너머로 본 광경은 뜨악했다. 키는 작지만, 골격이 다부진 노인이 일방적으로 춘삼이를 때리고, 무자비하게 맞고 있는 춘삼이는 맷집도 좋게 그 큰 덩치로 묵묵하게 받아내는 중이었다.

"너 이 새끼! 내가 공우 단속하라는 말 못 들었어?"

"도, 도련님이 저도 모르게 나가부렀시요!"

"나가믄 새끼야! 네가 지키고 섰어야지! 공부할 시간에 아무하고나 어울려 다니면 즉각 말하라고 했냐? 안 했냐? 밥값도 못 하는 등신 같은 새끼! 내가 너 이러라고 거둬준 줄 알어?"

신명 나게 두들겨 팬 다음 숨이 찬지 몇 번 헐떡이던 노인은 춘삼의 주머니에서 뭔가를 꺼내더니 죽죽 찢어 얼굴에 종이 가루를 끼얹었다. 붙어있던 꽃잎이 가루처럼 흩어졌다. 그것은 할머니가 전해달라는 편지였다. 춘삼이는 망연자실한 채 바닥에 주저앉았다. 그 모습에서 눈을 뗄 수 없는 할머니의 옆얼굴에서 뜻 모를 그늘이 드리워졌다. 그렇게 노인이 사라지고, 축 처진 어깨를 한 할머니는 혼자 중얼거렸다.

"도망이라두 가지. 시상에 그걸 다 으더맞고 있디야…."

며칠 후, 문제의 가설극장이 열리는 당일이 됐다.

장소는 마을의 유일한 국민학교 분교 운동장이었다. 허름한 광목 천막이

제7장 | 파인드 미

쭉쭉 뻗어 장내를 가득 채우자 마을 사람들이 모두 쏟아져 나와 장사진을 이루었다. 입장이 막힌 아이들은 기어코 들어오겠다고 개구멍으로 낑낑대며 줄이어 들어왔고, 어른들은 저마다 포대 하나씩 들고 와 멀리서라도 영화를 보겠다는 일념을 다졌다.

이태백 할머니는 잠시 추억에 잠긴 듯 그 광경을 흐뭇하게 바라보았다.

"지금은 물자도 흔하고 건물도 좋게 지어 올린게 모르겠지만, 저때는 가설극장 한번 들어온다 하믄 아주 그냥 마을이 다 잔치였지, 잔치."

"그래 보여요."

사방을 둘러보아도 공우 오빠를 찾을 수 없었다. 분명 5시 40분쯤 나타난다고 했는데… 하며 할머니는 입맛을 다셨다.

"만약 공우 오빠 만나면 얼굴 보고 고백할 수 있겠어요?"

"글씨. 지금으루 봐선 할 것두 같구."

"그땐 용기가 없어서 못 했죠?"

"글치. 우리 땐 어디 기지배가 부끄러운 줄 모르고 고백을 햐. 그냥 멀찍이서 하염없이 바라보기만 했지. 그래두 다아 살았어. 다아 사랑도 하고 시집, 장가도 가고. 새끼덜도 낳고. 다아 살았어. 젊은 사람덜이 보기엔 재미두 없고 따분해 보여두."

평소 TV 화면에 임영웅만 나오면 그렇게 TV 앞에 바짝 가서 황홀해하던 할머니의 마음을 읽을 수 있을 것만 같았다. 놓쳤던 첫사랑 오빠에 대한 절절한 사랑은 〈사랑의 콜센타〉에 끈질기게 전화하는 열정으로 형태가 변했을 뿐, 마음은 여전했다는 이야기다.

주위를 둘러보며 공우 오빠를 찾던 이태백 할머니는 차츰 붐비는 마을 사람들을 보며 입가에 옅은 미소를 띠고 있었다. 뭘 생각하시는 걸까. 이미 죽고 없는 그 시절 그 사람들에 대한 애틋함? 나는 할머니의 눈가에 반짝이는 무언가를 봤지만, 일부러 모른 체했다.

"이 시대엔 나가 열다섯인게."

"네."

"열다섯일 때 우리 집 노인네가 죽었거든."

"노인네라면 친할머니요?"

"이. 그 냥반도 뼈대 있는 집서 태어나서 일찍이 시집온 냥반이지. 일평생 고생이라곤 모르고 살다가 늘그막에 믿었던 손주덜헌티 버림받고 나가 병간호를 했시야. 기가 막힐 노릇이시."

"어머."

"세상사 다 부질없다는 거슬 나가 그때 알았어. 평생 그냥 곳간 열쇠 쥐고 큰소리치믄서 장수할 것 같더니, 시상에 영원한 건 없드라고. 다 늙어서 풍이 온겨. 풍. 풍이 뭔지 알어?"

"중풍 말이죠?"

"이. 사지도 맘대로 못 쓰구 그냥저냥 떠다 주는 밥숟갈 받아가며 하루하루 살다가 그렇게 갔어. 갔다고. 근디 사람이 말이여. 죽을 때 되니까 그러케 추할 수가 없드라고. 끝까지 자기 버리고 간 손주덜 찾음서도 언제쯤 나가 밥 떠다 주나 그것만 목 빠지게 기다리고 있는게. 잡수면서도 말은 또 으찌나 많든가."

"뭐라고 했는데요?"

"물러 나도. 뭐라고 웅얼웅얼댄디. 다 늙어서도 자존심은 있어서 첩년에게서 난 손녀 수발 받는 게 수치스러웠던 모냥이시."

"정말 나빠요, 그 할머니! 손주들은 나 몰라라 하는데, 손녀가 그렇게 자길 보살펴주면 고마워해야죠!"

"그럴 것 읎다. 남 욕할 거 읎지. 나도 한평생 그 냥반 미워하다가 내가 늙고 가만 본게 나도 그 짓을 똑같이 하고 있더란 말이여."

"어떤 짓이요"

"손주덜이 오믄 이상하게 손자넘이 먹는 건 그러케 이쁘구 귀야워. 근디 외손녀가 흘리면서 먹는 건 으찌나 복장 터지던가, 한소리하고 또 한소리 하고. 아마 그 소리 듣기 싫어서 안 오는 거시겠지. 이래서 보고 배운 게 무섭다는 가벼. 그라케 친할무니 하는 짓거리 꼴사나와서 나는 저 노인네처럼은 안 살아야지 허고 마음 먹었는디, 나가 그거슬 다 늙어서 고대로 하고 이쓰게."

왜 그 순간, 섣불리 '맞아요. 할머니 그거 참 틀린 행동이에요'라는 말이 나오지 않았을까? 지금도 의문이다. 평소엔 고리타분하고 꽉 막히며 불합리해 보이던 이태백 할머니의 모든 행동거지가 왜 그 순간엔 비난할 마음이 사라졌을까. 나는 일부러 할머니의 얼굴을 똑바로 응시하지 않았다. 할머니의 목소리는 한층 부드러워졌다.

"근디 무섭드라고. 외손녀가 나한티 그렇게 괄시받고 나 미워한 거시 무서운 게 아니라, 갸도 늙어서 나처럼 될까 봐서. 나가 재산은 많이 못 물려줘도 그런 건 물려줌 안 되는 건디. 아차 싶드라고. 그리고 서러와. 왜 하필 요로코롬 늙어버렸을까 하고. 이래서 늙으면 죽어야 하는가벼."

"에이, 할머니도 참. 이렇게 재미있고 신나는 잔치에 와서 왜 그런 소릴 하세요. 앞으로 안 그러시면 되잖아요. 손녀분한테도 살갑게 대하면 되고. 뭐 올지는 모르겠지만."

"그란게. 시대가 바뀔라믄 사람부터 바뀌어야재. 사람이 바뀌지 않으면 암만 세월이 흘러도 노상 그 자리여, 노상."

시대가 바뀌려면 사람부터 바뀌어야 한다.

나는 처음으로 할머니의 말을 반추했다. 그렇게 터덜터덜 걷던 중,

"앗! 할머니 저기!"

철봉 귀퉁이에서 모닥불을 피워놓고 몰려 앉은 청년들이 보였다. 그중에서도 군계일학으로 가장 먼저 눈에 띈 공우 오빠. 그는 또래 친구들과 둘러앉아 시시덕거리며 농담 따먹기를 하고 있었는데, 그 옆에 춘삼이도 있었다. 가까이 다가갔더니 대강 하는 말이 들렸다.

"공우 오빠에게! 푸르른 산천 위에 새가 무리 지어 날아다니고, 색색의 꽃들이 앞다투어 멋을 뽐내는 계절이 왔어요! 키야, 죽인다. 나는 오빠 생각을 하다가 문득 눈앞이 어지러웠답니다?"

공우 오빠가 거기까지 편지를 읽자, 우우! 하며 청년들이 괴성을 질렀다.

공우 오빠는 무리와 삐딱하게 앉은 채로 춘삼이를 올려다봤고, 춘삼이는 두 손을 가지런히 모으고 고개만 푹 수그리고 있었다.

"야, 이 새끼야. 개년인지 상년인지 고년 데려오랬지, 누가 이딴 거 가지고 오랬냐?"

"저 도련님. 영감님이 싸게 들어오시라 했구먼유."

"이 새끼가 지금 뭐라는 거야? 야 이 새끼야, 지금 공사가 다 망한 거 안 보여?"

"일찍 안 들어가시믄 시방 저만 혼꾸녕이 나는구먼유."

그때, 춘삼이의 말이 채 끝나기도 전에 공우 오빠의 주먹이 그의 명치에 날아가 꽂혔다. 욱! 하고 쓰러진 춘삼이. 배를 잡고 새우처럼 한껏 구부린 등에 무자비한 발길질이 떨어졌다.

"너 바른대로 말해! 너 고년 좋아하지? 응? 그러니까 훼방 놓는 거 아냐? 이 머슴 새끼! 머슴 주제에 남들 하는 건 다 하고자파서!"

다들 배를 잡고 박장대소를 터뜨렸지만, 웃지 않는 건 이태백 할머니와

나뿐이었다.

무자비한 웃음소리 뒤로 낡고 닳은 광선 비가 빗물처럼 흘러내리는 흑백 영화가 무심히 상영 중이었다. 까맣게 식은 할머니의 옆얼굴은 굳어 있었다.

"춘삼이에겐 할머니가 첫사랑이었나 봐요."

내 말에 할머니는 버럭 화를 내셨다. 눈에는 눈물이 고여 있었다.

"뭔 놈의 첫사랑이여? 일평생 사랑이니 좋아한다느니 그런 말두 없이 살았어. 우린."

"우리라뇨?"

"춘삼이 저거, 근까 영감하고 나 말이여."

*

1947

1948

1949

.

.

.

해방을 맞이하는 1945에 머물렀을 때는 은근히 그 층에 서길 바랐지만 엘리베이터는 하염없이 올라가는 중이었다.

"할머니, 죄송해요."

"뭐슬?"

"괜히 제가 고백하자고 설레발 쳐서…."

"되얐다. 다 지난 일을."

"공우 오빠란 사람, 아주 나쁜 사람이네요, 이제 보니까?"

"되얐단께."

씁쓸한 공기를 환기할 필요가 있었다.

"그나저나 1973년에는 무슨 일이 벌어졌어요?"

"돈 벌러 갔지. 외국으로."

"할머니가요?"

"이. 것두 일본으루. 나가 그때 돈을 무지하게 벌었는디 그때가 내 인생에서 가장 꽃이여, 꽃."

"왜 하필 일본으로 갔대요? 간신히 해방됐는데 뭐 하러 또 일본사람들하고 일해요? 참."

"나가 거서 빚을 많이 진 사람이 있어야?"

"일본사람에게요?"

띵!

엘리베이터는 우리의 마지막 여행지 1973년에 다다랐다.

1973년 9월.

일본 신주쿠 OO 호텔.

"예전에도 일본은 지진이 잦았나 보네요."

호텔 어메니티 중에 눈에 띄는 카탈로그가 있었다. 일본어로 쓰여 있어 제대로 알아볼 수는 없었지만, 지진에 대비한 요령 등을 나열한 그림들로 가득 차 있었다.

"첫날 여기서 자는데 새벽에 건물이 흔들리는게로 아주 죽는 줄 알았다니께. 깔깔."

"할머니도 참 대단하세요. 요즘도 아니고 거의 50년 전에 여자 혼자 돈 벌러 일본엘 올 생각을 하시고, 정말 대단하세요."

"영감이 베트남에 가서 돌아오덜 않은게. 죽은 줄만 알았지."

"베트남 참전용사시구나."

"이. 당시에 원사였어. 원사. 다 늙어서 넘의 나라 도와준다구 갔응게, 것도 팔잔가벼. 아무래도 젊은 사람들보단 몸이 안 따라줬지. 어쩌겠어? 새끼덜이 나만 보구 있는디 손가락만 빨 수 없잖여."

창밖, 신주쿠의 야경은 요즘보다 화려하지는 않지만 그럼에도 활기가 넘쳐나는 공기였다. 깊이 숨을 들이마시자 맑고 신선한 공기가 폐부까지 헹구는 듯한 느낌이 들었다.

"그런데 왜 하필 일본으로 오셨어요?"

"국내는 돈이 안 된게. 듣자 하니 일본서 단기간에 빡세게 일하믄 떼돈 벌 수 있다구 누가 그러드라고. 땅도 가깝구."

이태백 할머니와 나는 '젊은 개년'이 곧 입실할 것을 계산해서 감상은 그쯤에서 마무리하고, 서둘러 나섰다. 이튿날부터, '젊은 개년'은 신주쿠를 근거로 해서 장사를 하든, 품을 팔든 할 요량이었다. 그러기 위해서는 해방 전부터 이미 터를 잡고 사는 한국인 김 씨(여기선 통상 '기무 상'이라고 불렀다)의 도움이 필수였다. 그는 같은 고향 출신인 데다 춘삼이, 그러니까 할머니의 남편과도 인연이 있는 사람이었다.

"개년 아줌마. 참 간도 크시네. 어떻게 비행기 타고 올 생각을 하셨대?"

"먹고살람 뭔 짓을 못햐?"

"하하, 맞습니다, 맞습니다. 여기 시설은 이래 봬도 여긴 일본사람도 들어오기 힘든 곳이에요. 그만큼 열심히만 하면 떼돈 번다는 거죠."

"아휴, 김 씨 고마워. 우리 집 아자씨가 베트남에서 언제고 돌아오면 이은혜 갚을 날 있을겨."

이태백 할머니는 김 씨의 도움으로 일본의 김 공장에 취직했다. 초밥은 물론이고 덮밥과 메밀 요리 등에도 김 소비량이 한국 못지않은 일본이었기에 제법 회사는 잘 돌아가는 편이었다고 했다.

맨 처음 입사했을 때, 할머니는 극심한 차별에 시달려야 했는데 그게 여자라서가 아니라 한국인이어서 받았다고 했다. 그리고 차별을 하는 사람 중엔 일본인도 있었지만, 대개 같은 한국인이 주류를 이루었다고 했다. 그것을 두고 할머니는 "외국 나가믄 애국자? 개코다. 같은 민족이 더 무선 법이드라"고 했다.

"근디 피부도 밀가루 발라놓은 것마냥 하얗고 입도 쪼매난 것이 쫌생이 같이 생긴 일본 여자가 있었어. 마사코라고."

"마사코."

"이. 그 여자가 나랑 같이 밥을 먹드라구 매번. 뭐 모르는 거 있으면 알뜰살뜰 알려주구. 챙겨주구. 텃세 부리는 같은 한국 사람보단 몇만 배 나서. 첨엔 일본사람이라구 마냥 싫어했는디 그래도 툭 터놓고 이야기해본게 사람이 나쁘지만은 않어."

"할머니, 일본어 하실 줄 아세요?"

"아, 하지 그럼. 나는 나대로 새끼덜 먹여 살리겠다고 돈 벌겠다고 왔구. 마사코는 마사코대로 홀아부지 모시고 살믄서 돈 벌어야 된게 어린 나이에 왔구."

"마사코라는 사람 지금쯤 나이가 어떻게 됐을까요?"

"나보다 열 살 어렸어. 딱 열 살. 가만 보자, 아마 지금쯤 야든 하나 되얏 갓다."

"그 후로 살면서 한 번도 못 보신 거예요?"

"글치. 한동안은 한국 돌아와서도 편지를 주고받안디, 뭔 글을 알아야지. 얼라 둘은 낳고 살고 있단 건 알어. 아들인지 딸인진 몰겄고. 그러다 사는 것도 바쁘고 이사도 마니 댕기다 보니 자연스레 끊겼지 뭐. 이 저깄다!"

이태백 할머니가 가리킨 쪽에는 하얀 두건을 머리에 쓰고 앞치마를 두른 작은 체구의 일본여자가 새초롬하게 앉아 자기 차례를 기다리고 있었다. 여든한 살이 아니라 갓 서른쯤 되어 보이는 아니, 더 어려 뵈는 얼굴이었다. 그녀의 앞을 지나는 벨트 위로는 푹 젖은 해조류가 널려 있었고, 벨트 건너편 그러니까 일본여자가 마주 보는 방향에는 '젊은 개년'이 앉아 대화를 나누는 중이었다. 두 사람은 할머니의 설명대로 꽤 가까운 사이처럼 보였다.

"가넨상.(개년 씨)"

"왜."

"캉고구 도부로꾸(한국 막걸리)… 오이시이(맛있습니다)!"

"도부로꾸? 막걸리?"

"하이. 도오얏떼 츠크루데쓰까(네. 어떻게 만듭니까)?"

"츠크루? 워쩌그 맨드냐고?"

"하이."

"하이고, 점심마다 맨밥에 나물만 먹드니 그래도 딴엔 입은 고급이어서 막걸리 맛난 건 아는갑네."

"하이."

"별거 읎써. 보리쌀루 만들지 뭐. 일본두 그럴걸? 담가 두면 보리쌀 가운데는 식지를 않어야. 긍게 엿기름 붜서 치대. 막 치대. 그라고 꼭꼭 눌러서 발효시켜. 그라고 1년 뒤에 맛보면 와따여… 끝이여 별거 읎써. 이래 말하면 뭐 알아듣는가 몰겄네."

"하이."

"뭔 말만 하면 다 하이래. 말이 안 통한게 답답하네이. 자네두 답답허지?"

"가넨상. 가넨상 존 사라므니다."

"뭔 사라?"

"조온 사라…ㅁ"

"좋은 사라암?"

"하이. 하이."

"그려. 마사코도 좋은 사람이여."

깔깔깔.

대화는 통하지 않지만 서로 의지하며 두터운 사이로 지내던 두 사람.

할머니는 단순히 남 밑에서 일해서 번 돈에 그치지 않고, 거기서 더 좋은 기술력과 장사 수완까지도 배워서 한국으로 돌아갈 생각이었는데, 그런 할머니의 구미를 당긴 건 일본의 큰 해조류 취급 회사에서 이 작은 공장에서 나는 김들을 자기네 방식대로 재가공해서 일본인들의 식탁 위에 선보이려는 계획이었다. 경리실에 들어갔다 나온 마사코가 전해준 이야기였다.

"아니, 다 만든 김을 뭘 또 해싸서 판다고 그런댜?"

"음… 와카리마셍.(모르겠어요)"

"허기사 밍밍하니 내 입맛엔 영 안 맞네. 간을 쪼까 친다믄 모를까."

기계적으로 김을 반의반으로 접어 오른쪽 벨트에 넘기던 손길을 갑자기

멈춘 할머니. 그 순간, 이거다 싶었다고 고백했다.

조미김

당시 한국에는 김을 구워 간장을 찍어 먹거나 생으로 먹는 경우가 허다
했다고 한다. 물론 조미김을 취급하는 곳이 몇 군데 있었지만 아주 극소수
여서 맛볼 기회는 흔치 않았다고. 이태백 할머니는 순간 무릎을 '탁' 치고
그 길로 자리를 박차고 일어났다고.

"조미김요?"

"그려. 조미김. 슈퍼에 줄줄이 나온 그거 말이여."

"세상에, 할머니가 처음으로 한국에 들여왔다고요?"

"나가 첨은 아니시. 기존에두 한국에 공장은 있었응께."

"그래도 할머니가 보급하는 데 큰 역할을 하셨다는 거잖아요? 세상에!"

"일본넘들이 인쟈 대기업하고 계약혀서 김을 새롭게 요래요래 혀서 맨
드는 하청을 받았는디, 아 글씨 거기엔 일본사람 빼군 안 들여보내는 거여.
나도 일하겠다구 암만 혀도 나가래."

"왜 그랬을까요?"

"기술을 빼앗길까 봐 그렇겠제. 뭐 기술이랄 거 있어? 근디 나가 사정사
정해서 거 김 한 봉다리만 어떻게 얻을 방법 없을까? 했더니 마사코가 그걸
종류별로 갖다 주드라고. 그래서 그길로 바로 들고 와부렀어. 와서 쬐까난
쪽방 하나 차려서 거기서 김을 만들어 팔았제. 양념해다가."

"그럼 할머니 떼돈 벌었겠네요? 설마 그 1억 7천만 원이 그 돈이에요?"

"그 돈은 쎄가 빠지게 일해서 번 돈이구. 조미김을 만들어 시장에다 팔
았는디 장사가 쏠쏠혔어. 맛난게. 근데 어느 날 대기업에서 찾아와서 나더

러 김 만드는 법을 즈그한테 넘기면 삼백만 원을 주겠다, 한 거지. 이게 웬떡인가 싶어서….”

“설마?”

“넘겨 부렀어.”

“대체 왜 그러셨어요?”

“평생을 일 해봐라. 삼백만 원이 생기나. 그때는 새끼덜하고 살아얏쓰게 넙죽 받았지. 별 수 있간.”

그때, 한창 작업 중일 시간에 저 멀리 복도를 잰걸음으로 걸어오는 사람이 보였다. 마사코였다. 그녀는 다른 작업실에서 가져온 김 봉지를 들고 몰래 복도를 빠져나오는 중이었다. 아마 ‘젊은 개년’에게 몰래 주기 위해 한 아름 품고 있는 김 봉지였을 것이다.

“어이, 마사코!”

뒤에서 뭔가를 직감했던지, 작업반장이 그녀를 불러 세웠다. 화들짝 놀란 마사코가 허리를 곧추세우고 그대로 굳은 채 섰다.

“나노 누슨다노?(뭐 훔친 거야)”

“에에? 고, 고까이이데스.(네? 오해세요)”

“토니가꾸. 소노 조센노 조셋토 시타시쿠 스고스나.(어쨌든 그 조선여자랑 친하게 지내지 마)”

“….”

“와깟따(알아들었어)?”

“하, 하, 하… 하이!”

작업반장이 다시 작업실로 들어가자, 마사코가 한 걸음씩 뗐다.

“쩌그 말이여, 마사코.”

이번엔 이태백 할머니가 가로막고 서자, 화들짝 놀란 마사코가 말을 더 들었다. 마사코가 품에 든 봉지를 더 꽉 끌어안고 바들바들 떨고 서 있었다.

"하, 하이."

"자네 홀아부진 워쩌그 잘 부양하고 살았는가 모르겠네. 지금이라두 살아있으면 얼굴이나 한번 보고자픈디, 뭐 요로코롬 봤응께 되았어."

"아나따와 다, 다, 다레데스까?(누구세요)"

"다 늙은 처지에 나가 누군진 알아서 뭐허게. 그나저나 나가 비밀 하나 알려줄 텐게 일러준 대로 하싯씨요이?"

"에?"

"시방 10년 뒤에 여그 거품경젠지 뭔지 난리도 아니니께 미리미리 건물이고 부동산이고 사들였다가 바로 팔아버리드라고. 이? 마사코도 먹고살아야 할 거 아녀?"

"난노 고토카 와까리마셍.(무슨 뜻인지 모르겠어요) 바부루 께자이?(거품경제요?)"

마사코는 갸우뚱하며 몇 번이고 되물었지만, 그걸로 마지막이었다.

이태백 할머니는 "인쟈 되얏다. 가자"고 하셨다.

공장 복도 창문으로 오후 햇살이 따사롭게 내리쬐던 1973년 9월 18일 오후 3시였다.

*

"편집자들이 흔히 하는 실수가 뭔지 아세요?"

내가 간 줄 알고, 건너편 데스크에 앉은 다른 편집자와 모종의 눈짓을 주고받은 편집장이 움찔하며 내 쪽을 봤다. '아직 안 갔어요?' 하는 눈으로.

"글쎄요. 뭘까요?"

"안목이 없어서 해리포터를 퇴짜 놓았던 편집자 부류에 자기는 포함 안될 거라는 착각. 이 원고는 제가 다시 가져가야겠네요. 비싼 종이라서요."

소설가로서의 꿈을 포기한 건 아니다.

적어도 이렇게 섣불리 억지로 밀어붙일 생각이 추호도 없을 뿐이다. 시간은 지금, 이 순간도 꾸준히 흐르고 있다. 시간이 흐르는 게 무서워서 섣부른 행동을 하다간 시간을 돌이키고 싶은 후회만 돌아올 뿐이다. 무조건 빨리 이룬다고 좋은 것도 아니다. 세상 모든 꽃은 개화 시기가 다르듯, 사람도 마찬가지다. 그 사람이 어떻게 개화할지 모르는 미지의 상태에서는 시련을 주기에 앞서 물과 햇살과 바람부터 주는 게 바람직하다. 해바라기가 태양을 바라보는 것은 그만큼 개화에 정성을 들인 존재기 때문이리라. 그런 의미에서 내게는 아직 햇살이 보이지 않았을 뿐이다.

과거여행에서 돌아온 후, 할머니는 약속대로 내게 돈을 주겠노라며 함께 마을금고에 가자고 하셨다. 하지만 받지 않았다. 아, 정확히 말하자면 그 큰 금액 액면대로 받지는 않았다는 뜻이다. 요양보호사로 일하는 시급이 1만 3천 원. 딱 그만큼만 계산해서 받겠다고 했다. 돈에 욕심이 없었다면 거짓말이다. 그 큰돈을 벌고, 저축하기 위해서 얼마나 많은 시간을 들여야 하는지 누구보다 잘 알기 때문에 여행 내내 나를 사로잡은 건 다름 아닌 돈이었다. 하지만 마음을 바꿔 먹은 건 여행에서 돌아오는 엘리베이터 안, 할머니의 한마디였다.

"후회란 놈은 꼭 이렇게 뒤통수를 친단게. 앞에서 오믄 을매나 좋아. 사람이 살믄서 후회를 어찌 안 하고 살겠느냐마는 자네는 그래도 후회를 돌이키기에 너무 멀리 가는 인생을 살진 말어. 그것만 명심해두 자알 산 거시여."

글을 일찍이 배우지 못한 후회, 스쳐 지나간 사랑에게 차마 말하지 못한 고백, 좀 더 신중히 야무지게 일을 해낼 수 있었을 거란 자책. 할머니는 과거여행사 히라이스를 통해 그나마 가슴에 묵혀두었던 응어리를 푸셨다고 했다. 그리고 과거를 돌이켜보면 온전히 모두 알았다고 자부하는 나의 과거에조차 내가 모르는 타인의 고뇌와 연민이 개입되어 있다는 것 또한.

여행에서 돌아오고 주말을 보내고, 할머니의 집에 도착했을 때 할머니는 돌아가신 할아버지의 영정사진을 수건으로 닦고 계셨다.

검버섯으로 얼룩진 피부에 멍한 눈빛을 했지만, '젊은 춘삼'의 당돌한 얼굴이 얼핏 보이는 모습이었다.

"오니라 욕봤다."

발걸음 소리만 들어도 아시겠는지 이쪽은 보지도 않고 아는 체하신다.

과거여행에서 돌아오면 그 여흥으로 이야기꽃을 피울 거라 예상했지만 전혀 뜻밖이었다. 줄곧 말씀이 없으시다가 어쩌다 내 질문에 대답할 때면 (이를테면 "빨래 지금 돌릴까요?" 이런 식의) 할머니의 입에서 은단 냄새가 났다. 손주들이 오는 날이라는 뜻이다.

내가 그렇게 청소를 했는데도, 당신 고집으로 환기를 몇 시간째 열어두고 있었다. 노인 냄새가 나면 아이들이 싫어할 거란 이야기였다. 그러면서 이미 대청소를 해서 깨끗한 방인데도 티끌 하나 발견하면 자신의 침을 퉤하고 묻혀서 손으로 꾹꾹 누르곤 하셨다.

내가 갈 시간쯤 되자, 자식들이 연달아 들어왔다.

약장사한테 속아서 40만 원짜리 게르마늄 팔찌를 샀다고 타박한 둘째 딸, 유족연금 통장을 제 것 마냥 빼서 쓴다는 큰딸, 오천만 원 예금 통장을 맡아준다고 해놓고 안 돌려준다는 아들, 그리고 데면데면한 낯으로 들어와 용돈 오만 원 쥐여줘야 좋다고 싱글벙글 웃으며 쏜살같이 튀어 나간다는 사춘기 손자, 할머니 냄새난다고 손으로 사과를 집어 주면 싫다고 손사래치는 손녀.

그이들을 만나자 이태백 할머니는 속없이 방긋 웃으신다.

할아버지를 먼저 보내고 오랜 기간 혼자 사신 할머니는 어지간하면 뭐든지 혼자 힘으로 해낼 줄 알게 됐음에도 자식들이 오는 날에는 은근히 기대기도 하고, 둔한 딸들이 뒤늦게야 "어디 아파?" 하고 물어보면 한 번 더 무릎을 주물러 보는 등 관심을 갈구하기도 했는데, 오늘은 그저 딱 한마디 뿐이셨다.

"자주 온나. 내가 살믄 을마나 살겄냐."

15평 남짓. 아니, 거실만 보면 5평. 그 작은 공간에서 가족들은 북적이지만, 섞이지 못해 물끄러미 바라보기만 하는 할머니를 보자니 또 홀로 외딴 데 떨어져 있는 풍경이었다. 할머니를 저대로 쓸쓸히 두고 나 혼자 퇴근하는 것이 맞는지 발길이 떨어지지 않았다.

언제나 비위생적이고 했던 말을 또 하고 말도 안 되는 고집에 까다로운 잔소리만 늘어놓는, 그래서 요양보호사라는 돈도 안 되는 직업의 유일한 고객. 하지만 할머니도 한때는 누군가의 금쪽같은 새끼였고, 누군가의 첫사랑이었으며, 또 누군가에겐 신이 모든 곳에 있을 수 없어 대신 온 존재였을 것이다. 시간이 흐르면서, 허리가 굽으면서, 눈이 침침해지면서, 저승꽃이라 불리는 검버섯이 피기 시작하면서 차츰 하나둘 떠나가고, 불길 같던 심장은 언제 꺼져도 이상할 것 없는 흐릿한 호롱불.

깜빡.

깜빡.

그렇게 아슬아슬한 눈으로라도 저들을 담으려 애를 쓰는 늙어버린 소녀가 오도카니 앉아있다.

병색이 완연한 할머니가 무어라 말한 것 같았지만, 미처 듣지 못한 자식들은 TV 앞에서 자기네들끼리 뭐에 관해서인지 잘잘못을 따지고 있었고,

따분함을 이기지 못한 손주들은 앞다투어 현관 밖으로 튕겨 나갔다.

저들은 또 얼마나 많은 후회를 시간 속에 흘려보내는 걸까.

제8장

이승사자의
사건 파일

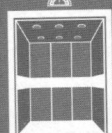

당신 덕분에 난 항상
이 순간을 기억하겠군요.

*

예상보다 먹구름은 일찍 드리웠다.

히라이스 런던본부에서 나온 조사관 앞에서 캡틴은 물론이고, 세일러들까지도 초조함을 숨기지 못했다. 조사관은 캡틴의 중역 의자에 비스듬히 앉아 그 뚱뚱한 배 위로 서류를 올려놓고 나지막하지만 울림 있는 목소리로 다그쳤다.

"그러니까, 그 고객은 시간법에 대한 사전 숙지가 굉장히 부족했소. 더구나 1조 1항. 죽은 자를 살려내려고 시도했다는 거요. 그런데도 일주일이라는 기간 동안 몰랐다는 게 말이 된다고 보시오?"

"미처 확인하지 못한 점은 인정합니다. 부인하지 않겠습니다."

캡틴은 자신보다 조금 더 나이가 들어 보이는 머리가 벗겨진 조사관 앞에서 착잡한 표정으로 대답했다. 평상시의 웃음기는 싹 사라진 얼굴이었다.

"이봐요, 캡틴. 이게 고작 사과로 끝날 일 같소? 이건 우리 히라이스의 존폐가 달린 문제요! 오늘 행정심사를 통해서 서울지점이 어떤 처분을 받게 될지 정해질 테니 각오 단단히 하는 게 좋을 거요!"

그러면서 조사관은 캡틴이 인턴 세일러를 시켜 가져온 USB를 낚아채듯 빼앗아 자신의 맥북에 꽂았다. 이윽고 화면 속 폴더를 클릭하자 1개의 문서 파일이 인식됐다.

[이승사자의 사건 파일]

*

간신히 전당포에 아르바이트 자리를 얻어 일하던 어느 날, 나는 문득 내 삶이 공허하다는 사실을 깨달았다. 누군가의 물건을 저당 잡아 하루하루를 살아가는 삶에 기어이 이골이라도 났음을 인정해야 했다. 물론 나도 안다. 나 같은 놈에게 이런 전당포 아르바이트 자리조차 과분하다는 것을. 하지만 무의미하고 지루하며 보람이라고는 눈곱만큼도 없는 나날의 연장 속에서 내 인생을 바꾼 건 바로 '그날'이었다.

영업이 끝나갈 무렵, 한 사내가 들어와 맡긴 건 명품 지갑이었다. 값을 치르려 계산기를 두드렸다. 그는 어떻게든 담보비율을 높이기 위해 그것이 산 지 얼마 안 된 정품임을 수없이 강조했지만 얄짤없다. 내가 출소 후 세상 밖으로 나왔을 때, 세상 사람들의 시선이 모두 일관되게 경멸감을 줬던 것처럼. 배고파 쌀을 훔친 것이 전부였다고 했어도 그들 역시 얄짤없었을 것이다. 인생이 그렇다. 내 맘 같지 않다. '그 손님도 그것을 어서 알아야 할 텐데' 하는 마음으로 만 원짜리 열 장을 창구 너머로 내밀자 짧은 탄식과 함께 사라졌다. 얼마 뒤 보관함 보안 상태를 모두 확인을 마치고 불을 끄고 나가려고 할 때였다.

문득 출입문 아래로 명함 한 장이 날아들었다. 일수 명함일 거라고 생각했다. 하지만 거기엔 흥미를 끌 만한 문구가 박혀 있었다.

과거여행사 히라이스   HIRAETH
                              TIME TRAVEL AGENCY

전 세계 단 5지점!
히라이스가 드디어 대한민국에 상륙했다!
언제, 어디든 떠나고 싶다면 당일 출발!

상품 문의 : 000-XXXX-XXXX

어린 시절, 외삼촌은 민주화 운동을 했다는 이유로 억울하게 맞아 죽었지만, 고문과 구타를 가한 자는 훗날 사립학교의 교감까지 지내고 정년퇴직해서 평안한 노후를 보냈다. 얼굴도 모르는 나의 큰아버지는 할아버지의 두 집 살림에 반기를 들고 따지러 갔다가 마당에서 맞아 죽었지만, 정작 할아버지는 첩의 품 안에서 죽는 그날까지 호강을 누리며 장수하다가 호상을 맞이했다고 한다.

나는 나대로 거칠고 암울한 인생 대로를 달려오며 더 이상 권선징악을 믿지 않게 됐다. 착한 사람은 당하기만 하거나 일찍 죽는다. 나쁜 놈은 영악해서 용케도 잘 먹고 잘살며 오래 산다. 이것이 내가 터득한 세상의 이치였다.

언젠가 루브르 박물관엘 간 적이 있다. 물론 감옥에 들어가기 전의 일이었다. 그때는 남들처럼 멀쩡한 대학생의 삶을 살았을 때로 나름 화양연화라고 부르고 싶은 그런 시기였다.

루브르에서 나는 들라크루아의 **'민중을 이끄는 자유의 여신'** 그림 속 민중들에게 과연 진정성이 있었나 싶은 의혹이 치솟았다. 한참 동안 그림을 뚫어져라 노려보던 내가 이상했는지 이어폰을 꽂은 남자 안내원이 천천히 이쪽으로 성큼성큼 걸어왔고, 때마침 해답을 찾은 나는 자리를 떠났다.

나는 줄곧 공백인 상태였던 부활 리스트에 첫 번째로 '그녀'를 올리기로 결심했다.

이제부터 나는 태어나 처음으로 보람차고 의미 있는 무언가를 해낼 것이다. 나는 내내 주머니 속에서 꼭 쥐고 있어 땀으로 구겨진 명함을 꺼내 들었다. 과거여행사 히라이스?

그 정체불명의 명함을 손에 넣은 뒤, 온갖 인터넷 검색을 통해 알아보려고 했지만, 그 어떤 정보도 나오지 않았다. 혹시 사이비 종교거나 사기 집단일 거라는 의심도 일었지만, 그것보다 히라이스라는 곳에 대한 호기심이 너무나 컸다. 과거로 갈 수 있다…? 과거로 간다면 대부분의 사람들은 뭔가를 '고치려' 들 것이다. 물론 나도 그렇다.

나는 예치시켜둔 3년짜리 적금을 깬 뒤 여행상품을 구매하기로 했다. 하지만 섣불리 나서기엔 경계심이 일어 전화로 먼저 예약했다. 그리고 삼십 분 후 문자가 왔다.

[Web 발신]

안녕하세요. 고객님!

과거여행사 히라이스에 오신 것을 환영합니다!

− 구입상품명 : 테마상품 [히스토리언]

− 출발 날짜 : 금주 수요일

− 체크인 시간 : 출발 1시간 전까지 사무실로 와주십시오.

　당일 출발을 하던 날은 전당포를 마감해야 했기에 뒤늦게 도착한 오후 6시였다.

　하늘은 노을이 토해낸 선홍빛이 구름과 뒤섞여 오묘한 분위기를 자아냈는데, 문제는 그다음부터였다. 마땅히 주차장이랄 곳도 없어 대충 CCTV가 없는 후미진 구석에 차를 대고 내리자, 하늘빛이 우중충하게 변해 있었다. 대수롭지 않게 히라이스 건물을 찾아 들어가려던 나는 문득 이상한 생각이 들었다. 주차공간을 찾고 주차하기까지 걸린 시간은 단 30초도 안 걸린다. 그사이에 하늘빛이 저렇게 변할 수 있나? 기분 탓이려니 했지만 좀처럼 긴장을 풀기 힘들었다. 이번엔 캡틴이라 불리는 자의 지나치리만큼 섬세한 눈빛 때문이었다.

　"잘 부탁드립니다" 하자, "저희야말로 고객님을 모시게 되어 영광입니다"라는 인사말이 돌아왔고, 인사치레는 그걸로 마지막이었다. 다른 고객들에게는 젊은 직원들이(세일러라 불리는) 상대했지만, 유독 나에게만은 그가 전담 마크하는 느낌이 강하게 들었다. 그는 영화 〈킹스맨〉의 콜린 퍼스를 연상케 하는 몸에 착 붙는 댄디한 정장 차림에 다소 깐깐한 인상을 풍기는 남자였다. 게다가 검은색 뿔테 너머로 상대를 꿰뚫어 보는 눈빛을 가졌다.

　"저 고객님. 어째서 [히스토리언] 상품을 세 개나 구입하셨는지 여쭤봐도 될까요? 그 정도 비용이라면 얼마든지 프리미엄 상품을 구매하실 수 있는데 말이죠. 혹시 역사를 전공하신 분이신지?"

"반드시 가야 할 이유가 있어서요."

내가 그 정도에서 짧게 받아치자, 원하는 대답이 아니었던지 캡틴의 한쪽 안면이 씰룩이는 게 보였다. 아마 어금니를 깨물었을 것이다.

"아하… 그러시군요. 제 생각입니다만, 이미 정해진 과거를 여행한다는 것은 둘 중 하나같습니다. 바꾸려 하거나, 구경하거나. 그런데 [히스토리언] 상품을 전혀 다른 시대로 세 개나 사셔서 여쭤보는 거니 너무 마음 쓰지 마십시오. 관광의 목적과는 좀 멀어 보여서…."

부드러운 음성으로 되물었지만, 여전히 추궁하는 기색이 다분했다.

"인생도 여행이라면서요? 인생이 꼭 아름답지만은 않잖아요? 여행도 마찬가지겠죠."

'이것 봐라?' 하는 표정의 캡틴은 "이번 여행만큼은 아름다운 기억으로 가득하시길 빕니다" 하며 이어서 말했다.

"아 참! 시간법을 반드시 지켜주셔야 합니다."

나는 말문이 막혔다. 저 인간이 설마 나에 대해서 알고 있는 걸까? 그래서 내 계획을 수포로 만들려는 생각인 걸까? 하지만 그것은 기우였다. 다른 고객들에게도 깐깐한 그의 태도를 본 후 어느 정도 마음이 놓인 것이다. 그러면서도 엘리베이터 문이 닫히기 직전 틈새로 마주친 그의 눈빛은 여전히 마음을 찜찜하게 했다.

좌우지간 여행 첫날부터 작성한 일지는 내 일생일대의 모험이자 유일한 산물이 될 것이다. 물론 여행 시 주의사항을 단단히 일러준 여행사 관계자들에겐 미안한 마음뿐이다. 역사적 오류를 바로잡는 데는 어느 정도의 희생은 불가피한 법이니 어쩔 수 없다. 과거인들이 '미래'라 부르는 '현재'의 나는 전지전능한 상태다. 과거로 걸어가면 갈수록 그 위력은 강해질 것이며, 나는 '예언자' 그 이상의 '예언자'가 되어 있는 것이다. 그런 위력은 선량하지만 나약한 사람을 위해 베풀어야 한다고 생각했고, 그들의 삶에 더욱 나은 결과를 도출하고 악인을 처벌함으로써 나의 위법은 합법이 되는 것이다. 그뿐이다.

어쨌거나 여행 출발 전, 나는 나의 여행담을 길이길이 남기기로 작정했고, 그 파일명을 정했다. 지금부터 이 일기형식에 담긴 모험담은 〈이승사자의 사건 파일〉이다.

*

〈사건 파일 1〉

1793년 10월 15일.

과거여행을 통해 되돌아간 파리는 코로나19 때문에 수년간 봉쇄되다시피 했던 삭막한 풍경과는 현저히 다른 모습이었다. 제법 굵은 비가 내리고 있는 회색빛 센 강은 아우성을 치듯 철렁이며 흐르고 있었다. 냉랭한 날씨 탓에 옷깃을 여미며 무작정 대로를 따라 걸었다. 현재와 다른 구글 뷰는 아무 소용이 없었기 때문이다. 언젠가 관광했던 개선문에서 이어진 샹젤리제 거리는 여전히 활기와 세련미가 넘치는 국제적인 거리였다. 그때, 수많은 관광객은 서로 더 훌륭한 구도로 사진을 찍기 위해 개선문 도로 건너편에서 장사진을 치고 있었다. 하지만 나는 그로부터 멀지 않은 콩코드광장에 서린 '그날'을 역사에서 삭제시키고픈 심정뿐이었다.

어느덧 활엽수들이 양쪽으로 쭉 심어진 길을 따라 15분 정도 걷자 생트 샤펠 성당이 나왔고, 비로소 그 옆 콩시에르쥬리 감옥을 찾을 수 있었다. 저 곳을 뚫는 건 간단하다. 나는 이미 히라이스 사무실에서 19세기의 간수 의 상을 빌렸기 때문에 누구도 의심할 수 없을 것이다.

실제로 본 콩시에르쥬리는 상상보다 더욱 견고한 철옹성과도 같았다. 입 구 왼편에서는 정체 모를 시위대로 보이는 한 무리가 몰려오고 있었는데, 다행히 아무 일 없이 지나갔다. 나는 일부러 허리춤에 찬 열쇠 꾸러미를 흔 드는 소리를 냈다. 문을 지키고 있던 늙은 간수는 따분한 얼굴로 한숨을 하 며 내겐 눈길조차 주지 않아 입성하기까지 과정은 꽤 순조로웠다.

감옥 안에 무사히 들어온 나는 먼저 그 규모에 놀라고 말았다. 흔히 생각 하고 있던 그래서 미루어 짐작하던 그런 공간이 아니었다. 내부는 층고가 높았고 거대한 아치형 기둥이 도열해 있었다.

긴 터널 같은 복도를 지나자 비로소 철문이 보였고, 그 앞에서 나는 두 번째 간수를 만나야 했다. 그가 뭐라 주절거리는 말에 대충 고개를 끄덕이 며 우리는 악수하듯 손을 잡았다. 나중에 알았지만, 그것은 일종의 교대근 무를 뜻하는 것이었다. 하늘이 나를 돕고 있었다.

그녀는 버릴지언정.

내게 바통을 맡긴 그 간수가 내가 들어온 방향에 있는 철제 계단 위로 올 라가는 것이 보였다. 그 뚱뚱한 무게가 한 걸음씩 발을 뗄 때마다 아슬아슬 하게 삐걱거리는 소리가 들렸다. 그의 그림자가 완전히 보이지 않는 것까 지 확인한 후, 나는 그녀를 찾아야 한다는 사실을 깨달았다. 감옥 안은 넓 고 길었으며 칸칸이 많았다. 여기서 어떻게 그녀를 찾을까? 불과 5분 전까 지만 해도 술술 풀리던 게 꽉 막힌 기분이 들었다. 나는 복도 한가운데에 서 서 다음 행보를 어떻게 정해야 할지 고민해야 했다. 잡범들로 가득한 이곳에서 그녀는 **거물**이다. 내가 만약 간수라면? 그리고 혁명군이라면? 그녀를 어디에 가둬놓을까?

나는 눈을 들어 복도 맨 끝을 보았다. 거기가 끝이 아니라 왼쪽으로 통하는 통로가 보였다. 성큼성큼 걸음을 옮겼다.

여기저기서 희미하게 미친 사람의 중얼거림과 절규, 해괴한 웃음소리 등이 이따금 눈길을 잡았지만, 시간이 없었다. 사실 내 머릿속에는 내내 히라이스 사무실에서 본 캡틴의 날카로운 눈빛이 켕겼기 때문이다. 혹시라도 그가 알아차린다면 안 된다는 강박감이 걸음을 재촉했다.

"아무도 널 도와주지 않을 거란다. 이렇게 태어난 것도 신이 주신 거지."

왼쪽으로 꺾어지자마자 어디선가 여인의 음성이 들렸다. 나는 소스라치게 놀라 주위를 두리번거렸지만, 어디서 들리는 소리인지 통 분간하기 힘들었다. 다시 귀를 기울였다. 누구의 목소리인가. 어디서 들리는 소리인가. 몇 분 더 기다렸지만, 그 어떤 소리도 들리지 않았다. 나는 구둣발 소리를 최대한 죽여가며 천천히 걸음을 옮겼다.

성인 손바닥보다 약간 큰 크기의 뙤창문에서 우중충한 하늘빛이 쏟아지는 10평 남짓의 독방을 발견했다. 그리고 미명에 비친 기다란 속눈썹 밑으로 빛나는 눈물을 흘리는 여인. 그녀의 짧게 깎인 머리는 그전까지만 해도 반곱슬의 풍성하고 긴 머리였을 것을 추측하게 했다. 피부는 푸석푸석했지만 또렷한 눈빛은 수려했으며, 하얀 거적을 걸치고 발은 맨발이었다.

언젠가 출소 후, 죽음을 생각한 적이 있다. 방 한구석에 가만히 앉아 방안을 찬찬히 쓰다듬어 보았다. 당장 내가 고독사해서 유품 정리사가 온다 해도(그래서 쓸 만한 것들을 그들에게 준다 해도 아깝지 않을) 전혀 미련 두지 않을 자신이 있는지 가늠하곤 했는데, 여인은 그때의 내 눈빛을 닮았다.

우리의 눈이 마주쳤다.

"때가 됐나요?"

나를 본 그녀가 물었다.

정면으로 마주한 그녀의 얼굴을 보는 순간 얼어붙는 기분이 들었다.

순진하다 못해 천진한 어리숙함, 근대 마녀사냥의 대어(大魚)이자, 합스부르크가의 가여운 공녀, 마리 앙투아네트.

그녀의 품에는 일고여덟 살쯤 되어 보이는 남자아이가 적갈색의 풍성한 머리칼을 그녀의 가슴에 깊이 묻고는 나를 경계 어린 눈으로 보고 있었다. 눈빛은 위엄이라고는 찾아볼 수 없는 사자 새끼의 그것과 흡사했다.

"아뇨, 난⋯."

"⋯."

"진정해요. 난 당신을 죽이러 온 게 아니거든요."

그때부터 뭐라고 말해야 좋을지 적절한 방안이 떠오르지 않았다. 내가 이곳에 온 이유를 다시 상기해야 했다. 나는 루브르 박물관에 걸린 그림 속 자유의 여신과 뒤를 추종하는 무리에게 혐오감을 느끼는 대신 그들의 나무 몽둥이와 깃발이 향하는 피사체를 동정했음이 틀림없다.

내가 얼른 입을 떼지 않자, 처음에 덤덤했던 그녀도 차츰 방어적인 태도를 취했다. 그러면서 자신의 아이를 품에서 더욱 세게 꼭 끌어안았다.

"아, 오해하지 마세요. 난 당신의 아들에게 손댈 생각이 없으니까요."

"그럼 우리 모자는 어떻게 되는 건가요?"

"⋯."

나는 이 두 모자를 어떻게 해야 할 것인가.

고민하는 동안 나는 조금씩 그녀에게 다가갔고, 어느새 우리 거리는 2미터 남짓 가까워졌다. 뇌창문에서 사선으로 내려앉는 희미한 줄기에서 미세한 먼지가 천천히 나풀거리는 것이 보였다.

나는 침을 꿀꺽 삼키고 말했다.

"당신을, 아니 당신 모자를 구하러 왔어요."

"왜죠?"

"그러니까…."

"레오폴트가 보냈나요?" (*레오폴트 2세 : 마리 앙투아네트의 친오빠)

"아뇨."

"요제프?" (*요제프 2세 : 마리 앙투아네트의 친오빠)

"아뇨. 그도 아니에요. 바로 나예요. 내가 당신을 구하러 온 겁니다."

구하러 왔다는 말에 엄마 품에 꽉 안겨 있던 남자아이가 비로소 나를 똑바로 바라보았다. 하지만 여전히 몸은 마리에게 떨어지지 않은 채로.

"당신은 간수가 아니던가요?"

"이 옷은 가짜죠."

"혁명군도 아니라고요?"

"물론이에요."

"그렇다면 왜 날 구하러 왔죠? 목적이 있을 거 아니에요?"

"지금부터 내가 하는 말을 믿어주겠습니까? 그럼 모두 사실대로 말씀드리죠."

"…."

"내 말을 믿지 않으면 힘들어요."

"좋아요. 곧 죽을 목숨인데 믿어보죠."

"사실 난 미래에서 왔어요."

그녀가 미간을 좁히며 짧게 탄식했다.

"오 사크레(맙소사)! 나를 농락하려 드는군요."

"충분히 예상했어요. 하지만 내 말을 믿어야 해요."

"어떤 말을 믿으라는 거죠? 당신이 시간의 경계에서 줄타기한다는 허무 맹랑한 이야기를?"

그녀는 눈살을 찌푸렸다. 그런데도 현재 상황으로는 그나마 내가 유리한 위치를 선점하고 있었기 때문에 설득할 자신이 있었다.

"당신 이름이 뭐죠?"

"내 이름은 중요하지 않아요. 어차피 망한 인생이거든요."

"망했다고는 하지만 당신에겐 미래가 보이네요."

"나한테서요?"

"네. 활기가 느껴져요. 보기 좋네요. 그런데 어떻게 날 데려가겠다는 거 죠? 내 아들은요?"

"당연히 함께요."

"천천히 알아듣게 설명해봐요."

그녀의 태도는 충분히 방어적이었지만, 그런데도 자신의 이야기를 술술 털어놓았다. 합스부르크가에 태어나서 그곳에서 자란 이야기, 그리고 프랑스로 시집오기 주저했다는 이야기까지. 현대에서 평가하는 본인의 이야기에는 까무러치듯 놀라는 반응을 보였다.

"미친 사람들이군요! 나는 내 남편을 사랑해요. 정부란 있을 수 없다고요! 빵과 케이크는 대체 무슨 소리죠?"

"하지만 후세 사람들은 여러 이야기를 만들어냈어요. 당신의 정부에 관한 이야기들도 그렇고, 루이의 성 불능에 대한 것도 그렇고. 여러 가지로요."

"민중들이란 원래 꾸며내는 이야기를 좋아하는 법이니까요. 아닌 척하지만, 따분한 일상에 그보다 달콤한 선물은 없다고 믿는 존재들이죠."

그리고 그녀는 자신의 말을 정당화하기라도 하듯 이어서 덧붙였다.

"나는 사치를 한 적이 없어요. 그게 사치라고 생각해본 적도 없고요. 퐁파두르 부인에 비하면 아무것도 아니라고 생각했어요. 고국에 있을 때도 그 정도는 할애했다고요. 게다가 목걸이 사건도… 난 모르는 일인데 마치 제가 사치를 부린 것처럼 꾸며졌죠. 내가 한 게 아닌데."

나는 순간적으로 그녀의 고백을 믿어줘야 할 상대는 나뿐이라는 걸 깨달았다. 내가 알아주는 것만이 그녀가 절실히 원하는 것으로 보였다.

'선생님은 너를 믿는다.'

수감 중일 때 면회 온 고등학교 시절 은사님의 말이 떠올랐다. 그분은 내게 유일하게 대학 진학을 권유했던, 괘씸해서 안 오려다가 자기까지 안 오면 내가 정말 죽을까 봐 걱정했다는 분이셨다.

그보다 아주 오래전. 국민학교 다닐 때, 친구의 주머니에서 아폴로라는 불량식품을 훔친 적이 있었다. 당시 담임선생님은 내 또래의 아들 하나를 둔 유부녀였는데, 푸근한 엄마 같다기보다는 깐깐하고 어려운 옆집 아주머니 같은 느낌을 풍기곤 했다. 딱 한 번 아폴로를 훔친 일로 말미암아 교실에서 물건이 없어질 때면 으레 선생님은 나를 의심하는 눈치였고, 한 번은 '**나쁜 사람을 걸러내는 방법**'이라면서 향수 시향 할 때 쓰는 크기로 작게 오린 종이를 반 전체 아이들의 입술에 넣고 꼭 다물라고 시켰다. 눈을 감고 5분 동안 그렇게 있으면 선생님은 누가 도둑인지 알 수 있다고 했다. 5분 경과 후, 한 명 한 명의 입술에서 그 종이를 빼낼 때 파르르 떨리는 것이 범인이라는 논리였다. 그리고 그 논리에 걸려든 것은 나였다. 지금 와 생각해보면 나 이외에 여럿 됐을 텐데, 어쩌면 처음부터 그 실험은 나를 위해 시작한 것 같다.

적장의 목을 벤 장수처럼 의기양양해진 선생님은 자신의 승리에 도취해 교무실로 날 끌고 가더니, 그동안 내가 훔친 목록들을 적으라고 종이와 펜을 주었다. 나는 단 한 번 아폴로를 훔쳤을 뿐인데… 줄줄이 써 내려갔다. 선생님이 보고 만족할 정도로. 종이를 낚아채듯 받은 선생님은 후루룩 차를 마시면서 난로 옆에서 함께 불을 쬐고 있는 다른 반 선생님에게 그것을 이것 보라며 건네주었다. 그분은 내게 혐오 어린 웃음을 보였다. 종이에 쓴 건 물론 다 거짓이었다. 집에 일찍 가고 싶어서. 그러기 위해선 그녀가 원하는 대답을 가득 채워줘야 함을 알았을 뿐이다. 단지 그뿐이다.

　　그 후로 나는 내가 벌이지 않은 죗값을 치러야 했고, 그 말도 안 되는 죗값에 대한 근거로 범죄를 저지르는 것이, 그 억울한 죗값에 대한 결백을 증명해 보이기보다 더 쉽다는 걸 알았다. 내 전과의 첫 단추를 찾자면 말이다. 물론 그 국민학교 때 선생님은 지금의 나를 본다면 그것 보라며, 자신의 안목이 정확했다고 흥분할 게 뻔하지만.

　　세상 사람들이 모두 손가락질을 하고 불신을 할지언정 믿어주고 묵묵히 기다려 줄 단 한 사람을 곁에 둔 자는 가장 행복한 사람이다. 그런 사람을 찾아 헤매는 그녀의 눈동자 앞에서 나는 대답을 지체할 수 없었다.

　　"걱정하지 말아요. 목걸이 사건은 나중에 밝혀지니까."

　　"그게 정말인가요? 다행이군요."

　　"네. 책으로도 나와요. 당신과 관련한 책을 여러 권 읽었어요. 물론 사실과 다른 부분은 방금 당신의 입을 통해 확인했지만."

　　그녀는 고개를 저었다.

　　"하지만 군중들은 믿지 않아요. 저들은 미쳐 있어요. 이 빌어먹을 부르봉 왕가에 대한 해묵은 악감정이 나에게 쏠려 있다고요. 제발 말해줘요. 내 잘못이 뭐죠? 내가 지은 죄가 뭐란 말이죠?"

"여자인 점이요. 그리고 이방인."

그녀가 경악스러운 표정으로 내게서 뒷걸음질을 쳤다. 아들은 그녀의 뒤에 숨어 옷자락을 꼭 움켜쥐고 있었다.

"어떻게 그런 말을…."

"당신 말이 맞아요. 저들의 분노는 하루아침에 만들어진 게 아니죠. 아마 아버지의 아버지, 할아버지의 할아버지 대부터 차곡차곡 쌓인 것들일 거예요. 얼마든지 터뜨릴 기회는 있었죠. 하지만 터뜨리지 않았어요. 왜? 무서우니까. 자신이 없으니까."

"그런데 왜 하필 지금이죠? 왜 하필 나와 가족이냐고요?"

"내가 말했잖습니까? 당신이 여자라서 그렇다고요! 남자보다 열등한 존재! 약한 존재! 화풀이하기에 만만한 존재! 본국이 아닌 외국에서 시집온 이방인! 민중은 힘들어 죽겠는데 잘 먹고 잘사는 순진한 왕비! 마녀사냥의 희생물로서 이보다 더 완벽한 조건이 어딨습니까? 하지만 많은 시간이 흘러서 사람들은 뒤늦게 당신을 동경하고 동정하며 심지어 숭상하기에 이르죠. 당신의 삶을 동화의 한 장면처럼 풀어내는가 하면, 아 물론 이것도 그들이 그럴싸하게 자기들의 로망을 투영해 꾸며낸 결과물에 불과하지만 말이죠. 당신의 구두 한 짝마저 비운의 물건인 양 전시를 하죠. 그뿐이게요? 재평가니 뭐니 하면서 당신의 억울함에 대해서 요목조목 반박하는 역사학자들도 대거 등장하지만, 그마저도 정확하지 않아요. 여전히 당신은 조롱과 미심쩍은 베일에 싸인 화젯거리 그 이상도 이하도 아닌 취급을 받게 될 거예요, 여기서 죽게 되면 말이죠!"

내가 핏대를 세워가며 말할 동안, 어느새 그녀는 아들의 두 귀를 막고 있었다. 두 눈은 질끈 감고. 나는 내 말에 정당성을 더욱 공고히 하기 위해 덧붙여 말했다.

"어서 도망가야 해요. 저들의 판단이 틀렸다는 걸 보여줘야 한다고요. 살아서 모든 걸 밝혀내야 합니다. 국고가 부도난 것은 당신 잘못이 아니라 민중들이 무서워서 그동안 대들지 못했던 부르봉 선대 왕족들의 짓거리라는 걸! 남편을 향한 당신의 지고지순한 마음을! 당신네 모자를 향한 해괴망측한 루머를! 끝끝내 이방인 취급을 받았어도 이 나라 국민들을 사랑하던 당신의 진짜 마음을요! 자, 어서요."

말하면 말할수록 설득이 아니라 항변에 가깝다는 걸 깨달았다. 누굴 위한 변호일까. 마리 앙투아네트? 나?

주체가 누구든 간에 나는 자신 있었다. 한편으로는 나의 행동에서 미심쩍은 무언가를 감지했는지 캡틴의 *"시간법을 반드시 지켜주셔야 합니다"* 라는 말이 떠올랐지만, 전과 2범이나 3범이나 거기서 거기다. 내 인생은 이미 망했다.

자물쇠를 열고 들어간 나는 벽에 세일러가 알려준 암호를 눌렀다. 그것은 숫자와 기호와 알파벳을 섞은 전혀 뜻이 이루어지지 않는 긴 암호였다. 이윽고 문이 열리자 나는 그녀에게 들어오라는 손짓을 했다. 잠시 망설이던 그녀가 한 걸음씩 떼기 시작했다. 그리고 내가 내민 손 위로 그녀의 손이 우아하게 내려앉았다. 죄수복을 입고 있었지만, 등과 고개를 꼿꼿이 세운 그녀에게서 기품이 흘렀다.

수많은 감정이 소용돌이쳤다. 나는 역사의 반란자다. 죽은 자를 살려내는 범법행위를 저질렀다. 이것은 법적 서류에 기재되지 않는, 하지만 그 이상의 중대한 범죄라는 건 틀림없다. 신의 뜻을 거슬렀고, 역사의 흐름을 거슬렀다. 후회? 전혀 하지 않는다. 내 후회는 국민학생 때 *"나는 훔치지 않았어요"* 라는 말을 당당히 하지 못했던 것 단 하나뿐이니까.

턱!

그때, 미처 닫히지 않은 엘리베이터 문 사이로 두꺼운 손 하나가 비집고 들어왔다. 발밑에서 전해지는 약간의 덜컹거림. 이윽고 얼굴이 보였다. 비열하게 웃자 썩어 부러진 앞니가 흉측하게 보였다.

"이런 개자식. 하지만 똑똑히 알아둬. 소용없다는걸."

남자는 다시 기분 나쁜 소리로 웃으며 그녀와 그녀의 아들을 거칠게 끌어당겼다. 내 곁에서 두 모자가 너무나 아무렇지 않게 쓰러지고 말았다. 대체 저 남자는 누굴까? 어떻게 히라이스의 엘리베이터를 알아차린 걸까?

놈의 뒤에서 그녀가 다급한 목소리로 외쳤다.

"이름 모를 기사여! 나는 이미 지나간 과거예요. 당신의 현재가 오물투성이일지 몰라도 당신에겐 미래가 있어요. 과거 속 나 때문에 당신의 미래를 망치지 말아요. 과거가 미래를 지배하는 순간 그것은 암흑이랍니다. 그리고 애석하게도 나는 떠날 수 없다는 한 가지 사실을 더 깨달았어요. 바로 나의 보석 테레즈(딸)예요. 나와 떨어져 있어요. 나와 아들이 사라진 걸 알면 혁명군이 그 아이를 가만두지 않을 테죠. 그러니 날 두고 당신이 사는 시간으로 가세요. 나는 죽어도 오스트리아가 아닌 프랑스에 남겠어요!"

그녀는 내가 생각했던 것보다 훨씬 강인하고 품위 있었으며 고귀한 사람이었다.

"그래도…!"

"나는 이방인이지만, 세상 사람들은 영원히 프랑스의 왕비로 기억할 거예요. 이미 친정은 날 외면해 버렸으니까요. 기대하지 않는답니다. 먼 훗날, 나를 보기 위해 세상 곳곳에서 수많은 인파가 이곳으로 몰려들어 나를 추모하고, 나 대신 그 당시의 혁명을 꾸짖어 준다죠? 당신의 말이 사실이라면 나는 기꺼이 죽겠습니다. 사람은 언젠간 죽는답니다. 단지 따스하고 폭신한 침대 위가 아니라는 점이 서글플 뿐이에요. 나의 과거는 화려했고 사랑과 영광으로 충만했습니다. 오히려 과거에 이러한 오명을 남긴 것은 내가 아니라 민중들이죠. 오히려 과거를 바꿔야 할 것은 그들이라고요. 이름 모를 기사여, 그대는 잘못 찾아온 것 같네요. 그러니 나를 두고 떠나요. 하지만 나를 아프게 하는 것은⋯."

그녀는 아들의 손을 어루만지며 말했다.

엘리베이터 문이 서서히 닫혔다.

마지막 그녀의 절규가 엘리베이터 안을 가득 울렸다.

"부디 내 아들을 살려주세요!! 부디! 죽더라도 무사히 우리 부부에게 돌아올 수 있도록 해줘요. 이 아이는 겁이 많아서 밤마다 내가 없으면 잠을 못 잔답니다!"

*

〈사건 파일 2〉

나는 절망감에 휩싸여 문이 닫히자마자 화강석 바닥에 아무렇게나 쓰러졌다. 하염없이 눈물이 났다. 무력감, 그리고 슬픔, 형언할 수 없이 파고드는 패배감에 고통스러웠다.

결국, 그녀의 아들은 죽게 된다. 한 번에 목숨이 끊기는 것은 차라리 행운일지도 모른다. 그녀의 아들은 그러니까 왕자는 성병을 옮기는 창녀들과 구타 등 아동학대에 가까운 고문을 받은 뒤 똥오줌으로 널브러진 상태에서 비참하게 죽어갈 것이다, 아니 그렇게 죽었다.

훗날에라도 그녀의 바람대로 부부와 자식이 함께 묻힐 수 있었을까? 엘리베이터 스테인리스 벽에 비친 내 모습은 처참했다. 언제까지 이렇게 있을 수 없다. 시간이 없다. 잠시 눈물을 훔친 뒤, 너덜너덜해진 마음을 다독이기 위해 크게 심호흡을 했다.

그리고 힘겨운 손길로 2003년으로 층수를 조작했다.

인정하자. 마리 앙투아네트 구출 작전은 실패했다. 남은 건 단 한 사람이다. 이번만은 성공할 수 있다. 나는 엘리베이터가 작동되는 동안 한쪽에 마련되어 있는 수거함에 옷을 벗어 넣고는 새로운 옷으로 갈아입기 시작했다. 간편한 면바지와 체크 무늬 남방은 최대한 눈에 띄지 않는 평범하고 무난한 옷차림으로 사전에 계획한 것이다. 이 정도면 아무도 의심하지 않으리라. 그리고 옆에 마련된 환전 기계에 돈을 투입해 300달러를 환전 받은 후, 미리 준비해놓은 배낭에 미르타자핀(Mirtazapine, 항우울제)을 꺼내 복용하고, 망원경이 제대로 작동되는지 확인했다. 생각보다 엘리베이터는 빠른 속도로 올라갔다.

1934
1935
·
·
1978
·
·
1999
·
·
2001
2002

2003이라는 붉은 도트 숫자가 몇 초간 멈춘 후, 문이 열렸다.

제8장 | 이승사자의 사건 파일

밀라노 대성당 앞 갤러리아 바닥에 그려진 로물루스 레무스 디자인과 흡사하게 꾸며진 널찍한 대리석이 펼쳐졌다. 호텔 로비였다. 나는 널따란 데스크에 띄엄띄엄 앉은 세 명의 호텔리어 뒤로 벽에 박힌 로고를 다시 확인했다.

香港文華東方酒店(만다린 오리엔탈 호텔)

제대로 찾아왔다는 생각에 갑자기 온몸에 형언할 수 없는 전율이 흘렀다. 파리에서도 느꼈지만 역시 히라이스의 위력은 생각보다 대단했다.

나는 손목시계를 힐끗 봤다. 시침은 오후 3시 45분을 가리키고 있었다. 그가 나타나기까지 15분가량 남았다.

나는 호텔에 들어선 그의 시작점부터 끝점까지 추적하는 것이 목적이었으므로 반드시 시간을 엄수해야 했다. 호텔 로비라 출입구는 하나였다. 양옆으로 폴딩 도어가 설치된 입구에는 커다란 회전문이 두 개 있었다. 그가 들어오는 것을 보려면 맞은편 계단으로 올라가 적어도 2, 3층에서는 내려다봐야 한다. 하지만 그는 로비에 들어온 후 24층 헬스장으로 향할 것이다. 내 계획은 이러했다. 그가 들어오는 것을 확인한 후, 호텔 엘리베이터에 탑승한다. 그러면 1층에서 올라온 그와 나는 한 공간에 머무는 셈이 된다. 그 다음부터 그를 쭉 추적한다.

생각보다 쉽다. 하지만 엘리베이터가 세 대나 됐으므로 나는 주변의 눈치를 봐가며 세 곳 모두 버튼을 눌러야 했다. 우선 출입구 쪽이 훤히 내려다보이는 맞은편 로비계단을 통해 2층으로 올라선 나는 주변을 확인한 뒤, 핸드폰을 꺼내 만지작거리다가 이내 소스라치게 놀라 다시 집어넣었다.

'2003년에는 아이폰이 없잖아! 이 등신아!!'

하마터면 큰 실수를 할 뻔했다. 나는 아이폰을 주머니에 쑤셔 넣은 뒤, 모토로라 핸드폰을 꺼냈다. 그리고 먹통인 그것을 괜히 조작하는 척했다. 몇 분쯤 흘렀을까? 회전문을 통해 그가 들어왔다. 순간 다리가 풀리는 듯한 충격을 받았지만, 눈을 씻고 봐도 그가 분명했다.

긴 세월 흘렀어도 알 수 있는 매력의 소유자. 환한 이마가 곱고, 사슴같이 맑은 눈망울을 가진 전설의 영화배우 장국영. 데스크에 선 그와 이십 대 초반으로 보이는 여성 호텔리어가 뭐라 뭐라 서로 대화를 주고받더니, 객실 키와 카드 따위를 건네받았다. 그리고 자리를 떠나기 전, 호텔리어와 사진을 찍었다. 아마 그녀는 평생 저 순간을 잊지 못할 것이다. 그가 로비에서 누군가와 통화를 하는 동안 나는 주변을 스치는 인파에 시선을 떨어뜨렸다. 모두 제 갈 길을 가며, 이따금 대스타 장국영을 신기하듯 바라보지만 딱 거기까지뿐인 사람들. 저들은 앞으로 3시간 후에 벌어지는 일을 상상조차 하지 못하겠지.

이윽고 내가 서 있는 2층 계단 턱 밑으로 장국영의 모습이 사라지자 나는 부리나케 세 군데의 엘리베이터를 차례로 눌렀다. 어느 쪽이든 걸릴 것이다. 위에서 서서히 내려온 엘리베이터는 1층에 도착했다. 맨 왼쪽이다!

나는 부리나케 앞으로 달려갔다. 그리고 터질 것 같은 심장을 간신히 참으며 크게 심호흡을 한 번 내쉬었다. 띵 하는 소리와 함께 호텔 엘리베이터 문이 열렸다.

문과 문 사이에서 소박한 미남자가 서서히 눈을 들었다. 내 눈과 마주쳤다. 나도 모르게 더듬거리고 말았다.

"Hi…."

그는 내 인사에 한쪽 입꼬리를 살짝 올리며 눈웃음으로 대신했다. 언제나 자기를 보면 환장하는 열성 팬들을 어떻게 대해야 할지 아주 잘 아는 노런한 톱스타의 자태였다. 그는 청바지와 흰 면티 위에 라이더 재킷을 걸친 차림이었고, 깔끔하게 면도한 반들반들한 턱선이 특히나 눈을 사로잡았다.

그는 24층을 누른 뒤 가만히 고개를 숙인 채 말이 없었다. 내가 버튼 24를 뚫어져라 보면서 그와 한 공간에 있다는 황홀감에 속수무책으로 빠져있을 즈음 다시 문이 열렸고, 이내 사라지고 말았다.

24층 객실 중앙 계단에 몸을 숨긴 나는 망원경 좌측에 달린 잠망경을 길게 뺐다. 그리고 내 수고로움을 덜어주기라도 하듯 정확히 5분 뒤, 그가 다시 나타났다. 그는 복도에 잠시 서서 누군가와 통화를 하는 소리가 들렸다. 나는 시간을 확인했다. 오후 6시 정각이었다. 다시 발걸음 소리가 들렸다. 나는 다시 심호흡을 크게 한 뒤, 망원경을 가방에 넣고 계단에서 내려왔다. 그리고 그를 따라 복도 중앙으로 가기 위해 코너를 돌던 순간,

"니쓰셰야?(누구시죠?)"

하마터면 비명을 지를 뻔한 나는 두 손으로 입을 틀어막았다. 내가 따라붙은 걸 처음부터 알고 있었다. 그는 환하게 웃으며 도리어 입에 검지를 가져다 댔는데, 나를 열성 팬으로 착각했는지 다른 직원에게 눈에 띄지 말라는 듯한 제스처였다.

"저… 그게…."

"아까부터 날 따라왔죠?"

"네. 사실은…."

"괜찮아요. 아무에게도 말하지 않을 테니. 하지만 어서 내려가는 게 좋겠군요."

"왜요?"

"여기는 직원들이 수시로 드나들어요. 스위트룸이니까. 그런데 수상한 남자가 다니는 걸 목격한다면 그쪽 입장이 곤란해질 것 같은데요?"

"그렇군요… 저… 아니, 사실은 그러니까…."

내가 말을 더듬을 동안에도 그는 여전히 웃고 있었다. 남자가 웃는 모습에서 천사가 연상된 적은 태어나서 단 한 번도 없었다. 그는 분명 천사였다. 내 어깨에 손을 올리고 약하게 두드리더니 지나치는 그. 내가 몸을 돌려 소리쳤다.

"당신에게 할 말이 있어요!"

"뭔가요?"

"장국영 씨."

"네."

"혹시 사는 게 힘들어요?"

큭 하고 웃더니 다시 생각해도 웃긴지 몇 번 너털웃음을 터뜨렸다. 누가 봐도 엉뚱한 질문인 건 맞지만, 미래를 안 이상 이보다 더 적절한 질문은 없을 것이다.

"사는 게 힘들어 보이는 건 그쪽 같은데요?"

"제, 제가요? 아… 뭔가 오해하시는 것 같은데 전 당신 스토커가 아니에요. 그저…."

"그저?"

"조, 조금만 힘들어도 힘냈으면 해서요."

하며 파이팅을 하는 왼손을 흔들어 보였다. 손목시계를 확인했다. 6시 15분이었다. 그가 2003년 4월 1일, 호텔 24층에서 뛰어내려서 발견된 시각이 6시 40분. 앞으로 25분이라는 시간이 남았다. 결론은 어떻게든 시간을 끌기 위해 애를 쓰지 않으면 안 된다는 것이다. 나를 빤히 바라보는 그의 눈빛을 보자 이상하리만큼 쑥스러움과 경이로움 같은 묘한 감정들이 마구 뒤섞였다.

"당신은 뭔가 나를 아주 잘 아는 것 같군요."

알다마다!

"전 어, 어릴 때부터 당신 팬이었어요. 나온 영화는 모조리 봤거든요. 물론 〈영웅본색〉도 좋아했지만 사실 〈패왕별희〉야말로 인생 최고의 영화예요. 정말이에요. 이걸 꼭 만나서 말해주고 싶었는데, 으… 지금 저 무지 떨고 있답니다."

"나도 그 영화를 매우 좋아하죠. 또 없나요?"

그가 여유로운 웃음을 지으며 아예 팔짱을 끼고 물었다.

"또…? 아! 〈천녀유혼〉도 좋아해요. 원, 투, 쓰리 다 봤어요. 하지만 그중에선 당신이 나온 원과 투가 제일이죠. 왕조현 씨하고는 지금도 연락하고 지내는지 궁금하네요. 추억의 여신이었죠…. 나중에 중국어를 배워서 결혼하는 게 꿈이었거든요."

"네. 연락하고 지낸답니다. 그밖에 또 기억나는 건 없나요? 제가 찍은 영화는 훨씬 많을 텐데요?"

그가 바지 주머니에 두 손을 낀 채 허리를 장난스레 갸웃거렸다. 자기 앞에서 덜덜 떨고 있는 팬에게 이런 장난을 치는 것을 꽤 즐기는 눈치였다.

"당연하죠! 〈이도공간〉도 봤고. 아! 〈해피 투게더〉를 빼먹을 뻔했네. 참, 그리고 정말 위로받은 영화도 있는데… 미안해요. 제목이 안 떠오르네요. 그게 뭐였더라…."

이런! 이게 무슨 실례야! 나는 넉넉하게 웃고 서 있는 '천사' 앞에서 작아진 듯한 느낌이 마구 들었다. 이번엔 그가 손목시계를 확인했다. 그리고 가야 할 것처럼 몸을 비틀더니,

"만나서 반가웠어요."

하고 악수를 했다. 뭉툭하게 뼈마디 몇 개가 튀어나왔지만, 전체적으로

눈처럼 하얗고 작지만 기다란 손이었다. 나는 경건한 마음으로 그리고 슬로우 모션처럼 천천히 천천히 그 손을 잡았다. 결코, 놓고 싶지 않은 35.8도 정도의 온기.

그는 싱긋 웃으며 이렇게 말하고 사라졌다.

"당신 덕분에 난 항상 이 순간을 기억하겠군요."

그의 엘리베이터가 어디에도 멈추지 않고 지하로 한 번에 향하는 것까지 확인하고 나서야 짧은 탄성이 나왔다.

"아! 〈아비정전〉 대사였어!"

시간을 확인했다. 6시 29분이었다. 남은 시간은 11분.

엘리베이터는 지하주차장이 있는 B3에 닿은 참이었다. 설령 그가 다시 곧바로 24층으로 올라와서 쉬지 않고 뛰어내리기까지는 물리적으로 절대 불가능한 시간이다. 절.대.

후…

나는 한숨을 내쉬었다. 그의 죽음을 저지, 아니 적어도 지연시켰다는 만족감에서.

마리 앙투아네트를 살려내지 못했다는 자괴감이 어느 정도 가라앉았다. 나는 이 여행 후 세 번째 여행을 할 것이고, 그 여행에서도 성공을 거둔 뒤 현재로 귀환할 것이다. 여행사의 캡틴과 세일러는 전혀 낌새를 알아차리지 못할 것이고, 나는 그대로 내 삶으로 복귀하면 그만이다. 이 뿌듯한 기분. 뭔가를 해냈다는 성취감. 가치 있는 삶을 구제하고, 비극을 희극으로 전환하기 위한 노력. 살면서 몇 번 느끼지 못한 기분에 감격했다. 눈물이 뚝뚝 흘렀다. 쓰레기같던 내 삶의 저주를 거둘 수 있다는 생각에.

내 손에는 아직 장국영의 온기가 남아 있었다. 부드럽고 따뜻한 손. 그 어떤 치장도, 멋도 부리지 않았지만 은은하게 풍기던 로션 냄새.

나는 헬스장 입구 옆 계단에 앉아 귀에 이어폰을 꽂고(에어팟은 시대상 시기상조였다) 비니를 꾹 눌러 썼다. 이어폰에서는 줄을 타고 그의 노래가 흘러나왔다.

轻轻笑声
가벼운 웃음소리
在为我送温暖
나에게 따스함을 주고

아아아아악!!!

그때 객실 복도에서 소란스러운 소리가 들려왔다. 나는 반사적으로 한쪽 이어폰을 빼고 벌떡 일어섰다. 온전히 직감에 의한 행동이었다. 복도는 삽시간에 몰린 사람들의 발걸음으로 내 발밑까지 진동이 느껴졌다.

你为我注入快乐强电
너는 나에게 즐거운 전율을 심어주네.

불길한 예감이 스쳤다.

사람들이 모여 있는 창가 쪽으로 비집고 들어갔다. 창밖에는 별안간 먹구름이 드리우면서 제법 굵은 비가 내리고 있었다.

순간 나는 가장 중요한 걸 잊었다는 자각이 들었다. 처음부터 장국영, 그의 죽음을 온전히 '자살'에 무게를 두고 과거에 온 것은 큰 실수였다는 것을 말이다. 해서 내 행동반경은 그가 자살할 수 없는 환경을 조성하는 데에만 머무를 수밖에 없었다. **자살이 아닌 또 다른 가설**… 또 다른 가설을 세웠어

야 했는데⋯ 이거 완전 허를 찔렸다 싶을 무렵,

호텔 밑에는 웅성거리는 인파와 경찰차의 시끄러운 경광등 소리로 아수라장이 되어버렸다. 입구 주변은 물론이고, 주차장으로 진입하는 차량들마저 운행이 정지된 상태였다. 언제 나타났는지 기자들과 방송국 카메라맨들이 장사진을 치고 있었다.

轻轻说声

가벼운 말소리

漫长路快要走过

머나먼 길을 빨리 지나가

나는 서둘러 망원경을 꺼내 들었다.

폴리스 라인이 쳐 있고, 이윽고 구급차가 도착하자 경호원들이 엄호하기 위해 둥글게 에워싸고 있는 모습. 그리고 베레모를 쓴 지역 경찰들과 울먹이는 사람들의 모습이 쌍 렌즈에 잡혔다.

그리고 들것에 실려 가는 '그'도 보였다.

비가 억수같이 쏟아지고 있었다.

终于走过明媚晴天

결국, 아름답고 맑은 곳에 닿았네.

나는 털썩 주저앉고 말았다.

어떻게⋯?

불가능해! 이건 불가능한 일이야!

2003년 4월 1일.

대체 무슨 일이 일어난 거야???

제9장

시한부 소녀의
모험

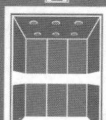

수명이 유한한 인간은 모든 것에 그 끝을 정해놓았는데
그중 저지른 세 가지 어리석음은
사랑, 이념, 그리고 시간이다.

*

주간회의를 마치고 나왔을 때, 응접실에는 캔 음료를 벌써 세 개나 해치운 소녀가 있었다. 세일러들이 무미건조한 눈길로 힐끔거리고 각자 자기 자리로 돌아가자, 또다시 혼자가 된 소녀.

캡틴이 물었다.

"어린 친구가 우리 여행사에는 무슨 일로 왔죠?"

차림새는 딱 붙는 남방에 리본 타이, 근처 여자 고등학교의 것이었다. 물론 지금은 학교에 있어야 할 시간이고.

"명함을 보고 왔어요."

"어떤 경로로 명함을 얻게 됐을까?"

"사실 제가 죽으려고 했거든요? 헤헷. 그런데 한강 다리 난간 위에 이게 있더라고요?"

소녀는 히라이스의 명함을 테이블 위에 올렸다. 몇 번이고 접히고 구겨진 명함.

"음… 그런데 보호자는 어디 계시니? 여행은 혼자 할 수 없단다."

캡틴이 입술을 삐죽거리며 건성으로 말했다.

"왜요? 꼭 보호자가 있어야 하나요?"

"그럼. 당연하지."

"인생 자체가 여행이라면서요. 원래 여행은 혼자 하는 게 진짜 묘미잖아요?"

소녀가 또박또박하게 말했다.

"누가 그러든?"

소녀는 캡틴의 자리 위에 걸린 사훈을 턱으로 가리켰다.

[인생이 곧 여행]

"만에 하나 불미스러운 일이 생기거나 곤란한 상황이 올 때를 대비하기 위해서지. 성인도 여행을 가기 전에는 보험을 들어놓는 법이란다. 하물며 미성년자가 어떻게 혼자 여행을 갈 수 있겠니? 이제 알아들었니? 여행을 가고 싶다면 부모님을 모셔오렴."

"미성년자 혼자 여행할 수 없다는 법은 과거에는 없었잖아요?"

캡틴은 아랑곳하지 않고 자리로 돌아가 할 일을 하기 시작했다.

1시간 후.

깔깔깔.

소녀는 스마트폰 삼매경에 빠졌다. 아마 게임을 하거나 웃긴 영상을 보고 있는 듯했다. 오히려 소녀 쪽에서 사무실 사람들을 안중에 두지 않는 듯한 분위기.

고개를 절레절레 젓던 캡틴 역시 다른 일정 체크를 위해 아이패드를 펴고 있다가 다시 고개를 들었더니, 소녀가 스마트폰 너머로 캡틴을 훔쳐보고 있었다. 그러다 눈이 마주쳐 들키자 다시 얼굴을 가리는 소녀. 그러더니 큭 하고 뭐가 웃긴지 웃음을 터뜨렸다. 낙엽 굴러가는 것만 봐도 웃길 나이라는 점을 감안하자….

캡틴은 애써 소녀를 힐끔 보고 다시 무서운 속도로 업무에 집중했지만 결국 1~2분이 흘러 못 참고 먼저 말을 꺼낸 것도 캡틴이었다.

"얘야. 부모님을 모셔오렴. 그럼 여행할 수 있다니까?"

캡틴이 자포자기한 목소리로 말했다. 벌써 오전 11시다. 이 소녀는 어째서 학교도 가지 않고 여기에 버티고 있는 걸까.

"실은 부모님이 안 계세요."

"미안하구나."

"아저씨가 미안할 일은 아니죠."

"그렇군. 그럼 다른 어른은 안 계시니?"

"언니가 있어요."

"오호, 언니는 그럼 성인…."

"호스피스 병동에."

"정말 미안하구나."

언제부터 이 상황을 주시하고 있었는지, 세일러들의 비난 어린 눈빛이 일제히 캡틴에게 쏠렸다.

"흠… 이거 곤란하게 됐군. 올해 몇 살이지?"

"열여덟 살이요. 하지만 고3인걸요."

"하여튼 그놈의 빠른 연생은 전 세계 대한민국에만 있지. 좌우지간, 수능을 마치고 해가 바뀌면 다시 오려무나. 그럼 가능할지도 모르지."

"저도 그러고 싶지만, 시간이 없어요."

"무슨 말이지?"

"길어야 3개월뿐이라서요."

"뭐가 말이냐?"

"앞으로 남은 제 삶이요."

*

어린 소녀가 췌장암 3기라니! 갑작스레 애도의 분위기가 흘렀다.

"꼭 여행하고 싶어요. 생애 마지막 여행이요."

"저런…! 미안하구나, 얘야."

"왜 자꾸 미안하다고 하세요?"

"도움이 되어주지 못해서 말이다. 그렇다고 규정을 어길 수는 없고…."

"규정을 어기면 어떻게 되나요?"

"본부에서 또 감사가 나오겠지. 우리 지점은 징계처분을 받게 될 테고. 뭐 이런 이야기까지 어린 학생한테 할 소린 아니다만."

"에이. 기껏해야 징계잖아요. 저라면 죽는 것보다 징계 받는 것을 택하겠어요."

"휴… 그래도 너무 부정적으로 생각하지 않았으면 좋겠다. 미래는 더 나을 수도 있잖니."

"무슨 근거로요?"

"암이 정복된다든지…하는? 요즘 뉴스를 보니 머지않아 그런 날이 올 것 같더구나."

"히힛. 아저씨 바보구나. 머지않았다는 건 10년 안에 임상시험 들어간다는 거예요. 그리고 그게 상용화되려면 20년은 있어야 하고. 또 우리 같은 일반인이 쓰려면 30년은 걸릴걸요? 물론 이것도 어디까지나 상상일 뿐이죠. 암이 그렇게 쉽게 정복될 녀석은 아니란 건 저도 다 알아요."

"종알종알 말대꾸할 힘이 있는 거 보니 오래 살 것 같구나."

"그리고 설령 지금 치료할 수 있다 해도… 우리 집은 그럴 만한 돈이 없어요."

"그럼 그 여행비용은 어디서 난 건지 말해줄 수 있겠니?"

캡틴이 테이블에 올려진 꾸깃꾸깃한 만 원 뭉치를 눈짓으로 가리켰다.

"대학 등록금으로 쓰려고 했던… 했.었.던. 돈이요. 여행비용으론 턱없이 부족하겠지만…."

어느샌가 세일러들은 모두 한마음이 되어서 하던 일을 멈추고 간절한 눈빛으로 캡틴의 답변을 기다렸다.

"이거 원, 골 때리는 고객이 또 왔군."

"그럼 제게 여행상품을 파는 거죠?"

"이렇게 쉽게 팔 거라고 생각하는 건가? 미성년자한테? 날 뭘로 보고!"

"곧 성인이 돼요. 그냥 몇 달만 당겼다고 치면 되죠."

"우린 몇 달 정돈 기꺼이 기다려줄 수 있지."

"정말 너무해요! 제 소원이라고 하잖아요! 시한부 소녀의 소원도 못 들어줘요?"

"그래서 더더욱 안 된다는 거야. 병이 다 낫거든 오렴."

"인솔자 서비스도 신청할 수 있어요. 이게 다예요. 정말."

자포자기하듯 소녀가 치마 주머니에서 지갑을 꺼내 오만 원 몇 장을 더 올려놓았다.

"인솔자 옵션은 당연한 거고. 수능 이튿날까진 허용하마."

"올인. 나머진 꼭 잔금 치를게요."

잠시 후, 캡틴은 끙-하는 신음과 함께 못 이기는 척 팔짱을 풀었다. 그리고 아주 재빨리 상담석의 의자를 끌어다 주며 싱긋 웃었다.

"앉으시죠, 고객님."

*

"안녕? 일단 내 소개부터 할게. 내 이름은 윤혜진, 세일러 4년 차지. 편하게 윤 셀이라고 불러. 주로 담당하는 시대는 19세기와 20세기고. 전문영역은 문화와 역사. 그리고…."

"우와! 멋있어요!"

엘리베이터 멀미약을 먹고 나니 속이 편해졌는지 세령이 엄지손가락을 치켜들었다.

"저는 세령이에요."

도시적이고 성공한 커리어우먼의 인상을 풍기는 깡마른 체구의 윤 세일러는 계약서에 기재된 대로 층수를 조작한 뒤, 만족스러운 듯 입술을 씰룩이더니 이어서 말했다. 그녀는 자신의 턱만큼이나 뾰족한 구두를 신고, 한 손에는 하얀 면장갑이 들려 있었다.

"계약서를 보니까, [성지순례] 테마상품을 샀더라? 1912년 4월 14일로 말이야. 뭐 그 시대는 내 전문이지. 잘 선택했어."

"언니가 저와 같이 여행 가주시는 거예요?"

"그래. 싫으니?"

"아뇨! 히힛 고마워서 그렇죠! 정말 너무너무 고마운걸요?"

"너무 그럴 거 없어. 다 월급 받고 하는 일이니까. 그나저나 귀 좀 그만 만지지 그래?"

세령이 엄지손가락을 양쪽 귓구멍에 넣고 인상을 찌푸렸다.

"너무 먹먹해서 그래요!"

"당연하지. 고도가 변하니까."

"엘리베이터 타는데 무슨 고도예요? 비행기도 아니고."

"보통 비행기는 지상으로부터 1만 피트 정도 뜨면 멍멍하고 이명이 생기지. 하지만 봐. 우린 고작 몇 피트 정도가 아니라 몇십 년, 몇백 년을 거스르기도 한다고."

침을 꿀꺽 몇 번 삼키더니 괜찮은지 헤-하고 어린아이처럼 웃는 세령.

"사실 저 태어나서 처음 여행을 떠나 봐요! 그래서 너무 설레서 죽을 것 같아요! 어차피 죽을 목숨이지만요."

"네 유머에 어떻게 웃어줘야 하니?"

"엄마, 아빠가 일찍 돌아가시고 언니랑 친척 집 전전하느라 그런 여유를 부릴 틈이 없었거든요. 당연히 함께 가줄 사람도 없고요. 그래서 죽기 전에 여행해보고 싶어요. 이렇게 일찍 죽는 거 너무 억울하고 분하잖아요. 그래서 남들이 못하는 거 해보고 싶었어요. 바로 과거여행이죠! 명함을 본 건 정말이지 천운이었던 것 같아요!"

"모르긴 해도 아마 그럴 거야."

"뭘요?"

"천운이라고. 네 말대로."

1947

1946

1945

·

·

·

"근데 아까 그 아저씨가 여기 사장이에요?"

"사장이 아니라 지점장, 정확하게는 캡틴이라고 부르지."

"캡틴."

"그래. 서울지점 대표셔. 재일교포 출신으로 과거에는 도쿄지점에서 말단 세일러부터 차근차근 밟아온 전설로 통하지. 모두에겐 성공의 표본이랄까."

"재일교포요? 한국 사람이네요?"

"일본 혼혈이란 이야기도 있고, 자세한 건 나도 몰라."

"어쨌거나 보기완 다르게 대단하시네요?"

"대단하지. 곧 런던본부에 차기 부회장 후보로 유력한 분이니까."

"런던에도 있어요?"

"그래, 본부."

"와우. 언니도 그 아저씨가 롤모델이에요?"

"내가? 미쳤어?"

그러면서 윤 세일러는 CCTV쪽을 힐끔 올려보더니 귀에 속삭였다.

"캡틴은 돈밖에 모르는 사람이라고. 봤잖아, 네가 전 재산을 걸자 바로 승낙한 거."

"그래도 뭔가 달라 보였어요."

"무슨 뜻이지?"

"나쁜 사람 같아 보이진 않았다고요."

"그렇게 생각했다면 잘못 짚은 거야."

1920

1919

1918

·

·

·

어느덧 엘리베이터가 차츰 가까워지고 있었다.

"와. 엘리베이터 탄 지 1분도 안 된 것 같은데 벌써 도착이라니! 대박이에요!"

"요란 떨 거 없어. 자, 이제 도착하면 망설이지 말고 바로 뛰어나가는 거야, 알겠니? 종종 겁이 나서 도로 올라가겠다고 하는 사람도 있었어. 설득하느라 얼마나 애를 먹었는지 몰라. 무서워할 거 없어. 자연스럽게 행동하면 돼. 겁먹지 말라고!"

"알겠어요!"

1914

1913

·

·

·

1912에 도착하자 엘리베이터 문이 양옆으로 열렸다. 순간 틈새로 눈부신 빛줄기가 날아들었다. 반쯤 눈을 찡그리니 저 멀리 넘실거리는 푸른 바다와 수평선이 보였다. 윤 세일러가 물었다.

"그런데 1912년에 오고 싶어 한 특별한 이유라도 있니? 웬 바다지?"

"네! 타이타닉호를 타기 위해서죠!"

깔깔깔.

세령은 얼굴이 파랗게 질린 윤 세일러의 손목을 잡고 엘리베이터 밖으로 뛰어들었다.

*

두 사람의 옆으로 시대의 인파가 스쳐 갔다. 저절로 입이 떡 벌어져 좀처럼 다물 수 없었다.

기다란 꼬부랑 수염을 기르고 프록코트를 입은 신사가 자신만만한 눈빛으로 지나가고, 난간에는 햇빛 미명에 물든 양산으로 조명효과를 보는 젊은 여성들이 삼삼오오 무리 지어 있었다. 그런 그녀들이 한데 어우러져 있는 풍경은 화려하지만, 정교한 잘 가꿔진 화원을 보고 있는 착각마저 불러일으켰다.

"와… 엄청나요!"

"혹시나 해서 하는 말인데, 우리는 관광을 온 거란다. 알았지?"

'관광'에 힘주어 말하면서, 최대한 그녀들과의 문화적 거리감을 좁히기 위해 클래식한 가죽가방을 손목에 걸어 주었다. 그때, 등 뒤에서 허리를 치고 넘어지는 아이. 일고여덟 살 먹은 남자아이가 다시 까르르 웃으며 일어나 뛰고 연이어 또 다른 아이가 그 뒤를 따랐다.

"이런…! 이 옷이 얼마짜린데!"

"그 옷 언니 거예요?"

"아니."

윤 세일러가 가볍게 받아쳤다.

"어디서 난 거예요? 아까부터 궁금했어요."

"당연히 소품이지."

"우리 마치 연극 하는 것 같아요!"

"인생이란 무대 위 한 편의 연극이지."

"네?"

"셰익스피어가 그랬어. 어쨌든 옷 대여료도 다 경비에 포함되는 거니 망가지면 고객만 손해야. 명심해둬."

"물어줘야 한다고요? 으, 갑자기 불편해졌어요."

"걱정하지 마. 아직 옷은 멀쩡하니까."

윤 세일러는 그러면서 "하여간 시대를 막론하고 어린 애들이란…" 푸념을 늘어놓았다.

"그런데 왜 타이타닉호를 타고 싶어 하는 거야?"

"그냥 역사적인 순간을 느끼고 싶어서요."

"단지 그것뿐?"

"뭐 타이타닉이라는 거대한 배를 실물로 보고 싶기도 했고."

"또 혹시나 해서 하는 말인데, 우리는…."

"관광을 온 거죠!"

세령은 윤 세일러와 함께 난간에 기대 먼바다를 응시했다. 갑판에서 내려다보는 바다는 훌륭한 한 폭의 그림과도 같았다. 아직 해가 길지 않은 계절이라 금방 뉘엿뉘엿 노을이 졌다. 스산한지 팔뚝을 비비며 하나둘 객실

로 돌아가는 여자들. 그녀들이 지나갈 때마다 사각사각 치마를 끄는 소리
가 났다. 당장 셀린 디온의 'My Heart Will Go On'을 들었으면 더할 나위 없
이 완벽한 순간이라고 생각했다.

"아까는 미안했어요."

그때, 누군가 윤 세일러의 치맛자락을 붙잡고 섰다. 아까 장난을 쳤던 남
자아이였다.

"엄마한테 혼났어요. 뛰어다니다 숙녀분들에게 실례를 저질렀다고요."

"그래서 사과하러 왔니?"

"네."

"괜찮아. 이름이 뭐니?"

"잭이요."

세령이 놀라 끼어들었다.

"잭??"

"왜요?"

"이름이 잭이라고? 네가? 세상에!"

윤 세일러는 고개를 절레절레 저으며 귓속말로 속닥였다.

"잭은 흔하디흔한 이름이야. '그 잭'이 아니라."

플랫캡(헌팅캡)을 단정히 쓴 아이는 웃음기가 사라지고 보니 아까보다 조
금 더 성숙한 얼굴이었지만, 여전히 양쪽 광대뼈에는 장난기가 가득했다.

"내 이름은 세… 아니 레이첼이야!"

"반가워요, 레이첼."

윤 세일러는 못 말리겠다는 듯이 아예 두 손을 드는 시늉을 했지만, 두
사람은 그 후로도 몇 마디 더 나누었다.

잭과 헤어지고 저녁이 됐다. 아예 해가 가라앉자, 윤 세일러가 물었다.

"있잖아. 좋은 소식과 나쁜 소식이 있어."

"매도 먼저 맞을래요. 나쁜 소식!"

"8시간 후에 이 배는 침몰해."

"알아요. 그럼 좋은 소식은요?"

"네게 주어진 시간도 8시간이지."

"그것밖에 안 되나요? 난 3일로 알고 왔는걸요?"

"당연히 3일이지."

"그렇죠?"

"바다 위에서 안 죽고 살 수 있다면?"

세령이 미간을 찌푸렸다.

"다른 보통 [성지순례] 상품이라 하면 여기저기 쏘다녀도 모자랄 판에 대체 이놈의 배엔 뭐 하러 탑승해서 시간을 죽이는지 아직도 모르겠어. 곧 가라앉을 배에 오려는 이유를 말이야. 단지, 관광이 다가 아닐 것 같은데?"

"우리 언니는 호스피스 병동에 있어요."

"그래 알아."

"사람들은 언니가 언제 죽을지 모른다고 하지만, 저는 그렇게 생각하지 않아요."

"살아날 거라고?"

"이미 죽은 거라고요."

"말이 너무 심한데?"

윤 세일러는 휘둥그레진 눈으로 턱을 당겼다.

"호스피스 병동에 가기 전부터 언니는 늘 아팠고, 하루하루 죽은 듯이 보냈어요. 아무 감각도, 희망도, 의지도 없이 말이죠. 사람에게 희망이 없으면 죽은 거나 마찬가지라는 걸 그때 깨달았어요. 살아도 산 게 아니구나 하고. 하지만 저 사람들은요?"

그녀는 세령이 가리킨 쪽을 보았다. 3등석 사람들의 시간은 지금부터라는 듯이 북적거리며 술을 마시고 전혀 촉촉하지 않은 쿠키를 먹으며 들떠 보였다. 한쪽에서는 놀음을, 다른 한쪽에서는 추파를 던지는 남녀가, 그리고 잠들지 않은 어린아이들의 흥분에 찬 노랫소리가.

"저 사람들은 자기들이 죽을 거란 걸 모르잖아. 당연히 신날 수밖에. 나라도 그러겠네."

"제가 인터넷 검색을 해보니깐요. 저 사람들은 타이타닉호에 탑승하기 전부터 모두 사는 게 팍팍하거나 빈민가 사람들이었어요. 고칠 수 없는 질병과 가난 속에서 죽을 고비를 넘기거나, 아니면 죽음을 간접 경험한 사람들이요. 아까 들어보니까 저 아줌마, 그러니까 앞치마 같은 치마를 덧대 입고 파란 블라우스를 입은 뚱뚱한 아줌마요. 저분은 결핵으로 막내아들을 잃었다고 하더라고요. 하지만 봐요. 저렇게 밝잖아요."

거기엔 역시 뚱뚱한 중년의 여성이 자신의 반의반 정도 될 법한 홀쭉한 남편의 멱살을 흔들며 호쾌하게 웃고 있었다. 물론 만취 상태지만.

"뉴욕으로 가면 희망이 있을 거예요. 이 배는 저 사람들을 희망의 나라로 실어다 주고요."

"그러나 결국 곧 가라앉기도 하지."

"모든 배가 영원히 항해할 수는 없는걸요? 결국, 가라앉게 되어 있어요, 언젠간. 인생도."

세령은 잠시 침울했지만, 다시 방긋이 웃어 보였다.

"그냥 저 사람들의 저 활기찬 모습이 좋아요. 죽기 전까지도 저렇게 행복한 모습 보고 있으면 나도 용기가 나요."

"열심히 살아갈 용기?"

"죽음을 무서워하지 않을 용기요."

*

이민을 꿈꾸는 영국인 가족 중에는 잭도 있었다. 어른들 틈바구니에서 몰래 테이블 위에 비스킷을 한 입 먹더니 다른 몇 개도 집어 주머니에 넣었다. 그리고 이쪽으로 뛰어와 세령에게 건넸다.

"먹을래요, 레이첼?"

주머니에서는 다 부서진 비스킷 조각이 흘러나왔다.

"고마워. 안 그래도 배고팠어."

"그럼 잘 됐군요!"

"있잖아. 내가 비밀 하나 말해줄까?"

세령은 윤 세일러가 먼바다를 보며 망중한을 즐기는 걸 확인한 뒤, 장난기 가득한 얼굴로 말했다.

"뭔데요?"

"내가 제일 좋아하는 영화배우도 '잭'이라는 이름으로 영화에 나왔어."

"정말요? 그게 누군데요?"

천기를 누설하지는 말자, 하는 심정으로 세령이 말했다.

"레오나르도 디카프리오."

"잘 모르겠어요."

잭이 어깨를 으쓱했다.

"하지만 내가 더 멋있을걸요?"

"맞아."

기분이 좋은지 잭이 싱긋 웃었다. 부는 바람결에 그의 백발에 가까운 금

발이 아름답게 휘날렸다.

"나도 비밀 하나 말해줄까요?"

"뭔데?"

잭은 키득키득 웃으며 사방을 살폈다. 그리고 다가와 귓속말로 말했다.

"아까, 레이첼이 벽에서 나오는 걸 봤어요."

*

세령은 하마터면 소리를 지를 뻔했다. 패색이 짙은 얼굴로 윤 세일러 쪽을 바라보았지만, 다행히도 바다 구경에 여념이 없는 듯했다. 게다가 능숙한 영어 실력으로 어느 신사와 잡담까지 나누는 여유를 부리고 있었다.

히라이스의 비밀이 밝혀지면 안 된다. 더구나 넓다면 넓고, 좁다면 좁은 이 배 안에서 비밀이 밝혀지면 벗어나기가 더욱 곤란해진다.

"레이첼 혹시… 마녀예요?"

걱정스러운 얼굴로 잭이 손나팔을 입에 가져다 대고 물었다.

"뭐?"

"사람들한테 들킬까 봐 무서워요?"

"아… 그게 말이야… 나는….''

"우리 할머니가 그러는데 할머니의 할머니의 할머니가 옛날에 마녀였대요. 그래서 불에 타 죽었대요. 그런데 마을 사람들이 모두 슬퍼했던 거로 봐서는 착한 마녀였던 것 같아요."

"착한 마녀라니? 무슨 말을 하는 거지 잭?"

"나한테 털어놔도 돼요."

"뭘?"

"나는 레이첼이 착한 마녀라는 걸 알아요. 그래서 무섭지 않아요."

이왕 이렇게 된 이상 잭의 시나리오대로 맞춰 주는 것 외에는 별다른 방법이 없었다. 게다가 윤 세일러가 알게 된다면 당장 돌아가자고 우길 게 뻔했다.

"그래. 잭. 비밀을 지켜줄 수 있지? 사람들이 알면 날 해코지할 수도 있으니까."

"당연하죠!"

이를 앙다물고 벌떡 일어나 주먹을 쥐어 보이는 잭. 마치 중세시대 기사라도 된 양 결의가 엿보이는 표정이었다.

"잭! 이 빌어먹을 놈아! 어서 오지 못해?"

그때, 잭의 어머니로 보이는 여성이 이쪽을 향해 주먹을 휘둘렀다. 과한 음주 탓에 두 광대가 붉게 타오르는 뚱뚱한 체격의 그녀는 그 후로 뭐라 뭐라 했지만 이내 뒤로 쿵 하고 나자빠졌다. 주변 어른들이 그녀를 일으켜 세우려 했지만, 워낙 뚱뚱해 결국 바닥에 버려두고, 다시 무신경하게 술판이 벌어졌다.

"우리 엄마는 원래 저래요."

웃으며 어깨를 으쓱하는 잭을 향해 드높은 자존심을 상징하기라도 하듯 빳빳하게 잘 다려진 하얀 칼라를 세운 신사가 다가왔다. 한 손에는 램프를 들고.

"미안하지만, 어서 가보는 게 좋겠구나, 3등실 꼬마야."

하면서, 자신이 말을 걸어 준 상대에 대한 혐오감으로 싸늘하게 시선을 거두고 지나쳤다.

"이만 가봐야 할 것 같아요, 레이첼."

"벌써? 아쉽네."

"나는 키가 땅콩만 해서 일찍 자야 키가 쑥쑥 큰댔어요. 그럼 내일 또 봐요."

"응!"

응?

세령은 문득 선상 위로 펼쳐진 하늘을 올려봤다. 이미 석양은 자취를 감추었고 하늘은 온통 칠흑 같은 까만 어둠이 몰려오고 있었다. 내일은 없어…! 남은 시간은 7시간뿐이야. 잭이 지금 잠든다면 그것으로 끝이다.

"잭!!"

잭이 뒤돌아봤을 때, 세령은 격앙된 감정을 추스르지 못하는 것처럼 붉게 상기된 얼굴을 하고 있었다.

"네?"

"우리 모험 안 할래??"

"모험이요?"

세령은 구경에 여념 없는 윤 세일러 쪽을 힐끗 보더니 말했다.

"응! 타이타닉호의 모험!"

*

"레이첼, 우리 이래도 되는 건지 모르겠어요."

붉은 양탄자로 길게 깔린 복도를 사뿐사뿐 걸으며 잭이 물었다.

"겁낼 필요 없어. 너도 어엿한 타이타닉호의 승객인데?"

"하지만 난 3등실 승객이죠."

"벽을 허무면 그게 다 무슨 소용인데?"

"벽을 왜 허물어요? 허물어질 일이 없잖아요."

"아, 그건…."

세령은 말을 억지로 삼키고, 애써 웃어 보였다.

"집중해, 잭! 내가 말했지? 우린 타이타닉호의 모험을 할 거라고."

"걸리면요?"

"걸릴 일이 없지. 이건 말 그대로 모험이니까!"

"그래도…."

"내가 누구랬지?"

"레이첼?"

"내 정체 말이야."

"아하, 마녀!"

"그래. 착한 마녀! 착한 마녀는 널 위해 소원을 들어줄 수 있어."

두 사람은 어느 거대한 목제 여닫이문 앞에 다다랐다. 한 차례 심호흡하고 양쪽을 활짝 열어젖혀야 할 만큼 문은 무거웠다. 이윽고 널찍하고 호화로운 홀의 광경이 펼쳐졌다.

"와… 영화에서 본 것과 똑같아. 제임스 카메론도 과거여행을 했던 걸까?"

"그 사람이 누군데요?"

"아무것도 아니야."

홀의 중앙 천장에는 수없이 많은 촛불로 이루어진 샹들리에가 걸려 있었고, 그 밑에는 잘 차려입은 1등실 사람들이 환담하고 있었다.

거기엔 처음 갑판 위를 봤을 때의 '화원'을 연상케 하는 아름다운 귀부인들이 저마다 부채로 입을 가리고 웃고, 검정색 톱햇을 반듯하게 쓴 신사가 어느 숙녀에게 춤을 청하기도 했다. 숙녀가 연보라색 실크장갑을 쓴 손을 내밀자 가벼운 입맞춤을 한 뒤 리듬을 타는 두 사람.

세령은 먹음직스러운 음식이 줄줄이 끊이지 않고 들어오자 완전히 넋이 나간 상태였다. 무슨 음식인지는 알겠는데 한 번도 먹어본 적 없는 것투성이였다. 그럴 필요까지 있을까 싶을 정도로 사소한 것에도 멋과 품위를 뽐낸 것들이었다.

"독특한 숙녀와 꾀죄죄한 꼬마께서 뭐가 필요하신가요?"

그때, 한 손에 마실 것과 쿠키류가 담긴 플레이트를 들고 있는 웨이터가 다소 위압적인 눈빛으로 내려다보며 물었다. 그러면서 그는 둘의 신분을 가늠해내기 위해 애쓰는 눈빛이었다.

"모험하는 중이니까 방해하지 말아요."

잔뜩 주눅 든 잭의 손을 잡고 세령이 당돌하게 샴페인잔을 들어 단숨에 들이켰다. 서서히 커지는 웨이터의 두 눈.

"이제 보니 이상한 숙녀군요."

차츰 주변의 시선이 하나둘 쏠리기 시작하자, 세령은 잭의 손을 잡고 냅다 달렸다. 1등실 연회장을 벗어난 두 사람은 아무 곳이나 뛰어 들어갔다. 이번엔 어느 방이었다.

침실과 파우더 룸 중간에 응접실이 있는 구조였고, 거기엔 안락한 소파와 벨벳 소재의 방석이 깔린 오일 처리한 원목 의자가 감각적으로 배치되어 있었다. 그 옆 삼각 다리 테이블 위에는 예쁜 보석함이 놓여 있었지만, 왠지 열어볼 엄두가 나지 않았다. 보석함을 제자리에 올려놓고 방 안을 둘러보았다. 작은 책꽂이에는 가죽으로 제본된 두꺼운 책들이 여러 권 있었다. 그중에 익숙한 활자가 눈에 들어왔다. 《Don Quixote》…

"영화에서는 이런 곳이 로즈의 방이었지…."

탐험하는 기분이 들자 세령은 한껏 들떴다. 잭도 구경하느라 얼이 빠진 듯했다. 그의 아담하고 왜소한 체구가 왠지 이 방에 어울리지 않는다는 생각이 들자 서글펐다.

"잭, 이것 봐!"

세령은 떡갈나무로 깎아 만든 옷장에서 턱시도를 꺼내 들었다. 옷에서는 독특한 향이 났다.

"우와! 너무 멋있어요!"

"한번 입어볼래?"

잭이 두 눈이 휘둥그레졌다.

"하지만 너무 큰걸요? 게다가 누가 올까 봐 무서워요!"

그의 말이 끝나기도 전에 세령은 거울 앞으로 잡아끌었다. 그리고 붉은 루비가 박힌 검정색 보타이를 목에 둘렀지만 가느다란 잭의 목에는 여전히 헐렁거렸다. 그리고 어깨가 광활한 턱시도를 위에 걸치자 잠시 후 두 사람은 웃음보가 터졌다.

"잭! 너무 멋있어! 정말 딴사람 같아! 크큭!"

"이것 너무 값이 나가 보여요! 둘레도 너무 넓고요!"

"이럴 때 아니면 언제 해보겠어?"

"그러게요. 레이첼도 저 옷을 입어 봐요!"

"아니야, 난 모자만 써볼래."

세령은 커다란 리본이 달린 모자를 조심스레 꺼냈다. 삐딱하게 쓰고 시폰 베일을 비스듬하게 내리자 꽤 그럴싸했다.

"너무 아름다워요, 레이첼! 꼭 고귀한 아가씨 같아요!"

잭이 두 손을 모으며 천사를 본 것 같은 황홀한 눈빛으로 말했다.

그때, 복도에서 발걸음 소리가 들려왔다. 소리는 이내 문 앞에서 멈췄고

문고리를 여는 소리가 들렸다.

"숨어!"

침대 밑에 납작 엎드린 두 사람은 밖에서 나는 소리에 귀를 기울였다. 두 남성의 것이었다.

"쏟아져 나오는 석유만 6천만 배럴이라고, 제임스! 벼락부자 되는 길은 쉽다고!"

"그래. 남들이 안 가는 길이 진정한 길이지."

"말 잘했어. 다들 자유의 여신상을 보고 숭상할 때, 나는 캘리포니아를 바라봤지. 이제 돈 들어올 일만 남았다고."

"정말 자넨 못 말려. 배 안에서까지 일하려 하다니."

"일이라니? 아하 그 3등실의 싸구려 여편네?"

한 사람이 침대에 걸터앉자 프레임의 삐걱하는 소리가 불쾌하게 들렸다. 다른 한 신사는 의자에 걸터앉아 다리를 꼬고 이어서 말했다.

"그래. 자기 자식들을 다섯이나 팔아넘기다니. 도박에 눈이 먼 불쌍한 여자야."

"나야 좋지. 싼값에 부려먹을 인력을 구했으니 말이야."

그 후로 두 신사는 사업과 관련한 이런저런 이야기를 주고받았다. 모두 저급하고 부질없는 이야기였다. 하지만 잭의 표정이 점차 굳어갔다.

1시간쯤 숨어있던 두 사람은 신사들이 방을 나간 틈을 타 날쌔게 빠져나와 지하로 향했다. 거기엔 웅장한 배관 파이프들로 이루어져 있었고, 석탄실과 보일러실을 연결해주는 통로가 있어 온도는 따뜻했지만, 삐걱거리고 날카로운 쇠붙이 소리로 귀가 먹먹했다. 이윽고 복도를 빠져나오자 소음이 잦아들었다. 세령이 문득 돌아보았을 때, 잭은 침울함을 감추지 못했다. 목에는 아까 1등 객실에서 훔쳐 온 보타이가 어쩐지 가여운 모습으로 초라하게 매달려 있었다.

"우리는 뉴욕이라는 곳으로 갈 거랬어요, 아빠가. 거기에 고모가 살고 있거든요."

"아하."

"그리고 우리가 학교에 다닐 수 있도록 아빠와 엄마는 매사추세츠라는 곳에 가서 일한다고 했어요. 우릴 도맡아 길러주는 건 고모의 몫이라고 했고요, 그런데…."

"그런데?"

"엄마는 우리 남매를 팔아넘기려나 봐요. 도박 빚을 갚으려고."

*

"그럴 리가 있니. 엄만데?"

"실은 새엄마예요. 진짜 엄마는 동생을 낳다가 하느님 곁으로 갔어요."

세령은 그제야 초저녁 무렵, 갑판 위에서 술에 절어 주먹을 휘두르며 소리친 뚱뚱보 여자를 떠올렸다. 누가 봐도 친엄마의 얼굴에서 나올 수 없는 표정이었다.

잠시 머뭇거리다가 잭의 손을 잡고 인적이 드문 계단 벽을 등지고 나란히 걸터앉았다. 세령이 한 계단 아래에 앉자, 비로소 두 사람의 시선이 비슷하게 마주쳤다.

뭐라고 위로해야 할지 갈피를 못 잡은 세령과 달리 잭은 도리어 덤덤한 표정이었다. 정말로. 그 후로 잭은 왜 아빠는 흑인과 말도 섞지 말라고 하는지 이해할 수 없다고 말했고, 그 외에도 벌에 쏘이지 않고도 꿀을 긁어내는 법이라든가 핼러윈 데이에 유령에게 붙잡혀 가지 않는 전략 등 시시콜콜한

이야기에 대해 실컷 떠들었다. 어린아이에게 있어서 쏟아지는 끊이지 않는 수다는 그 아이의 전부다. 비밀마저 알려주고 싶을 만큼 상대를 신뢰한다는 뜻이다. 세령은 문득 잭에게만큼은 솔직해져야 한다고 생각했다.

"있잖아. 나는 사실 죽을병에 걸렸어."

"죽을병이라뇨?"

"앞으로 나는 3개월밖에 못 살 거래."

"정말 죽…는다고요?"

"응. 아마도. 분명."

"맙소사! 말도 안 돼! 마녀인데 어떻게 죽어요?"

"마녀도 죽어."

"말도 안 돼! 거짓말 말아요."

"너희 할머니의 할머니의 할머니도 마녀였지만 죽었다며."

"네… 착한 마녀였죠."

잭이 다시 **'착한'**을 붙여 정정했다.

"그러니까 나도 죽지."

"살 가능성은 없어요?"

"있어. 어쩌면 5%?"

"어떻게 하면 살 수 있는데요?"

"운도 따라줘야 해. 돈도 그만큼 많이 필요할 거고. 내 몸도 버텨줘야 하고…."

잭은 잠시 숙연한 얼굴을 하고 무겁게 입을 열었다.

"그럼 이렇게 돌아다닐 때가 아니죠."

"왜?"

"치료해야죠. 병 낫게."

"아니, 잭. 나을 수 없어. 끝났다고. 하지만 괜찮아."

"거짓말."

"정말이야."

"가족들은 이 사실을 알아요?"

"가족도 없어. 언니도 호스피스… 그러니까 언니도 곧 죽을 거야. 내 옆엔 아무도 없어."

"…."

"대학도 가고 싶고, 연애도 하고 싶고, 결혼해서 예쁜 아기도 낳고 싶은데. 어쩔 수 없어. 하지만 괜찮아. 이것도 내 인생인걸? 받아들이기로 했어. 오히려 홀가분해."

"레이첼."

잠자코 듣고 있던 잭이 자신의 목에서 붉은 루비가 박힌 보타이를 풀었다. 아니 푸는 법을 몰라 억지로 얼굴 위로 밀어 올리자 눈썹과 눈꼬리가 동시에 위로 뻗쳤다. 잠깐이지만 터뜨리는 웃음.

"이거 가져요."

"왜? 나한텐 필요 없는데?"

"내 선물이에요."

"풉! 이거 우리 훔친 거잖아."

"이 정도는 훔쳐도 돼요. 그 나쁜 아저씨가 나를 데려갈 테니까요. 배에서 내리면."

"잭…."

"고마워요. 처음으로 선물을 받아 봐요."

"설마?"

"정말인걸요? 여덟 살 인생에서 최고의 행운은 도박에서 딴 티켓으로 레이첼을 만난 거예요."

'여덟 살 인생'이라 말할 때의 그 진지한 표정에 세령이 가볍게 웃었다.
그리고 짧은 탄식을 터뜨렸다.

"아…! 영화 대사 같잖아 이건?"

"네? 정말이에요. 우리 아빠가 딴 것 맞아요. 비록 도박이지만."

내 인생의 가장 큰 행운은 도박에서 딴 티켓으로 당신을 만난 거야.

영화 속 디카프리오의 대사를 떠올린 세령은 긴 한숨을 털어냈다.

"아… 아니야. 아무래도 네가 하는 게 좋겠어."

배에서 무사히 내리든, 영영 내리지 못하든 어느 쪽이든 간에 잭의 앞날
은 순탄치 않을 것이다. 세령은 잠시 쥐고 있던 보타이를 다시 잭에 손에 쥐
여주었다. 이번엔 힘을 꼭 실어서.

"잭! 이건 네가 가져! 알았지? 그리고 반드시 살아남아야 해!"

하며, 목에 다시 걸어 주었다.

그때였다.

"김세령!!!"

뒤를 돌아보니 복도 끝에서 윤 세일러가 잔뜩 화가 난 채로 씩씩대며 서
있었다.

"저게 무슨 말이죠, 레이첼?"

윤 세일러가 두 주먹을 불끈 쥐고 황소처럼 콧김을 뿜어내며 이리로 다
가왔다.

"나 이만 가 봐야 할 것 같아…."

"벌써 헤어지네요."

"잠깐! 잭, 너 단어 읽을 줄 알아?"

"어느 정도는요."

"그럼 Deck는?"

"알 것도 같고….."

"갑판 위라는 뜻이야. 그러니까 배 위. 우리 처음 만난 곳 말이야. 있잖아, 이따 몇 시간 후에 여기 벽에 Deck로 쓰여 있는 대로 올라올래?"

"왜요?"

"꼭 올라가! 그리고 작은 배가 있으면 꼭 타고. 알았지? 네가 탈지, 안 탈지 모르겠어. 하지만 탔을 거라고 생각해."

"탔을…거라고요? 레이첼 도대체 무슨 말하는 거예요? 어려워요."

세령은 윤 세일러가 이쪽으로 오는 속도를 봐가며 말을 재촉했다. 그녀는 동그랗게 굽이진 계단을 멀미 나듯이 뛰어 내려오고 있었다.

"지금부터 내가 하는 말 똑바로 들어. 한 번만 말할게. 지금부터 2시간 후에 네 가족들을 데리고 무조건 Deck로 올라가. 객실이나 복도에만 있지 말고, 알았지? 네 말대로 나는 착한 마녀야. 그래서 너에게 알려주는 거야. 기도만 하지 말고. 선장의 기다리라는 말은 무시해도 좋아. 모든 귀를 틀어 막고 무조건! 내가 시키는 대로 할 수 있겠어?"

"레이첼… 도대체 왜…?"

"우리가 방금 왔던 이 복도를 그대로 따라서 올라가."

"하지만 막혔잖아요. 게다가 2등실 근처만 가도 쫓겨날걸요."

"아무도 널 쫓아낼 수가 없어. 그땐 아수라장이 되어버리고 마니까."

"아수라장이요? 설마 배가 바닷속으로 가라앉진 않겠죠."

"어쨌든 잭 너는 살아야 해."

"아수라장이 되는데 내가 살 수 있을까요?"

"그래. 그리고 데크로 올라갔으면 무조건 배 끝으로 가. 거기서 작은 배가 내려올 거야. 그 배에 무조건 뛰어내려. 알았지? 꼭!"

"김.세.령. 고객님!!!"

그때, 허공을 찢을 듯한 날카로운 목소리가 멀리서 뒤통수에 와 꽂혔다.

뒤를 돌아보기 무섭게 윤 세일러가 어금니에 힘을 준 채 어깨를 꽉 안았다. 그렇게 붙잡혀 가는 세령은 절망에 휩싸였다.

당시 3등실 어린아이가 살아남을 3%의 확률…!
제 남은 삶의 가능성 5%를 바칠 테니
제발 잭을 살려주세요!

*

"미쳤니??? 대체 무슨 짓이야?"

갑판 구석으로 세령을 끌고 온 윤 세일러는 강제귀환 준비를 하며 소리쳤다.

"인솔자를 따돌리다니! 처음부터 이런 속셈으로 여행사를 찾아온 거지, 그렇지??"

"아니에요!"

"아니긴! 날 엿을 먹여도 유분수지! 너는 블랙리스트에 올라 다신 여행을 안 하면 그만이지만, 난 밥줄이 끊길 뻔했다고 알아?"

"미안해요. 하지만…!"

"하지만 뭐? 죽음을 무서워하지 않을 용기를 배우고 싶다더니, 결국 너도 죽음이 무서웠던 거야? 그런 거야? 살아날 방법을 알려준 이유가 뭐야?"

"잭이 죽는 걸 보고 있을 수만은 없었어요. 그리고 이 사람들도…."

"정신 차리라고! 이 사람들은 다 죽을 운명이야. 아니, 이미 죽은 지 100년도 넘었다고! 바꿀 수 없다고!"

윤 세일러가 양팔을 휘저으며 사람들을 가리켰다. 몇 시간 후 자신들의 운명을 내다보지 못한 채 현재를 누리는 순박한 얼굴들.

"어차피 난 얼마 살지도 못할 거예요. 하지만 잭은 살 수 있죠. 비록 3%밖에 되지 않지만 제게 남은 운이 있다면 모두 잭에게 쏟고 싶어요."

"이렇게까지 하는 이유가 대체 뭔데? 죽음을 무서워하지 않을 용기를 얻고 싶다며?"

"네. 난 안 무서워요. 이젠."

"근데?"

"단지 잭에게는 기회를 주고 싶었어요."

"기회?"

"네. 전 거의 가망이 없어요. 하지만 잭은 잘만 하면 살아날 수 있잖아요. 확률적으로 저보다 훨씬 높다고요."

"캡틴 말대로 골 때리네, 정말."

"미안해요. 곤란하게 만들 생각은 정말 없었어요."

"죽든 살든 그래도 넌 그 꼬마에게 귀한 선물을 준 거야."

"귀한 선물이요?"

"그래. 작별인사."

"결국, 죽는데 그게 다 무슨 소용이에요?"

세령이 주저앉아 얼굴을 감싸 안았다.

"그거 알아? 작별인사도 중요한 법이야. 그조차도 못하고 떠나는 사람들이 부지기수거든. 적어도 작별인사를 할 수 있다는 것은 큰 행운이거든."

"…"

"살다 보면 알게 될 거야…"

빈 벽을 손가락으로 열심히 누르며 윤 세일러가 작게 말했다.

"가끔 너와 같은 고객들을 볼 수 있지. 과거에 돌아가 안타까운 사고를 막으려는 사람들 말이야. 물론 이해해. 눈앞에 벌어지는 일을 뻔히 아는데 그냥 지나친다는 건 힘들지. 암, 힘들고말고. 하지만… 대신에 그들이 죽기 전에 네가 좋은 추억을 하나 만들어 줄 수 있으니 그걸로 만족하자. 잭에겐 네가 인연일 테니까."

엘리베이터 문이 열리고 윤 세일러에 이끌려 탑승한 세령.

문이 닫히면서 저 멀리 아무도 없는 깜깜한 밤하늘 아래 두 남녀가 보였다. 머리 스타일을 정돈해주는 하녀에게 따스한 눈길을 보내는 젊은 귀부인. 이윽고 한 훤칠한 신사가 나타나자 두 사람은 서로 허리를 감싸 안고 밤하늘의 별을 헤아렸다.

어디에선가 조용하게 기도 소리가 들렸다. 앞으로 다가올 미래를 예견하지 못한 채, 현재를 누리는 이들의 기도 소리가.

주여 임하소서. 내 마음에
암흑에 헤매는 한 마리 양을
태양과 같으신 사랑의 빛으로
오소서. 오, 주여 찾아오소서.

*

1913
1914
1915
.
.
.

사무실로 올라가는 엘리베이터 안.

윤 세일러는 아이패드로 타이타닉호 당시 생존자에 관한 자료를 분주히 찾고 있었다. 곁에서 우물쭈물하다가 겨우 입을 여는 세령.

"마지막 잔금은 금방 갚을게요. 제가 죽고 나면 집을 처분해야 할 텐데… 보증금이 있거든요. 그건 고모랑 고모부가 와서 해주실 거예요. 오랜 기간 왕래는 없었지만 유일한 가족들이에요."

화가 안 풀렸는지 삐딱한 자세로 난간에 허리를 기댄 윤 세일러는 말없이 아이패드만 뚫어져라 볼 뿐이었다. 그리고 한참 후 대답했다.

"아니. 낼 필요 없어."

"그게 무슨 말이에요?"

"네가 여행한 상품은 전액 우리 지점에서 부담할 거야."

"그게 가능해요?"

"결의서 올리면 돼."

"아까 분명 계약서에… 혹시 제가 불쌍해서 그래요?"

"아니. 선물이라고나 할까?"

"처음 본 사람한테 선물도 주나요?"

"여행하다 보면 여러 나라의 다양한 시대 사람을 만나지. 그리고 무언가를 공유하고 서로를 아끼는 마음을 갖게 돼. 우린 그걸 인연이라고 불러.”

　“인연…?”

　“잭만 너의 인연이 아니라고.”

제10장

인생극장

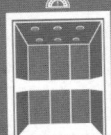

살면서 종종 잊곤 하지만 언제나 곁에 있는 것.
당신을 에워싸는 응원이, 먼 우주로부터 온 힘이.

*

허수경 : [네에— MBC 아침 만들기! 이번 코너는요. 시청자 여러분들께서

보내주신 편지 속 재미있는 사연을 읽어드리는 코너입니다!

　　사연이 당첨된 분께는 소정의 상품을 보내드리고, 연말 왕중

왕에서 최종 우승하신 분께는 현대 신형 자동차 엑센트! 무려

엑센트를 타실 수 있는 절호의 찬스라고 할 수 있죠! 물론 우승

자가 안 나오면 내년인 1995년으로 이월될 수 있다는 점 알아두

시고요.

　　자! 오늘의 사연 시작해볼까요? 서울 관악구 난곡동에 거주

하시는 한순여 님께서 보내주신 편지입니다.

　안녕하세요? 손석희 오빠, 허수경 언니. 저는 서울에서 제일
유명한 백화점에서 일하고 있는 꽃다운 스물다섯 살 한순여라
고 해요. 저는 언제나 방송을 챙겨보는 시청자인데요. 많은 분
들의 흥미진진하고 신기한 이야기를 들으면서 나에게는 왜 그
런 일이 벌어지지 않을까 하고 따분한 제 일상을 탓하기도 했
습니다. 그러던 어느 날이었어요. 마치 제 소원을 들어주기라도
하듯 제 주변에서 신기한 일이 일어나기 시작했답니다!]

손석희 : [신기한 일이라니 벌써 궁금해지는데요?]

허수경 : [바야흐로 지난 5월 초에 있었던 일이에요. 정확히 5월 4일이었
　　　죠. 똑똑히 기억해요. 어린이날 전날이라서 백화점에 가족 단위
　　　손님들로 붐볐으니까요. 어쨌든 어김없이 그날도 퇴근하고 집에
　　　돌아가고 있었는데요. 갑자기 웬 젊은 남자가 길목에서 툭 튀어
　　　나오더니 저를 향해 히죽거리며 웃는 게 아니겠어요? 이상한 사
　　　람이다 싶어서 지나치려는데 자꾸 따라오고 말을 붙이더라고요.
　　　수작을 거는 건가 싶어서 무시했어요. 물론 사실 제 스타일도 아
　　　니었고요. 여기서 잠깐 만나고 있는 애인 자랑을 하자면 덩치도
　　　크고 눈도 부리부리하거든요. 그와 달리 그 남자는 키도 작고 얼
　　　굴도 하얗고 조금 마른 체격이었어요. 그런데 그 남자가 결국 집
　　　까지 쫓아 오길래 경찰에 신고한다고 으름장을 놨죠. 그러더니
　　　자기가 돌아갈 테니 소원 하나만 들어 달라지 않겠어요? 그쪽이
　　　누군 줄이나 알고 내가 소원을 들어주느냐고 따졌는데, 갑자기
　　　울며불며 사정하듯 말하는데… 어휴 그런데 한 달이 지난 아직
　　　도 그 말이 잊히지 않아요.]

손석희 : [이야, 과연 무슨 말이었을까요?]

허수경 : [그건 바로 삼성전자 주식을 사라는 거였어요. 나중에 반드시 으리으리한 갑부가 될 거라고 장담하더군요. 정말 미친 사람인 줄 알았어요.]

손석희 : [잠깐만요. 끼어 들어서 죄송합니다.]

허수경 : [깔깔. 얼마든지 말씀해보세요.]

손석희 : [지금 삼성전자 주식이 겨우 3천 원 바라보고 있는데 갑부라뇨? 1,000주를 투자해도 겨우 3백만 원인데. 하하.]

허수경 : [게다가 국민연금을 착실하게 넣으라고 하지를 않나. 어휴, 저희 아버지도 안 하는 잔소리를 하고 가더라고요. 정말로 경찰에 신고할 거라고 하니까 그제야 알았다면서, 정말 자기 말이 안 믿기면 진짠지 아닌지 두고 보자면서 정말로 정말로 이상한 말을 했어요.]

손석희 : [이번엔 기대해봐도 될까요?]

허수경 : [네에. 그것은 바로 북한의 김일성이 두 달 후면 죽는다는 이야기였어요.]

*

1994년 서울 잠실 한양백화점.

2층 전자제품 코너.

"에이… 뭐야… 우승은 물 건너갔네!"

즐비하게 전시된 삼성 텔레비전 앞에 가까이 달라붙은 두 사람. 우승자 발표에 순여의 이름이 거론되지 않자 화자가 풀 죽은 얼굴로 말했다. 결과적으로는 '아차상'인 팥빙수 기계를 받게 됐다.

"아이참… 신기한 일이었는데….'"

"야! 다른 아줌마처럼 귀신이나 미스터리 한 이야기를 했어야지. 별 시답잖은 동네 미친놈 이야기를 보내니까 떨어지잖아."

"난 심각했다고. 정말 이 세상 사람 같지 않아 보였어."

그때, 순여와 화자의 어깨 앞으로 검은 그림자가 드리웠다. 소스라치게 놀라는 두 사람. 운영 2팀의 곽 팀장이었다.

"놀고들 있네. 커피 다 마셨으면 빨리 가서 일할 생각하지 않고선! 하여간 빠져가지곤….'"

"아직 다 안 마셨잖아요!"

"그래. 다 마시고 가셔. 그건 그렇고, 미스 김하고 미스 한이 어려서 뭘 모르나 본데. 지금 국민연금 빨리 해지하지 않으면 나중에 쪽박 차요. 그거 알아?"

"그래도… 그게 평생 나온다는데요?"

순여가 기어들어 가는 목소리로 받아치자, 곽 팀장은 아예 허리춤에 손을 얹고 일장 연설할 준비를 마쳤다.

"순진하기는… 이렇게나 세상 물정에 어두워서야 원. 아니 미스 한은 그걸 믿어? 평생이 어디 있어? 평생이? 공짜가 세상에 어디 있냐고? 그게 다 아 무지몽매한 국민들을 속여먹는 이 정부의 계략인 걸 왜 몰라?"

"무슨 계략이요?"

"돈 뜯어 갈 계략이지. 자고로 돈을 굴리려면 남을 믿지 말라고 했어. 국민연금? 그거 길어야 10년 간다고 봐, 나는."

화자가 깜짝 놀라 되물었다.

"그럼 제 돈은요!!!"

"뺏기는 거지, 뭘. 고스란히. 그러니까 국민연금은 붓는 게 아니라고. 길어야 10년. 뭐 그래 인심 썼다, 15년. 그럼 지금부터면 2009년이란 말이야. 까마득하지? 근데 세월 금방 간다고. 그때 미스 김하고 미스 한. 나이가 몇이야? 다 아줌마 아냐? 아줌마. 그때 가서 돈 있어? 없잖아? 깡통밖에 더 차?"

"곽 팀장님은 그럼 국민연금 해지하실 거예요?"

"아, 당연하지! 두고 보라고. 내 말이 맞나, 틀리나. 2009년 되면 나라가 돈 떨어져서 전복된다고. 국민들은 내 돈 내놓으라고 맨날 시위할 거고, 노인네들은 연금 못 받아서 길바닥에 나앉을걸? 난 우리 아버지 경비원 하면서 국민연금 뜯기는 거 아까워서 그냥 월급을 내 통장으로 넣어달라고 했어. 그러니까 빨리빨리들 움직이라고. 결과적으로 세계에서 가장 밑바닥 친다고 대한민국은. 거기서 살아남으려면 어떻게 해야 하겠어?"

"어떻게요?"

"가서 일이나 하라, 이 말이야."

*

퇴근하고 돌아온 집은 15평 남짓의 방 두 칸짜리 반지하였지만, 몇 달 살면서 하나하나 다듬어가자 이제 제법 아늑한 보금자리 티가 났다. 여자와 집은 가꾸기 마련이라는 엄마의 말이 떠올랐다. "엄마" 하고 혼자 있는 방 안에서 작게 불러보았다. 전화 한 통 할까 싶지만 얼마 전에 엄마와 다툰 걸 떠올리자니 쉬이 전화기에 손이 가지 않았다. 사실 다투었다기보다 일방적으로 대들었다고 해야 맞다.

늙은 엄마는 자식들을 줄줄이 낳고 초로에 접어든 나이에 순여를 낳았다. 아버지는 그보다 열 살이 더 많았으니 제법 머리가 커진 뒤로는 학교에 부모님이 오는 걸 필사적으로 막아온 순여였다. 어린 마음에 늙은 부모가 부끄러워서. 그래도 객지에 나와 홀로 취직해 살게 된 이후로는 안 그래야지, 더 효도하고 살아야지 하는데 뜻대로 되지 않았다. 일단 남자 문제부터가 그랬다. 엄마는 덕수 씨를 싫어했으니까. 인사드리기도 전에 덕수 씨가 전라도 사람이라서 결사반대한다고 했다. 언니들 말로는 지역도 지역이지만, 그래도 오래 사신 어른 안목도 무시 못 한다고 했지만 순여는 도통 이해할 수 없었다. 시골에서 한평생 살아왔으니 뭘 아시겠어. 모든 게 낯설고 외로운 도시 생활에서 유일하게 버팀목이 되어주는 애인인데. 그.러.고.보.니. 얼마 전에 만난 그 남자, 그 미스터리 한 남자도 엄마와 비슷한 말을 했다.

"다른 남자도 한번 만나 보는 게 어때?"

자기를 어필하려는 의도였을까? 아, 모르겠다. 어떻게든 되겠지.

7월 8일에 김일성이 죽는다고? 순여는 붉은 매직으로 달력에 동그라미를 쳤다. 틀리기만 해봐라. 그래, 그 미친놈 말이 족집게처럼 들어맞는다면 내가 덕수 씨랑 사이를 다시 생각해보는 것도 나쁘지 않지. 요새 안 그래도 관계도 시들해지고 틈만 나면 자기네 식구들한테 며느리 노릇을 바라니까 정이 떨어진단 말씀이야.

어쨌거나 두고 보자고.

김일성이 죽긴 왜 죽냐. 미친놈.

*

金日成 사망

7월 8일 새벽 2시 급병으로 사망.

서열 1위 金正日 체제 도래하나.

사인(死因)으로는 노환이다, 심근경색이다 언론사마다 보도내용이 조금씩 달랐지만, 사람들은 어쩌면 '암살' 가능성도 껴 넣으며 무시무시한 음모론을 제시했다.

출근길.

지하철역 플랫폼의 신문가판대는 순식간에 동이 나는가 하면, 지하철 안에서는 심지어 모르는 사람끼리도 서로 그 화제로 말을 트고 앞날을 점치며 토의 주제를 쿠데타, 전쟁 등으로까지 발전시키기도 했다. 곧 전쟁이 날 것처럼 라면을 사재기한다는 뉴스만 해도 아침에 여럿 보았다.

도저히 이 상황이 믿기지 않는 순여는 달력의 날짜를 재차 확인했음에도 불구하고, 옆자리 아저씨의 신문을 뚫어져라 보았다. 1994년 7월 8일. 맞다. 그 남자가 예언한 것도 사실로 드러났다. 정체가 뭘까? 점쟁이? 아니면 간첩? 아니면…? 미래에서 온 사람?

순여의 눈길을 의식하지 못한 채, 아저씨가 다음 면을 펼치자 왼쪽 중앙쯤에 오늘의 운세가 눈길을 끌었다.

1994년 7월 8일. 오늘의 운세

닭띠(69, 57, 45, 33년생) : 주저하지 말고 자신감을 가져보자. 북서쪽에서 귀인이
온다.

순여는 왠지 다시 한번 그 남자를 만나보고 싶다는 강한 욕구를 느꼈다. 그의 정체가 어떻든 간에 순여 자신에게 해롭지만 않다면….

*

한양백화점.

2층 카사 아르헨티나.

주문한 돈가스가 나오자 아이의 얼굴에 화색이 돌았다. 흐뭇한 눈으로 아이의 엄마가 포크와 나이프를 손질한 돈가스를 아이의 것과 바꾸자 부리나케 먹기 바쁜 아이. 그 장면을 부러운 눈길로 보내는 순여를 눈치채지 못하고 덕수가 물었다.

"생각해봤어?"

일부러 알면서 시치미를 뗐다.

"뭘?"

"뭐가 또 뭘이야? 알면서."

"몰라."

"아이참. 어머니가 보고 싶어 하셔."

"우리 엄만 덕수 씨 만나는 거 탐탁지 않아 하는데 내가 어떻게 전라도엘 내려가. 그리고 가면 또 거기서 자고 와야 할 테고. 나 불편하단 말이야."

"그렇다고 노인네 기대하시는데 못 간다고 그래?"

"아, 몰라."

몇 번이고 카사 아르헨티나에 가서 칼질 좀 해보고 싶다고 말했건만 귓등으로도 듣지도 않고 그저 자기네 집 식구들밖에 모르는 덕수 씨가 야속했다. 자주 사달라는 것도 아니고 모처럼 월급날에 분위기 잡고 싶었는데, 한양백화점에서 완구 코너 담당 직원과 보안요원으로 만나 사귀게 된 게 벌써 7개월째. 사내연애라 고작해야 이렇게 복도에서 만나 자판기 커피 한 잔으로 때우는 게 다반사. 괜히 뾰로통한 마음은 딴 데로 샜다.

"덕수 씨는 내가 뭘 좋아하는지는 알아?"

그가 한참 뒤에 짧게 대답했다.

"응."

"뭔데?"

"집 꾸미는 거 좋아하잖아. 요리하는 것도 좋아하고. 꽃꽂이도 좋아하고… 화분도… 아니야?"

"그래… 맞아…."

말을 말자는 듯이 돌아섰다. 이 남자는 나에게 관심은 있을까? 왜 이렇게 서로 엇나가는 걸까? 집에도 몇 번 놀러 와서 다 봐놓고 시치미를 떼는 건지.

완구 코너에서 일하다 보면 가장 견디기 힘든 것을 꼽으라면 엄마, 아빠의 손을 잡고 놀러 온 아이들의 모습에서 서글픈 자신의 어린 시절이 대조를 이루듯 떠오를 때였다. 물론 어른이 되어서 그런 마음을 갖는 것부터 유치하고 자존심 상하지만.

위로 줄줄이 있는 언니, 오빠들에 비하면 아무것도 아니지만, 또래 중에서는 제법 고생을 하고 자란 축에 속한 순여는 그런 사치를 누릴 기회조차 없었다. 시골에서 옷을 물려 입었고, 어쩌다 생긴 학용품은 명절 세뱃돈으로 간신히 샀으며, 꿈을 키우는 것조차 사치였다. 그래서 미술을 전공하고 싶다고 얼핏 뜻을 비쳤을 때도 부모는 들은 체도 하지 않았다. 아니, 아예 인생의 궤도 안에 '**대학**'이니 '**공부**'니 하는 건 자연스럽게 제외했다고 봐야 맞다. 목장의 소들을 팔아서라도 대학을 보내준다는 작은오빠의 기약 없는 위로만이 유일한 버팀목이었을 뿐.

싱숭생숭한 마음도 몰라주고 그저 한잔하고 가자는 덕수 씨를 뿌리쳐가며 돌아온 집 안은 아수라장이었다.

"이게 다 뭐야…!"

마구 헤쳐진 살림살이들과 널브러진 옷가지들, 그리고 반쯤 열린 현관
문. 보안에 취약한 다세대 연립주택이라는 건 감안하고 계약한 집이지만
막상 도둑이 들자 어안이 벙벙했다.

한여름 밤에 대문을 활짝 열어놓고 자도 숟갈 하나 없어지지 않는 시골
에서 자라온 만큼 충격과 공포는 배가 됐다.

"전, 전화기…!"

깨금발로 널브러진 살림살이들을 피해 앉은뱅이 장식장 쪽으로 가기까
지 마음은 그야말로 참담했다. 스킬자수 받침대 위의 수화기를 더듬는 순
여의 손이 파르르 떨렸다.

"무슨 일이야? 아가씨."

마침 옆집 아주머니가 문턱에서 놀란 얼굴을 하고 서 있었다.

"아줌마 어떡해요? 도둑이 든 것 같아요!"

"에구머니나! 다친 덴 없고?"

"네에. 막 들어왔어요. 그런데 이게 다… 이렇게…."

"세상에 웬일이래! 내가 마침 시장에 가느라고 집을 비운 사이에 이렇
게 됐네! 우리 집은 멀쩡한데 여기만 털렸나 보네? 어! 저기 마침 경찰이 오
네!"

출동한 경찰은 이십 대 후반의 막 새내기인 여경으로 보였다.

집 안에 없어진 물건은 없는지부터 신체적 상해를 입었는지, 몇 시부터
몇 시까지의 일이 벌어졌는지 등등을 수첩에 적었다. 보기보다 꼼꼼하고
일 처리가 능숙한 듯 보여 마음이 놓였다.

"그러니까 아침 7시 40분에 출근해서 밤 8시 30에 돌아오신다는 거죠?"

"네네."

"음… 옆집 아주머니께서 종일 집에 계시다가 아까 초저녁 6시쯤에 나갔다고 하셨으니… 3시간 정도가 비네요. 아마 이때 도둑이 든 것 같군요."

"네, 그런 것 같아요. 휴…."

"열쇠는 창문틀에 놓지 마시고, 항상 소지하셔야 해요."

"네, 앞으론 그럴게요."

여경은 쑥대밭이 된 집 안을 치우고 정돈하는 것까지 함께 도와줄 정도로 친절을 베풀었다. 타지에서 올라와 여자 혼자 사는 집이 많다면서 몇 번이고 꼼꼼하게 단속할 것을 힘주어 말한 여경에게 새삼 따뜻한 정이 느껴졌다.

"이건 직접 그린 그림인가요?"

여경의 시선이 문득 벽에 걸린 커플 수채화에 머물렀다.

"아아, 네."

정리하느라 대강 대답했다.

"너무 잘 그렸는데요? 미술 배우셨어요?"

"아뇨, 그냥 혼자 그려본 거예요. 실력은 부족하지만…."

"전혀 안 부족한데요? 와아, 너무 대단해요."

여경은 좀 더 가까이 가더니 마치 눈에 하나하나 저장할 것처럼 자세히 보느라 여념이 없었다. 그 모습에 괜히 사적인 이야기까지 안 꺼내려야 안 꺼낼 수 없었다.

"제가 원래는 미대 가고 싶었거든요."

"아하, 그래요?"

"네. 그런데 실력이 부족했나 봐요."

"운이 안 따라준 거겠죠."

"아니에요. 다들 너무 쟁쟁하더라고요. 떨어질 만했어요."

"지금도 안 늦었잖아요?"

"안 늦었긴요? 벌써 스물다섯 살인데요? 나이도 찼는데 얼른 시집이나 가야죠."

"요새 누가 시집을 가요, 스물다섯인데?"

"네?"

"꿈을 이루는 데에는 나이는 상관없다고요. 늦었다고 생각 마요."

"에이 그래도… 정말 그럴까요?"

"그럼요. 이 정도의 실력이면 다시 도전해봐도 괜찮을 것 같은데요?"

그저 겉치레로 끝날 법했지만 진지한 눈빛을 던져오며 말이 장황하게 길어지자, 순여는 어쩐지 벽에 걸린 그림이 새롭게 다가왔다. 그 그림은 처음 서울에 상경한 4년 전, 문방구에서 산 포스터컬러와 사절지에 그린 그림으로, 그저 순정만화 속 주인공들처럼 예쁜 사랑을 하고 싶은 마음을 담아 그렸다. 대충 찍어 바른 것 같지만, 과감하지만 섬세한 붓터치, 게다가 몽환적인 느낌을 주기 위해 전체적으로 채도를 높였다. 어쩌면 여경도 순여 특유의 기법에 놀랐을 것이다.(그림을 볼 줄 안다면)

"그럼 이만 가볼게요. 당분간은 혼자 귀가하지 마시고 누군가와 함께여도 좋을 것 같아요."

"네, 감사합니다. 이렇게 집 안 정리까지 도와주시고."

"별말씀을요. 그리고 꿈 절대 저버리지 마세요!"

힘차게 손을 흔들며 가는 여경. 연립주택 내부의 길게 이어진 골목을 따라 나갔다.

'가만…?'

현관문 앞에 멈칫 선 순여의 눈빛이 묘하게 빛이 났다. 다시 고갤 돌려 골목 끝을 내다봤을 땐 이미 여경은 사라진 후였다.

"내가… 경찰에 신고했었나? 전화하려다가 만 것 같은데…?"

주변 상점의 화려한 네온사인 불빛이 새어 들어오는 주택 골목 입구. 순여는 저도 모르게 두 손을 입에 가져다 댔다.

"열쇠는 창문틀에 놓지 마시고, 항상 소지하셔야 해요."

"창문틀에 열쇠를 놓고 다니는 건 어떻게 알았지?"

공동문 밖으로 뛰쳐나가 여경이 사라진 쪽을 둘러보았지만, 흔적조차 찾을 수 없었다. 눈을 들어 하늘을 보았다. 그리고 왼편에 공동문의 위치를 확인하고, 다시 그 여경이 사라진 방향을 측정했다.

북서쪽.

이러한 기묘한 일은 그 후로 여러 번 반복됐다. 괜한 입방정이 아니라 정말 그랬다. 모든 게 술술 잘 풀려 가는 느낌. 뭐랄까? 앞에 벌어질 뻔한 모든 불합리한 요소들과 장애물들이 너무나 '쉽고 **깔끔하게**' 사라져버리는 느낌. 누군가 날 지켜보고 있고, 심지어 돕고 있다는 느낌. 보이지 않는 **'어떤 기운'**이 나를 감싸고 있고, 그뿐만 아니라 온 세상이 나를 중심으로 돌아가는 것 같은 착각. 그것의 이름은 '신'이 아니라 신에 가까운 아니 어쩌면

신보다 더 위에 있는

'전지전능한 누군가'라는 것.

'그'나 '그녀'가 아닌

'그들'이라는 것.

*

"언젠가 동파를 예방하려고 아침에 물을 똑똑 떨어뜨린 적이 있었거든.

개수대 밖으로 넘쳐흐르진 않을까 걱정했는데 집에 가보니 수도가 잠겨 있었지 뭐야. 다행이긴 한데 뭔가 이상했어. 그뿐 아니야. 아침에 출근하다가 문득 밸브를 잠그지 않은 게 생각이 난 거야. 그 왜 있잖아, 지난달에 나 지각해서 시말서 쓴 날. 그래, 그날이었어. 다시 돌아가서 잠그려는데 이미 잠겨 있는 거야."

"아하."

화자가 싸구려 매니큐어를 아세톤으로 박박 지우며 건성으로 대답했다.

순여는 아랑곳하지 않고 요 며칠 전 일도 꺼냈다.

집은 난곡동 시장 뒷골목에 있어서 퇴근하고 나면 어김없이 어슴푸레한 골목길을 지나야 했다. 오후 8시면 점포들도 저마다 문을 닫고 삼삼오오 사라진 시장 길은 그야말로 적막 그 자체. 안 그래도 젊은 여성을 상대로 한 묻지 마 범죄가 기승을 부리고 있기에 지나갈 때는 바짝 긴장하지 않으면 안 됐다. 저벅저벅… 귓등 뒤로 따라오는 소리가 차츰 가까워지자 더 빨리 걸었다. 그럴수록 묘령의 발걸음도 더 빨라졌는데, 그것은 왼쪽으로 길을 꺾어 들어갈 때까지 계속됐다. 마음이 조급해지자 심장 박동 소리가 순여 귀에까지 들렸다. 바닥에는 방향이 바뀌면서 생긴 가로수에 비친 그림자가 보였다. 수상쩍은 그림자가 길게 뻗어 순여와 점점 거리를 좁히고 있었다. 눈을 뗄 수 없던 와중에 어찌 된 영문인지 또 다른 그림자 하나가 불현듯 생겨 둘이 됐다. 그것은 여자의 것이었다. 그리고 얼마 안 가 남자 그림자가 딴 길로 새고 말았다. 어쩌면 '실패'했다고 여겼는지도 모른다. 안도의 한숨을 몰아쉬며 뒤를 돌아보자 거기엔 육십 대 아주머니가 서 있었다. 그녀는 남자가 사라진 쪽을 노려보고 있다가 순여와 눈이 마주치자 흠칫 놀란 기색이었지만 이내 방긋 웃었다. 그리고 이렇게 말했다.

"기집애. 일찍일찍 좀 다니지 않고선."

"저를 아세요? 왜 따라오세요?"

"네가 행복했으면 좋겠다."

"네?"

"정말??"

화자가 입술을 일그러뜨리며 반응했다.

"그렇다니까? 아니 처음 보는 아줌마가 나더러 기집애 하면서 동문서답을 하는 거야. 언제 봤다고. 기가 막혀, 증말. 어휴, 거기다 갑자기 울기까지 하는 거 있지?"

"너 점 좀 봐라, 얘. 요새 마가 꼈니?"

"그리고 결정적으로 그날 말이야, 도둑 든 날! 난 112에 전화 걸기도 전이었는데 갑자기 경찰이 나타났어. 마치 처음부터 모든 걸 알고 있었던 것처럼 말이야."

"그 사람이 도둑 아냐?"

"설마?"

"아니지, 아니지."

화자는 다시 천천히 고개를 저었다.

"남자, 여자 나이 불문 들쑥날쑥했다고?"

순여가 강하게 고개를 끄덕이자마자, 화자가 테이블을 '탁' 치며 말했다.

"다 널 알고 있는 사람들 같은데?"

"날?"

"그래!"

"난 모르는데?"

"그러니까 이상하다는 거지. 넌 모르는데, 널 안다는 사람들이 어느 날 갑자기, 무더기로 나타났다? 답은 딱 하난데…?"

어깨를 움츠리고 귀를 기울이던 순여가 대뜸 날카롭게 다그쳤다.

"아, 뭐냐고!"

"타.임.머.신."

"말도 안 돼! 그게 가능해?"

"그럼 다른 근거 있어? 봐봐. 네가 시골에서 덕수 씨 데려오란 엄마 전화에 신나 한 날. 그날도 삼십 대 여자가 오더니 대뜸 행복했으면 좋겠다고 했다며? 그리고 며칠 후에는 육십 대 아주머니가 와서는 대뜸 길에서 붙잡고 보고 싶었다면서 갑자기 울었다며?"

"설마… 에이, 설마!"

"나도 그럴 때 있어. 왠지 어디서 본 것 같은 느낌말이야."

"언니도? 언제?"

그런 후, 화자는 짠 하고 다 지운 열 손톱을 자랑스레 들어 보이며 말했다.

"한 10년 전엔가? 나 열아홉 살 때. 처음 서울 올라와서 당장 월세 낼 돈이 없어서 잠깐 다방에서 일했단 말이야? 두 달 일했나? 아무튼, 한번은 화장실에서 담배 태우고 있는데 어떤 여자가 변기 칸에서 벌컥 열고 나오는데 굉장히 낯이 익었어. 마치 같은 상황이 반복되는 것 같은 느낌이랄까?"

"에이… 난 또 뭐라고."

"에이라니? 난 그때 받은 느낌이 아직도 안 잊혀. 내가 하고 싶었던 말도 툭 내뱉는가 하면… 아! 옷차림도 뭔가 다른 사람들과 달랐고, 화장도. 그리고 말투도. 뭐랄까? 우리나라 사람은 맞는데 약간 시대가 다른 느낌?"

"맞아! 옷차림이나 화장이나 말투도 뭔가 지금 시대랑은 좀 안 맞았어."

"바로 그거야!"

지금 시대랑은 좀 안 맞는 느낌.

하지만 말도 안 돼, 라고 생각하며 고개를 저었다.

물론 말도 안 되는 일이 벌어지는 건 맞지만, 그렇다고 타임머신이니 시간여행이니 삼류 망상을 할 정도로 심각한 일은 아니었…으면….

대체 어디서 어떻게 온 사람들이며, 내게 온 이유가 뭘까? 내게 무슨 말을 하고 싶은 걸까?? 아니, 무엇보다 나와 무슨 상관있는 사람들일까?

"네가 행복했으면 좋겠다."

60대 여성은 분명 그렇게 울며 말했다. 별꼴이야 하며 코웃음을 치고 돌아섰지만, 지금 생각해보면 석연치 않다.

그래, 이게 정말 타임머신이라면, 그래서 내가 정말 행복하게 잘살고 있는 거라면 그 의문의 사람들이 내게 나타나서 그런 소릴 하지도 않았겠지. 솔직히 그동안 행복해질 거라고 줄기차게 다짐만 했지, 그 어떤 목표의식이나 마음가짐도 없던 건 사실이다. 연인이라고 만난 덕수 씨와의 관계는 나도 모르게 흐지부지 만들기 일쑤였으며, 해 떠서 출근하고 달 떠서 퇴근하는 일상의 반복뿐이었잖은가. 서울에서 자취하면서 누구도 내게 이래라저래라 코치해준 적이 없었다. 물론 인생은 혼자라지만, 때로는 누군가의 조언과 충고가 그리울 때가 있다. 그래서일까? 어떨 땐 무례하다 싶은 그들의 말들이 기분 나쁘기보다 어느샌가 따뜻하게 다가오고 있었다.

*

빠밤! 빠바밤! 빠바밤! 빠 빰빠바밤!

그동안 몰랐다. MBC 〈**이휘재의 인생극장**〉이 얼마나 많은 철학을 담고 있는지.

매주 스토리는 다르지만, 일관된 구성은 이렇다. 어느 특정한 상황에 처한 개그맨 이휘재에게 일종의 갈등과 마주치는 시기가 찾아오는데 이때, 그는 모 아니면 도 양자택일을 해야 한다. 물론 그때마다 주어진 결과는 판이한 것이다. 그래서 재미있고 인기가 많았다. 너무 다른 결과를 도출하게 되는 선택이라는 점도 그랬고, 어느 한 선택을 함으로써 다시 그 전개의 맥을 되짚어간다는 점이 흥미로웠기 때문이다.

'맥을 되짚는다⋯?'

프로그램이 끝나고 전혀 상관없는 선전이 이어지는 동안에도 순여는 무언가에 골똘히 빠졌다.

맥을 되짚는다.

한 번 살아온 인생을 되돌아가서 좀 더 나은 선택을 하기 위한 전개를 펼친다.

순여는 벌떡 일어나 TV를 껐다. 작은 방 안에 적막이 찾아왔고, 머릿속에 놓치고 있던 무언가가 찾아왔다.

그들은 혹시 어쩌면.

미래의 '**나**'가 아닐까?

하는.

그래서 그들은 또 다른 결심을 하기 위해 날 찾아온 걸까?

사실 며칠 전부터 자신도 모르게 순여는 그 여경의 말을 하루에도 수도 없이 곱씹고 있었다.

"꿈 절대 저버리지 마세요!"

순여는 온 집 안을 뒤집어 겨우 허름한 트렁크 가방 하나를 찾아냈다. 안에는 오래된 붓과 말라비틀어진 물감, 그리고 테두리가 누렇게 변색이 되어 가루가 떨어지는 스케치북이 돌돌 말려진 채로 굳어 있었다.

6년 전, 미대 입시를 위해 시골집을 떠나 도착한 청주에서 처음 대학교라는 건물을 목격했다. 여러 과가 있지만, 특히나 회화과가 있는 미대 건물은 먼 유럽의 유명 관광지에도 쓰인다는 트레버틴이라는 석재로 마감된 으리으리한 건물이었다. 당시 입시시험은 그 건물 앞뜰에서 진행됐는데, 전국 각지에서 몰려든 인파에 순여는 자기도 모르게 주눅이 들었다. 가져온 도구부터 순여의 것과는 비교가 안 되는 고가를 자랑했으며, 함께 따라온 부모들은 적어도 순여의 부모님보다는 열다섯 살 정도는 젊지 싶었다. 그 자신만만한 표정들, 어느 정도 높은 레벨의 다른 학교를 거쳐 온 여유가 묻은 웃음들. 그 틈에서 순여는 스스로 존재감이 미미하다고 여겨졌다. 그나마 함께 온 작은오빠마저도 초행길인 데다 대학교는 처음인지라 전혀 의지할 상대는 되지 못했고, 오빠조차도 어색해하는 모습을 목도했다. 시선을 어디에 두어야 할지 곤란했던 기억뿐이다. 면접 도우미로 나선 조교들마저도 현장에서 몇몇 입시생들과 친해졌는지 벌써 말을 텄지만 순여에게만큼은 예외였다. 어쩌면 그때의 그 자신감 하락이, 불안과 두려움이, 탈락이라는 결과를 가져온 건 아닐까.

이대로 미대 진학의 꿈은 접는 걸까? 다시는 문구, 완구를 사러 오는 어린 손님들에게조차 치기 어린 질투를 하지 않을 자신이 있을까? 내 미래에 정말 후회가 없을까?

걷잡을 수 없이 내면의 고민과 번뇌가 소용돌이칠 무렵, 그 여경의 말이 떠올랐다.

"꿈을 이루는 데에는 나이는 상관없다고요. 늦었다고 생각 마요."

그래!

결심했어!

*

한양백화점.
2층 카사 아르헨티나.

의기양양하게 콜라 잔을 건배한 뒤에 꺼낸 말은 덕수 씨의 향후 자금계획에 관한 내용이었다. 현재 얼마 정도를 저축하고, 얼마를 고정지출로 잡고 있으며, 또 얼마를 완도에 계신 부모님께 부쳐드리는지 등등.

남자가 자신의 경제 상황을 가감 없이 오픈할 때는 결혼 상대로 보고 있는 거라는 화자 언니의 조언이 떠올랐다. 혼자 들떠서 떠들고 있는 덕수 씨에겐 미안하지만, 이 타이밍에 좀 안 어울리기는 해도 말을 해야 했다.

"무슨 말이야, 그게? 갑자기 이제 와서 미루자니?"

"안 하겠다는 게 아니라, 미루자고. 응?"

"이유가 뭔데?"

"나 대학 가고 싶어… 갈래, 대학. 다시 도전해볼래."

"아니, 대학이라니 나이 스물다섯에 무슨 대학이야? 뜬금없이?"

"아무튼, 우리 결혼 조금만 늦추자. 우리 인생이 달라질지도 모르잖아."

"대학 간다고 인생이 달라져? 나이만 먹지! 지금부터 4년이면 순여 네나이 스물아홉이야. 꽉 차서 누가 데려가지도 않는다고."

"그때 덕수 씨가 데려가면 되잖아."

"하….."

"그때까지 덕수 씨도 돈 열심히 모으고. 나도 더 열심히 살아 볼래. 우리 그래 보자, 응?"

길다면 길고 짧다면 짧은 시간이지만, 연애하는 동안 순여는 진심이었다. 교제도 결혼도, 그리고 돈가스를 먹으면서 하는 지금의 계획도. 덕수 씨는 이해하기 어렵다는 듯 아예 고개를 돌려 버렸다. 올해 서른한 살이다. 대학 졸업 즈음에 결혼한다고 해도 무려 4년을 기다려야 할 테고 그때 가서는 누가 봐도 노총각일 뿐이다. 만약 그가 기다려 줄 수 없다고 하면 얼마든지 놓아줄 생각이었다. 사랑하지 않아서가 아니라, 사랑하기 때문에.

"이거 다 네가 사."

30분 정도 말이 없던 그가 퉁명스레 내뱉었다.

"내가? 덕수 씨가 월급 탄 기념으로 사준다며….."

"몰라."

"진짜 나보고 사라고?"

"그럼 퇴짜 맞은 마당에 내가 사냐?"

"응."

"대학 간다고 결혼도 팽개치는 여자한테?"

"으응."

입술을 삐쭉거리며 웃었고, 순여가 포크로 그 입술을 콕 찔렀다. 남녀의 일은 이걸로 됐다.

자리가 파하고 덕수 씨가 신대방역까지 데려다주었고, 역 앞에서 초록색 마을버스를 타고 헤어지기까지 순여는 덕수 씨가 보이지 않을 때까지 손을 흔들었다. 모습이 아예 보이지 않을 땐, 뒤에서 그의 우렁찬 목소리가 게걸스럽게 들렸다. 어쩌면 **'사랑해'**였을 것이다. 원래 표현이 서툰 그였기에 꼭 이렇게 에둘러 말하곤 하니까.

가슴이 벅차올랐다. 누군가에게 처음 꿈을 말했다. 그것은 가장 사랑하는 남자 덕수다. 시작이 반이라던가. 벌써 이미 그 반을 해치운 기분에 순여는 좀처럼 부푼 가슴을 진정시킬 수 없었다. 다시 입시 공부를 시작하고, 실기를 위해 서울에 입시학원도 신청할 예정이었다. 이번엔 좀 더 세련되고 기술적인 실력으로 자신 있게 붙어볼 생각이다.

작은 쪽창을 열자 시원한 밤바람이 들어왔다. 버스가 굽이굽이 골목을 꺾을 때마다 또 색다른 바람이 불어와 목덜미를 시원하게 스쳤다. 시원하게 뻥 뚫린 기분.

"픕!"

빈자리가 꽤 많았는데도, 순여의 앞에서 책을 들고 있던 여학생. 책을 천천히 내리니 비로소 그의 얼굴이 보였다. 얼마 전, 그 여경이었다. 다만 경찰복 차림이 아닌 무릎까지 오는 반바지에 커다란 박스티를 입고 있어 처음 봤던 인상과는 전혀 매치가 되지 않는 모습으로. 오히려 좀 더 어려 보였다.

"아! 그쪽은? 그때 출동한?"

"네, 맞아요."

"그때 감사했어요. 저 그런데….."

순여가 뭐라 말하면 좋을지 말을 고를 동안 여경은 문득 손목시계를 확인하더니, 초록색 벨을 여러 번 현란하게 누르면서 이렇게 말했다.

"이거 하나만 알아줬으면 좋겠어요. 당신 주변 사람들은 모두 당신을 응원하고 있다는걸. 힘든 일이 있거나 기대고 싶을 땐 언제든 기대도 된다는 걸 말이에요. 혼자 끌어안고 있지 말고."

"근데 누구…세요? 경찰 아니죠?"

가장 중요하고 원초적인 질문을 했다고 스스로 생각한 순여. 여경은 대답 대신 빙그레 웃을 뿐이었다. 그런 그녀를 보자 목 끝까지 치미는 말이 있었다. 하지만 정작 그 말을 꺼내는 것이 적절할 것인가를 두고 머릿속에서 타진할 동안 이미 입에선 그새를 못 참고 터져 나왔다.

"혹시 당신은 미래의 나… 인가요? 아니죠…?"

반쯤 농담이 섞여 있었지만, 대답이 기다려지는 건 사실이었다. 그녀가 갸웃거리는 눈빛과 함께 고개를 으쓱했다.

"저 그럼 혹시, 내가 선택한 미래에 당신도 있어요?"

"언제, 어디든."

"그런 대답이 어딨어요, 참… 이름이라도 알려주세요."

"세진이에요."

"세진…."

"김세진."

김세진이라는 이름을 천천히 곱씹어 보는 동안 버스가 멈추고 그녀가 내렸다. 그리고 아주 놀랍게도 버스에서 내린 그녀의 모습은 온데간데없이 사라지고 말았다. 화들짝 놀라 두 눈을 문지르고 봤지만 찾아볼 수 없었다. 창문을 활짝 열어젖히자 어디선가 그 가.짜. 여경의 게걸스러운 목소리가 들리는 것 같았다.

어쩐지 그 말도

'사랑해'처럼 들렸다.

아니, 분명

'사랑해'였다.

*

히라이스 서울지점 사무실.

"즐거운 여행 되셨습니까?"

사무실 안에 모인 단체 여행객들을 향해 하염없이 미소를 지으며 캡틴이 물었다. 테이블에는 20대부터 70대까지 다양한 연령대의 사람들이 모여 앉았는데, 한 가족으로 표정에는 모두 안도와 만족감으로 가득 차 보였다.

　　"자, 이것은 가족 단체 여행을 기념하는 저희 히라이스에서 드리는 선물입니다."

　　세일러에게 일러 차례로 나누어 준 종이가방.

　　육십 대 여성이 웃으며 가방을 받아 들었다. 작은 원목 모래시계였다. 다만, 독특한 점이 있다면, 모래 대신에 하얀 가루가 흔들 때마다 안개처럼 흩어졌다. 위에 버튼을 누르면 황혼빛에 가까운 조명이 켜지기도 했다.

　　"아휴, 이런 걸 다."

　　"거기서 나오는 조명은 빛이고, 안에 하얀 가루는 소금입니다. 시간이 흐른다는 것, 그리고 거스른다는 것은 인간에게 있어 빛과 소금처럼 필수 불가결의 요소지요. 사람들은 과거는 무조건 잊고 미래를 맹신하고자 합니다만, 그것은 대단히 잘못된 생각입니다. 때로는 과거를 통해 미래가 달라지기도 하고, 반대로 미래를 위해 현재가 달라지기도 하죠. 아마 여러분들께서도 한순여 고객님께 그런 가치를 전달하기 위해 이 단체 여행을 하신 것 같습니다만⋯ 맞습니까?"

　　육십 대 여성이 고개를 끄덕이며 말했다.

　　"듣고 보니 맞는 말이네요. 우리는 과거로 돌아가서 순여의 삶을 바꾸려고 한 게 아니에요. 순여에게 힘이 되어주고 응원해주기 위해 간 거죠. 어차피 선택은 순여의 몫이지만요."

　　"한 가지 궁금한 점이 있습니다. 하고 많은 시대 중에 왜 모두 1994년을 택하셨나요?"

　　"그때가 순여가 가장 활기차고 밝았던 시대거든요."

캡틴은 현재 한순여라는 사람의 삶에 관해 묻고 싶었지만 그러지 않기로 했다. 한순여의 피붙이 일가들은 밝은 얼굴로 사무실을 떠났다.

"왠지 한순여라는 사람은 참 행복한 사람일 거란 생각이 들어. 저렇게 자기를 사랑하고 그리워하는 사람이 많은 걸 보면."

캡틴이 단언하듯 말했다.

제11장

종무식

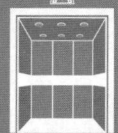

시간이 흐르다 : [형용사] 과거에서 멀어지는 것이 아니라
미래와 가까워지는 중이다.

*

1912년 뉴욕에서 찍힌 철도노동자들의 사진 속
스마트폰을 들고 있는 소녀가 찍혀 화제
시간여행은 현실일까?
〈뉴욕타임스〉, 2027년 12월 5일

사진 속에 숨겨진 놀라운 이야기!
1991년 아버지의 유품을 정리하던 미국의 퇴역군인 찰스 헤이드,
그는 사진 속 한 소녀에게서 눈을 떼지 못하는데!
– MBS 〈왓 어 서프라이즈〉 매주 토요일 저녁 7시 50분 –

"자… 어디 한번 사건의 개요를 들어 볼까?"

부들거리는 손으로 간신히 아이패드를 책상에 올려놓자, 비로소 캡틴의 붉으락푸르락한 얼굴이 보였다. 윤 세일러는 두 손을 모은 채 안절부절못했고, 사무실 분위기는 전체적으로 싸늘했다.

"세상에! MBS에서 방영 중인 〈왓 어 서프라이즈〉에도 나왔다니! 아주 유명세를 탔군! 하하하! 왜? 아주 인터뷰도 하지!"

"그렇죠… 이게 1900년대 초에 촬영된 것으로 추정되는 사진이죠. 그런데… 여기에… 한 소녀가 찍혔네요… 어떻게 이 소녀가 스, 스마트….”

"스마트폰을 들고 있다고!!!"

질그릇 깨지는 듯한 고함에 양옆으로 도열해 앉은 세일러들이 일제히 어깨를 움츠렸다. 낙관적인 분위기에서 시작된 종무식이 살얼음판이 되어버린 것은 한 장의 사진 때문이었다.

해당 사진은 인터넷에서 모 유명 커뮤니티에 누군가 올려 방송까지 탈 정도로 유명세를 떨친 사진으로, 1912년에 미국 자유의 여신상을 배경으로 찍은 사진으로 장소는 항구 앞이라고 했다. 그리고 그 소녀는 말기 암 환자로 유례없는 단독 여행을 한 여고생 세령이었다.

"캐, 캡틴 그래도 인터넷에서는 아무도 믿지 않습니다. 그냥 타임머신 탄게 아니냐고 우스개로 넘기는 분위기라고요. 댓글들을 좀 보세요."

"아니! 볼 필요도 없어. 내 예상이 적중했어. 일부 시간이 남아도는 네티즌들은 다들 이 사진을 확대 분석해서 진짜 스마트폰이라는 것을 증명해내기 위해 혈안이 되어 있다지!"

"설마 그렇게까지….”

"아니! 확실하다고. 왜냐하면, 내가 도쿄지점에 취직하기 전에 그런 관찰력으로 히라이스의 존재를 알아냈다고! 물론 그 후로 이게 내 밥줄이 됐지만 말이야. 어쨌거나 행여 그 학생의 얼굴을 아는 사람이라도 나타나 신상을 밝히기라도 하면 어쩔 셈이지? 설마 합성이라고 우기려는 건 아니겠지? 윤 세일러?"

잡아먹을 것처럼 쳐다보는 캡틴의 입에서 혀끝을 차는 소리가 들렸다.

"대체 어디서 난 스마트폰이야? 여행 전에 분명히 회수한 거로 아는데?"

"요즘 애들은 스마트폰을 두 개씩 들고 다닌대요. 글쎄"

수석 세일러가 대신 대답했다.

"이런!"

"진정해요, 캡틴. 어쨌거나 세령 학생은 규정을 어긴 게 하나도 없는 셈이잖아요? 장난을 좀 쳤을 뿐이죠."

"휴, 그걸 말이라고 해? 하마터면 곤란해질 뻔했어. 게다가 배에서 만난 꼬맹이에게 할 소리, 못할 소리 한 건 또 뭐고? 시간법 1조 1항(죽은 자를 살려내는 행위는 위법이다)을 어겼다간 위법이란 걸 몰라?"

"그렇지 않아요, 캡틴!"

"어디 변명해봐."

"그 꼬맹이가 죽었을 운명일지, 살았을 운명일지 아무도 모른다고요."

"그러니 따지고 보면 위법도 아니다?"

"그, 그런 셈이죠?"

"어쨌거나 오션 뷰에 정신 팔려서 고객을 나 몰라라 한 건 윤 세일러 자네의 명백한 직무유기라고. 다음!"

캡틴이 어수선하다는 듯 손을 홰홰 젓자, 윤혜진 세일러가 축 처진 어깨를 하고 제자리에 앉았다. 이번엔 그 옆에서 계속 뭔가를 수첩에 적으며 진땀을 흘리던 인턴이 일어나서 회의석 앞 롤 스크린 쪽으로 갔다. 이윽고 불이 켜졌다.

"한, 한 해 동안 히라이스를 이용한 고객 중에서 블랙리스트 명단을 추려봤습니다."

커다란 스크린 화면에는 PT 자료가 떴다.

〈블랙리스트 명단〉

시간법 3조 2항 위반 / 김상민 / 은행원

위반 1. 현재 가진 재산을 과거로 가져가 연금리 25%의 적금에 가입하려는 시도

위반 2. 2001년도 삼성전자 주식 대량 매수 혐의

위반 3. 2004년도 카카오 그룹 주식 대량 매수 혐의

시간법 2조 2항 위반 / 정학영 / 생산직 근로자(* 탈북자)

위반 1. 2008년 베이징 올림픽 당시 탈북에 실패한 어머니를 구하기 위해 재입북
해서 브로커와 접선한 혐의

위반 2. 위 사항과 연관해서 주중 미 대사관 불법 난입 수차례 시도

시간법 1조 2항 위반 / 다니엘 박 / 미국 XX 주립대학 역사교양학 교수

(* 한국계 미국인)

위반 1. 1891년 오스트리아 여행 중, 생후 23개월이던 아돌프 히틀러 암살 시도.
마을 목사의 신고로 체포

위반 2. 2001년 미국 911테러 용의자 암살 시도

시간법 1조 2항 위반 / 제임스 윌슨 / 회계사(* 미국인)

위반 1. 대학 동기였던 다니엘 박과 공모해 2001년 미국 911테러 용의자 암살 시도

시간법 3조 1항 위반 / 최옥선 / 정년퇴직한 초등교사

위반 1. 1997년 영국 런던 시내의 한 카페에서 J.K. 롤링이 잠시 자리를 비운 사이 해리포터 원고 초안 절도 혐의

위반 2. 스티븐 킹, 에이모 토울스 등 다수 유명 작가들의 원고 절도 시도

시간법 3조 3항 위반 / 장순자 / 전업주부

위반 1. 오래전 고인이 된 부친이 모든 재산을 남동생에게 물려준 것에 앙심을 품고 1981년도 작성된 부친의 유언장 소각 혐의

시간법 3조 3항 위반 / 구길회 / 경찰

위반 1. 30여 년 전 교통사고 사망 사건 관련 부실수사 증거 인멸 시도

시간법 3조 3항 위반 / 이호진 / 사채업자

위반 1. 명예훼손, 모욕죄 처벌 위기에 놓이자 인터넷 커뮤니티에 작성한 과거의 악플을 영구 삭제 시도

시간법 2조 1항 위반 / 조행선 / 취업준비생

위반 1. 2차 면접에서 탈락한 것에 대한 앙갚음으로 과거 해당 기업의 본사에 방화 혐의

"여기까지입니다. 아, 그리고 이건 블랙리스트에 추가되지는 않았지만… 2010년 아내에게 간이식을 해준 남편이 나중에 아내가 바람 핀 것에 격분해서 과거로 돌아가 수술을 취소하려고 난동을 피우기도 했습니다."

"맙소사!"

내내 눈감고 듣고 있던 캡틴이 벌떡 자리에서 일어나 허리춤에 손을 얹

고 콧김을 뿜어댔다. 그리고 좌우를 살피고 다시 헛기침과 함께 제자리에 앉고선,

"히라이스 설립 취지를 무색하게 하는 사람들이로군. 돈과 명예 때문에 양심을 팔기도 하는가 하면, 정의와 가족을 위해 희생하는 사람도 있어."

하고 안타깝다는 듯 중얼거렸다.

"과거여행의 장단점이라 할 수 있지. 어쨌든 좋아. 1년 여행 정지로 돌려놓으라고. 그 외 보고사항은?"

인턴 세일러가 어물어물 이어서 말했다.

"이승사자라는 가명을 쓰신 고객님의 경우는 [히스토리언] 상품 세 개를 구매하셨는데, 하나는 환불해드렸고요."

"환불?"

'환불'이라는 단어에 민감한 캡틴이 의자를 완전히 틀어 되물었다.

"네. 만다린 호텔에서 세일러에 의해 반강제로 귀환했거든요. 그리고… 마리 앙투아네트를 살리려던 계획이 무산되어 명단에 포함하지는 않았지만, 거기서 히라이스의 정체를 알아차린 과거인이 있었습니다."

"언젠간 이런 일이 벌어질 줄 알았다니깐. 그래서 어떻게 됐나?"

"그의 이름은 로베스피에르…인데요. 그 역시 단두대에 이슬로 사라졌죠. 다행히도 그가 남긴 문헌 그 어디에도 우리 히라이스에 대한 언급은 없습니다."

"흠…아이러니군."

"나중에 DB 작업을 하다가 알게 된 건데, 사실은… 이승사자 씨는 마리 앙투아네트와 루이 16세 사이에서 낳은 아들 루이 17세 사후, 그의 심장이 전 세계를 떠돌며 골동품 취급을 받는 것을 안타까이 여긴 나머지 2008년 거액을 들여 사들인 뒤 생드니 성당에 안치시키는 데 일조한 인물 중 한 사람입니다."

"왜 그랬을까? 어쩐지 나는 그 청년의 눈이 외로워 보였어. 왜 남의 비극에 그렇게 끼어들어서 두 팔 벗고 나섰는지 의문이군."

"제 생각엔… 희망을 찾고 싶어 보였습니다."

"희망?"

"네. 막장인 자기 인생에 대한 희망."

"타인의 삶에서 어떻게 희망을 얻을 수 있지?"

"사람은 혼자 살아갈 수 없으니까요. 때로는 자기 자신을 벗어나 타인을 통해 존재를 확인하기도 하죠. 뭐랄까… 인간이란 복잡 미묘한 존재니까요. 이승사자의 눈에는 그들이 모두 자기처럼 안타깝고 억울한 존재로 비쳤을 겁니다. 이번 생은 망했지만, 지난 생에는 개입할 수 있다는 점을 그들을 도우려는 데 이용했고요."

캡틴은 무릎을 '탁' 치며 고개를 끄덕거린 후, 인턴 세일러에게 말했다.

"오… 뭔가 있어 보이는 말이군. 아주 일취월장했어. 자네 요새 책을 많이 읽나?"

"아뇨. 딱히….."

"그래, 그건 아무래도 상관없어. 어쨌든 내가 고객이라도 홀릴 만하다고! 내년에는 정규직으로 고용될 자격이 충분해!"

인턴 세일러가 감격에 겨워 어쩔 줄 몰라 하자, 상대적으로 윤 세일러가 다소 김샌 얼굴로 한숨을 내쉬었다.

잠시 후, 전 세계 5지점이 동시에 실시간으로 진행하는 원격 화상회의가 열릴 터였다. 창립 이래 단 한 번도 빠짐없이 개최한 연례에 앞서 승진식이 열렸다. 물론 그에 앞서 단연 최고의 영업 실적 상을 거머쥔 것은 런던본부였다. 다들 그 위상에 걸맞은 대가라고 입을 모았다.

이윽고 커다란 스크린에 런던본부의 부회장이 나타났다. 그녀는 젊은 시절 대부분을 아랍권에서 여행업에 투신했던 인물로, 올해 칠십이 넘어 자그마한 은퇴식을 한다는 이야기가 떠도는 인물이었다. 내내 미간을 펼 줄 모르던 캡틴이 그녀를 보자 눈을 반짝거렸다. 런던본부의 차기 부회장직에 대한 열망으로 가득한 눈빛이었다.

부회장은 마이크를 몇 번 두들겨 테스트하더니 시작했다.

"자, 지금부터 올 한 해 빛나는 활약으로 히라이스의 위상을 높인 전 직원 대상 승진식이 있겠습니다. 모두가 함께 모일 수 없는 관계로 또 원격 화상회의라는 점을 감안해서 지금부터 해당 승진자와 직책을 발표하오니 미리 축하드리는 바입니다. 자! 지금부터 시작하겠습니다."

그러자 캡틴과 세일러들도 모두 테이블 앞으로 몸을 앞당겨 귀를 기울였다.

"2급! 승진자는 도쿄지점의 나가노 타츠시 세일러입니다. 타츠시는 과거 지금의 한국인 '조선'이라는 나라에 거주하며 경찰로 지내던 증조부의 죗값을 치르고자 여행한 고객을 도와 역사를 바로잡고 양국 간에 춘풍을 불어넣었다는 점에서 높은 점수를 받았습니다. 축하합니다."

그러자 화면 속 어디선가 도쿄지점의 환호성이 들렸다.

"자, 다음은 1급! 한국 서울지점의 윤혜진 세일러!"

그러자 사무실 안은 순식간에 괴성이 쏟아졌다. 아연실색한 윤 세일러가 양 볼을 감싸 쥐며 이 상황을 이해하지 못하는 동안 주변 세일러들과 캡틴은 책상을 치며 환호를 질렀다.

"제, 제가요? 설마… 아니 제가 어떻게…? 뭘 했다고…?"

호되게 질책을 받은 게 조금 전의 일인 만큼 좀처럼 믿어지지 않는 수상이었다. 스크린 속 런던본부 부회장이 이어서 말했다.

"1급 세일러는 수석 세일러로 가는 지름길이라 할 수 있죠. 승진하게 된 우리 서울지점의 윤혜진 세일러에게 축하의 말씀을 전합니다. 이와 관련한 자세한 내막은 곧 이어지는 본부 회장님의 연설에서 확인할 수 있으니 기대해주십시오."

사무실 안은 웅성거렸다.

윤 세일러는 지목이 되고서도 의아한 마음에 고개만 갸웃거릴 뿐이었다. 캡틴은 그저 서울지점 개점 이래 최초의 승진자가 나왔다는 점을 강조하며 흥분해 있는 상태였지만 정작 기대하는 것은 따로 있었다. 샴페인을 터뜨릴 타이밍을 계산해야 할 정도로 기대하고 있는 것은 바로,

"마지막 승진자입니다. 이번 승진 직책은 런던본부의 부회장입니다."

런던본부의 부회장!

캡틴이 침을 꿀꺽 삼키며 두 눈을 부릅떴다. 그의 야망을 모를 리 없는 세일러들 역시 귀추가 주목됐다.

하지만 이어지는 발언은,

"동반 인솔자로서 재능과 특기를 과감하게 살린 바로 밀라노지점의 캡틴 에도아르도입니다! 에도아르도는 코로나19로 인해 모든 세일러들이 피치 못할 이유로 퇴직해서 폐점 위기에 직면한 와중에도 홀로 꿋꿋이 히라이스를 운영해 100세를 앞둔 노부부의 마지막 여행 요청을 거절하는 대신 인솔자 역할을 자처했습니다. 그렇게 해서 7박 8일 동안 제2차 세계대전 당시 죽음이 갈라놓았던 전우들과 가족들, 그리고 친구들과의 마지막 만남을 가질 수 있도록 애쓴 공로를 높이 치하하는 바입니다. 여행이 끝난 후 일주일 뒤 노부부께서는 한날한시에 영면에 드셨습니다. 에도아르도 캡틴은 그 두 사람의 생전에 잊지 못할 소중한 선물을 준 거나 마찬가지입니다. 자, 모

두 박수를 보내주시기 바랍니다."

세계 각 지점에서 우레와 같은 박수 소리가 화면을 뒤흔들었다.

에도아르도는 턱수염이 희끗희끗한 노신사로 홀로 사무실에 앉아 안경을 벗고 엉엉 울기 바빴다. 모두가 함께 눈물을 적시는 순간이었다. 오로지 서울의 캡틴만이 테이블을 두드리며 고개를 박더니 잠시 후, 충격이 컸는지 미동도 보이지 않았다. 굳어 있는 그에게 수석 세일러가 무어라 위로의 말을 건네려 하자 한 손으로 그만두라는 손짓을 했다. 그리고 조용히 행커치프를 꺼내 펼치더니 얼굴 전체를 덮어 버렸다.

"승진하지 못한 모든 캡틴들과 세일러 여러분들 또한 그 공이 대단하다고 할 수 있습니다. 결코, 승진에 연연하지 않고 동료에게 진정한 축복을 건넬 수 있는 우리 히라이스인들이 참으로 자랑스럽습니다. 자, 이제 마지막으로 런던본부 회장님의 연설이 있겠습니다. 모두 스크린을 향해 집중해주시기 바랍니다."

잠시 후, 앞에 펼쳐진 화면을 켜자 중년의 백인 남성의 고고한 상반신이 드러났다.

본부 회장은 에단 호크를 닮은 중후하고 묵직한 인상의 신사였다. 웅숭깊은 눈빛에 우묵한 광대가 섹시한 중년 남성. 세일러들의 웅성거리는 소리가 곳곳에서 터져 나왔다. 까탈스럽고 지적하기 좋아하며 무뚝뚝하기까지 하다는 그 회장!

[안녕하십니까? 저는 히라이스 본부의 회장 조쉬 헤인즈입니다.

한 해 동안 애써주신 각 지점의 캡틴과 세일러 여러분들 모두에게 진심을 담아 감사의 말씀을 전하는 바입니다. 아울러 우리 히라이스는 과거를 향한 고객들의 순수한 열망과 관심 덕분에 지속할 수 있었습니다. 그것은 유례없는 찬사고 응원이었기에 나는 이렇게 1년간의 영업을 별 탈 없이 마무리하는 지금, 이 순간이 더없이 소중한 시간이라고 생각합니다.

얼마 전, 페이스북의 CEO 마크 저커버그에게서 과거여행이라는 서비스를 페이스북에서 새로이 개발하는 플랫폼과 접목할 것을 제안받았으나 거절했습니다. 이유는 하나죠. 우리 히라이스는 유명인지도가 필요하지 않으니까요. 게다가 상업적으로 큰 성과를 이루거나 악용되는 것 또한, 원치 않기 때문입니다. 히라이스의 고객은 돈이 부족해도, 유명하지 않아도, 거대한 야망이 없어도 상관없습니다. 다만, 과거에 대한 진실하고 절실한 태도만 중요하게 여길 뿐이죠.]

화면에는 보이지 않았지만, 아마 준비해온 연설문이 책상 위에 있었을 테지만, 그는 단 한 번도 내려다보지 않고 멋있게 연설을 해냈다.

여전히 런던본부 부회장 자리를 놓쳤다는 충격에서 헤어 나오지 못한 캡틴은 멍하니 앉아 입만 헤 벌리고 있을 뿐이었다.

[올 한 해 영업 실적을 보고 받았습니다. 그리고 분석 결과, 작년 대비 15%나 상승한 성과를 보였습니다. 더없이 기쁘면서도 한편으로는 마음이 무겁기도 했습니다. 왜냐고요? 그것은 바로 그만큼 과거로 돌아가고 싶어 한다는 사람이 많다는 거죠. 다시 말해 현재에 만족하지 못하거나 과거가 불만족스럽다는 것으로 해석할 수 있습니다.

우리 히라이스는 과거로 돌아가고 싶은 고객들에게 그저 장사해서 이익만 취하는 것에 그쳐서는 안 됩니다. '과거여행'을 통해 그들에게 현재의 가능성, 그리고 미래가 갖는 무한한 가치 또한 깨달을 수 있도록 도와야 할 것입니다.

과거로 돌아간다면 후회하지 않는 완벽한 삶을 살아낼 수 있을까요? 전혀 그렇지 않습니다. 오히려 과거로 돌아가 A를 B로 바꾼다면 A에 없던 변수가 B의 미래는 생기기 마련이죠. 어떤 선택을 하든 책임을 지게 되어 있습니다. 그것이 인생입니다. 아마 많은 고객들은 이 사실을 망각한 채 여행을 출발했다가 돌아올 땐 분명 저마다의 깨달음을 얻었을 것이라 믿습니다. 바로 그것이 제가 히라이스를 운영하면서 가장 중요시하는 부분입니다.

음… 어린 시절부터 저는 제가 아주 잘 아는 사람으로부터 이런 말을 자주 들어왔습니다.

'부모가 그 사람의 미래고, 연인이 그 사람의 현재라면, 친구는 그 사람의 과거다'라고요.

이 말은 무엇을 의미하는 걸까요? 저는 그 아리송한 말을 삼십이 넘어서야 깨달았습니다.

그것은 과거와 현재와 미래가 가진 가치의 경중이 다르다는 게 아니라, 미래와 현재처럼 과거 역시 잊어선 안 될 중요한 핵심가치라는 걸 말이죠. 우리는 성장해서 연인과 결혼을 하고 자식을 낳아 가정을 이룹니다. 그러다 보면 자연스레 친구라는 존재를 잊게 되죠. 친구라는 존재가 그전까지 내 삶의 자양분, 또는 전부였음을 망각한 채 말입니다. 하지만 때로 살면서 생각나고, 아련하게 만들고, 또 돌아가고 싶은 그런 존재인 겁니다, 친구는. 그리고 과거는 말이죠.

중년이 된 지금도 그 말을 잊지 않은 저는 가끔 과거를 돌아보기 위해 노력합니다. 제겐 더할 나위 없이 소중한 명언이니까요.

그 명언을 한 사람이 누구냐고요? 바로 제 할아버지이자 히라이스 창립을 도운 거대투자자인 잭 헤인스입니다. 제 할아버지는 1912년 뉴욕으로 향하던 중 침몰한 비운의 배, 타이타닉호의 최연소 생존자였죠. 워워, 너무 놀라지 말아요. 할아버지는 벌써 여러 번 각종 프로그램에 출연해 인터뷰까지 한 유명인사인걸요? 이런! 모르는 분들이 더 많군요. 하늘에 계신 할아버지께서 아신다면 서운해하시겠는데요? 하하.

저는 할아버지로부터 어릴 때부터 먼 동화 속 이야기처럼 들어온 이야기가 또 하나 있습니다. 그것은 바로 동양에는 착한 마녀가 살고 있다는 사실이죠. 제게 수수께끼 같은 동화만 들려준 할아버지는 생전에 반드시 그녀를 만나보고 싶다는 꿈을 이루지 못한 채 제 곁을 떠나셨습니다. 부모님 대신 절 키워주신 할아버지의 꿈을 이뤄드리지 못했어요.

비록 할아버지는 안 계시지만 유지를 받들어 사람들과 더불어 나누는 삶을 살고 싶었고요. 이것이 바로 제가 '과거여행사 히라이스'를 창립하게 된 계기입니다.

연말 결산을 하던 중, 시간법을 위반하려는 시도를 보이던 움직임을 포착한 저는 분명 서울지점에 패널티를 줄 생각이었죠. 하지만 내막을 알고 난 후, 생각을 고쳤습니다. 저는 얼마 전, 그 동양의 착한 마녀를 찾았고 그녀의 병이 나을 수 있도록 다방면에서의 지원을 아끼지 않으려고 합니다. 죽음을 앞두면서도 그녀는 내 할아버지를 살리기 위해 애썼고, 자신의 행운마저 끌어다 줄 만큼 사랑했으니까요. 그 결과 내 아버지와 내가 태어날 수 있었음을 이 자리를 빌려 깊이 감사드리는 바입니다.

또한, 착한 마녀를 위해 애써주신 윤혜진 세일러에게도 승진뿐 아니라 그에 상응하는 인센티브를 부여할 생각입니다.

여러분. 과거를 잊으려 하지 말고, 덮으려 하지 말고, 받아들이고 사랑하고 누리십시오. 그렇다면 그 순간부터 여러분들의 현재는 훨씬 더 자유로 충만할 것입니다.

이상 연설을 마칩니다. 모두 해피 뉴이어.]

마이크에서 한 걸음 물러난 조쉬 헤인즈 회장은 짧게 목례를 했다. 그리고 붉은 루비가 박힌 보타이를 살짝 들었다 올리며 환하게 웃었다.

에필로그 1

여행 후기 한 줄 평

dele***

평점 : ★★★★★

지난번 과거여행에 동반해주신 인솔자님 너무 친절했어요! 짱짱!

taylor***

평점 : ★★★

얼굴도 모르는 할아버지지만, 엄마의 50번째 생일을 맞이해서 함께 가족여행으로 뵙고 왔어요. 물론 10대의 할아버지를 뵙는 거라서… 성격 맞춰 주느라 애를 먹었지만….

swin***

평점 : ★★★★★

[성지순례] 상품 인솔해주신 세일러 님 너무 친절하세요.

그런데 한 가지 문제가 생겼어요.ㅠㅠ 아무래도 콜럼버스의 배 안에 제 아이폰을 두고 온 것 같은데 어쩌죠??

분실물 신고 좀 접수해주세요!ㅠ

happ***

평점 : ★★★★★

감사드려요. 저는 사실 7살 때 길을 잃어서 고아원으로 보내진 뒤, 부잣집으로 입양 가게 된, 지금은 사십이 넘은 한 가정의 가장입니다. 부잣집에 입양되어 부족함 없이 자랐지만, 제 진짜 가족을 찾고 싶었어요. 히라이스에 감사드립니다. 1982년 그 시장에서 저는 어머니를 절대 놓치지 않을 수 있었어요. 지금은 어쩔 수 없지만, 과거의 저란 아이는 친부모와 헤어지지 않게 됐네요. 감사드립니다.

don8***

평점 : ★★★★★

세상 참 좋아졌습니다. 이런 여행사도 생기고 말이오. 나는 유전자 검사 결과지를 들고 1948년으로 가 고향 제주도에서 4월 3일 비극적인 사건이 일어난 당시 땅에 아무렇게나 매장된 내 아우의 시신을 찾았다오. 양지바른 곳에 잘 묻고 극락왕생을 기원했는데, 이 모든 과정을 도와준 수석 세일러 님께 깊은 감사의 인사를 드리고 싶습니다. 어떻게든 감사의 마음을 전하고 싶었는데 한사코 거절하는 바람에… 복 많이 받으십시오, 수석 세일러님.

owks***

평점 : ★

진짜 평점 별 하나도 아깝네요. 당신네들 진짜 내가 고소하는 거 겨우 참고 있다는 거 알아두셔야 할 겁니다. 사람을 갖고 놀려도 유분수지. 유년 시절로 돌아가고 싶다고 했지, 내가 언제 군대 시절로 가고 싶다고 했습니까?

군대 두 번 다녀온 기분 느끼게 해줘서 차암 고마압습니다. 이런 여행사는 망해야 된다!!!

89ky***

평점 : ★★

얼굴도 모르지만, 할아버님을 뵈러 갔습니다. 어차피 이놈의 나라는 목숨 바쳐 희생해도 알아주지 않으니 독립운동하지 말고 적당히 살길을 도모하자고 설득했네요. 하지만 할아버지는 요지부동이었어요. 그럴 리가 없다고. 독립운동가의 자손들은 대대손손 잘 먹고 잘살고, 친일파는 망할 거래요. 어휴… 괜히 과거로 갔어요. 답답하기만 해요. 그래도 친절하게 이것저것 챙겨주셔서 그건 감사.

i-2ag***

평점 : ★★★★

작년에 코로나19로 타계하신 어머님을 뵈러 과거여행을 했습니다. 보고 싶은 마음도 있었지만, 뭔가 요양병원 측에서 은폐하는 듯한 느낌을 지울 수 없었거든요. 아내와 상의해서 사건의 진실을 밝힐 결심을 하고 거금을 들고 여행을 했는데 역시 보람이 있었습니다. 요양병원 측에서 노인들을 주기적으로 학대해왔네요. 염할 때도 멀찌감치서 뵈었던 그 얼굴이 코로나로 인해 변한 게 아니라 학대의 결과였다니… 당장 법적 소송을 할 예정입니다. 마음 같아선 다 뒤집어엎고 싶었는데 그건 하늘에 계신 어머니께서도 원하시지 않을 것 같아서요. 도와주셔서 감사합니다.

the9***

평점 : ★

마누라랑 결혼식 하던 당일로 돌아가 지옥 같은 미래가 기다릴 줄도 모르고 그저 싱글벙글한 저란 놈의 손목을 붙잡고 도망쳤습니다. 다들 게이 아니냐고 수군거리더군요, 제길!

mean***

평점 : ★★★★★

엄마의 임종을 보고 왔어요. 아빠란 사람하고 이혼하고 17년을 절 혼자 길러주신 우리 엄마… 암에 걸려 돌아가시는 날까지 숨기려 했던 바보 같은 우리 엄마. 그 탓에 학교 야자를 하고 있을 시간에 엄마가 돌아가셔서 임종조차 지키지 못했죠. 우리 엄마에겐 그만큼 내 공부가 더 중요했던 거였어요. 바보같이. 이번 과거여행을 통해 엄마의 임종을 지킬 수 있었어요. 학교도 안 가고요. 한 달 동안 엄마랑 같이 여행도 하고, 맛있는 것도 먹으며, 서운한 거 고마웠던 거 미안했던 거 다 허심탄회하게 주고받았어요. 제가 몰랐던 엄마의 모습을 알게 되어서 얼마나 감사했는지 몰라요.

엄마의 몸 상태가 급격히 나빠지는 순간부터는 내내 곁에 붙어있었어요. 엄마가 미안하대요. 물려줄 거라고는 아파트 전세 보증금 5천만 원밖에 없다고 미안하대요. 우리 딸 혼자 이 험한 세상 어떻게 살아가느냐고, 차라리 그 나쁜 놈하고 이혼하지 말고 자식 하나를 더 낳았어야 하지 않았나 후회된다고. 그래야 제 옆에 형제라도 있을 테니까요. 전 걱정하지 말라고 하면서 사실을 말했어요. 실은 난 미래에서 왔다고. 고등학교 졸업하고 법무사 사무실에 취직해서 잡일을 도맡아 하지만, 나중에 결국 변호사도 됐다고요. 돈도 많이 번다고 하니까 엄마가 너무 기뻐하셨어요. 이제 마음 편히 눈 감을 수 있겠대요. 그리고 남자 조심하래요. 언제 어디서든 엄마가 곁에 있으니까, 혹시라도 삶이 막막할 때면 '아. 이럴 땐 엄마라면 어떻게 했을까?' 하고 생각해보래요. 그럼 답이 나올 거래요. 마지막에 돌아가시는 순간엔 엄마가 힘껏 말씀해주셨어요. 우리 딸 사랑한다고….

정말 감사합니다. 히라이스.

에필로그 2

끝 간 데 없이 펼쳐진 가마쿠라(鎌倉) 해안.

구름 한 점 없이 드높은 하늘가에 흰 갈매기 몇 마리가 자유로이 날고, 그 밑으로 백사장에선 교복을 입은 학생들과 어린아이들이 이따금 놀고 있었다.

해안가 앞에는 얼마 전, 왕복 2차선 도로를 새로 까는 공사를 했는데, 차가 다니지 않을 때는 관광객 몇몇이 그리로 몰려 나가 저만치서 오는 에노덴(江 /電) 전차를 찍느라 여념이 없었다.

타지 사람들은 이 마을을 두고 부촌이라 불렀다. 주로 맨션 생활이 익숙한 도시인들이 보기에 널찍하고 분위기 있는 전원주택 밀집지역이라 그런 탓도 있다.

관광객들에 의해 성지라 불리는 가마쿠라 촬영장소인 언덕을 지나 오른쪽으로 쭉 들어가면 거기서부턴 소음도 인적도 드문 고요한 주택가가 펼쳐졌다. 작지만 오밀조밀 꾸며놓은 화단이 군데군데 보였다.

오가는 차도 드물어서 도로 중앙을 자전거를 타고 씽씽 달리는 우편배달원인 기타노. 집마다 우편물을 배송하고 나서야 맨 끝으로 올라가(거기선 해안가가 한눈에 내려다보인다.) 자전거를 세워뒀다. 마당 문은 활짝 열려있었는데 여전히 향냄새가 은은하게 나고 있었다.

집 안 불단 정중앙에 놓인 어머니, 마사코의 영정사진.

"당신 왔어요?"

안에서 아내의 목소리가 들렸다.

"오늘은 스키야키를 준비했어요. 특별한 날이니까."

특별한 날.

이미 아침부터 기타노 자신도 기대하고 출근한 내용이지만, 일부러 짐짓 모른 체하고 물었다.

"특별한 날이라니."

"이이는? 니시다 도련님이 오는 날이잖아요."

"뭐가 이쁘다고 음식까지 해. 당신만 힘들잖아."

"그런 소리 마요. 난 반갑기만 한데 뭘. 형이 되가지곤… 아마 어머님도 기다리고 계실 거예요."

하며, 시어머니의 영정사진을 지그시 바라보는 아내.

하나뿐인 동생인 니시다가 집을 나간 건 지금으로부터 22년 전의 일이었다.

그 옛날 김 공장에서 만나 결혼까지 하게 된 부모님의 비밀을 알게 된 것도 그 무렵이었다. 암 투병을 하던 어머니 마사코는 기타노와 니시다 두 형제를 앉혀두고, 실은 아버지가 일본인이 아니라 재일교포, 그러니까 한국인이라고 밝혔다. 이름은 김용환, 쉽게 기무상이라 불렀다. 긴 세월 비밀에 부쳐온 것은 성장 환경에서 혼란만 가중될 것이라는 염려 탓이었다고. 물론, 당시 흑인 군인 아버지를 둔 같은 반 동급생이 이지메를 당한 것을 떠올리면 어머니의 말도 일리가 있었다.

기타노는 대체로 수긍했지만, 니시다는 당장 한국으로 가겠다며 짐을 싸고 나섰다. 한평생 고향을 떠나 일본에서 고생만 하다가 묻힌 아버지의 유골을 한국에 옮기겠다는 것과 자신의 뿌리는 한국이니 그 나라에 가서 반드시 성공해서 돌아오리라는 것.

당시 니시다는 수상쩍은 게 한둘이 아니었다. 갑자기 취직했다고 매일같이 출근은 하는데 회사가 어딘지, 뭐 하는 곳인지 일절 알려주지 않았다. 어머니 마사코는 둘째를 믿는다며 어련히 알아서 하겠냐고 돌아가시는 그 순간까지 믿어주었지만, 기타노는 용서할 수 없었다. 어디서 허튼짓을 하고 돌아다니는지 어머니의 임종까지 놓친 망나니 같은 동생을.

그런 동생이 수년 만에 연락이 온 건 며칠 전이었다. 한국에서 큰 성공을 거두었다고 했다. 사는 집도 그 나라에서 가장 비싸다는 동네에 아파트도 샀고, 외제 차도 타고 다닌다고 했다. 자세히 묻고 싶은 게 한둘이 아니었는데, 그런 형의 속을 읽기라도 하듯 니시다는 조만간 고향에 갈 테니 그때 설명하겠노라고 밝혔다. 그것마저도 데면데면한 형이 아니라 유일하게 자기 편이라고 말하는 형수에게 대신 전화로 떠들어댄 내용들이다.

"얼마나 잘나가는지 제깟 놈이."

"어휴. 니시다 도련님이 다 설명한다잖아요."

"초밥집에서 몇 달, 만화방에서 몇 달, 신문 배달도 몇 달. 공사판 잡역부로는 며칠 견뎠었나? 그렇게 끈기 없는 놈이 대체 뭘 해서 성공했다는 건지."

"너무 그러지 말아요. 이제 곧 올 텐데 인상도 좀 피고."

모르는 바는 아니다. 아내가 도시에 나가 사 온 잡지는 한국판 포브스 잡지였는데, 거기서 [차세대를 이끌어갈 신개념 산업 선두주자 TOP 100] 중 23위에 당당히 니시다의 이름이 실린 것이다. 그 밑으로 줄줄이 미국, 캐나다, 네덜란드의 내로라하는 기업 CEO들이 실린 걸 보면 뭘 이뤄도 단단히 이룬 듯싶었다. 하지만 끝까지 모른 체 시치미를 떼는 것은 한국인 아버지의 성질을 물려받았으리라.

기타노는 툴툴대면서도 스키야키를 준비하는 아내의 곁에서 아이처럼 서성거렸다.

"어머니 돌아가시기 전 소원이 어느 한국 아주머니를 찾아달라는 거였잖아요, 왜."

"응, 알지."

"그분이 거품경제 오기 전에 부동산을 사두라고 해서, 설마하니 사기를 칠까 하고 사둔 요코하마의 작은 건물이 천정부지로 솟을 줄 누가 알았겠어요."

"그럼 뭐해. 아버지가 다 탕진하고 돌아가셨는데. 도박 빚으로, 병원비로."

"그래도 그 건물 세를 받아서 당신이랑 니시다 도련님 학비도 대준 거잖아요."

"…."

"당신이 아버님이 미우니까 한국도 싫어하는 거 충분히 이해해요. 하지만 니시다 도련님을 보세요. 지금 버젓이 성공했잖아요, 그 나라에서. 어디 그뿐이에요. 어머님이 찾고 싶어 한다는 그 한국 아주머님도 찾아서 은혜를 갚았다지 뭐예요."

"은혜?"

"네에. 뭐 말로는 여행도 보내드리고, 집도 수리해줬다는데…."

"철들었나 보네."

"네에. 자선사업도 많이 한대요. 불치병 어린아이들 수술비도 대고…."

그러면서, "거기 계란 두 개만 더 줘요" 하자 손을 뻗어 아예 한 판을 가져다주는 기타노.

"내가 우편배달이나 한다고 불만 터뜨리는 거로 보이겠지만 그렇지 않아. 나도 녀석이 잘 됐으면 싶다고. 물론 나야 나이도 많고 이젠 고향에서 이런 거나 하면서 생계를 유지하는 게 낫지, 누가 봐도."

"도련님이 그러던데요? 당신한테도 할 말이 있다고."

"나한테?"

"네에. 당신하고도 같이 일해보고 싶대요."

"흥. 제깟 게 이제 성공했다 이건가."

"아이참. 여보 정말?"

"알았어. 알았다고. 인상 펼게. 자 봐. 인상 폈지."

미간을 양손으로 잡아당기는 시늉을 하자 아내가 어이없다는 듯 웃음을 터뜨렸다. 다 이렇게 사는 거다. 별거 없다. 니시다도 별거 없이 평범한 삶만 살아도 괜찮다고 여겼는데, 성공이라니.

"도련님!"

그때였다. 아내가 마당 쪽을 향해 소리쳤다. 기타노의 시선도 쏜살같이 그리로 날아갔다.

햇살을 받아 더욱 번쩍거리는 검은색 외제 세단에서 니시다가 내렸다.

껄렁껄렁한 옷차림에 더벅머리를 하고 한량처럼 지내던 20년 전의 니시다가 아니라, 멋지게 한국 연예인처럼 짧게 스타일링한 머리에, 역시 한국스럽게 딱 붙는 정장 차림의 자신감이 철철 넘치는 모습의 니시다였다. 니시다가 이쪽으로 걸어올 때마다 또각거리는 구두 소리가 경쾌했다. 어디서 봤더라? 유명 영화배우를 닮은 것도 같다. 아! 영화 〈킹스맨〉에 나오는 콜린 퍼스 같았다.